KB042933

조선이
문명함

조선이 문명함 7

초판 1쇄 인쇄일 2023년 7월 3일 | **초판 1쇄 발행일** 2023년 7월 6일

지은이 조휘 | **펴낸이** 곽동현 | **담당편집 팀장** 이범수
편집부 정요한 김승건 조혜진

펴낸곳 (주)조은세상 | 출판등록 제2002-23호
주소 서울특별시 동작구 동작대로1길 27 5층
TEL 02)587-2966 | FAX 02)587-2922
E-mail bukdu@comics21c.co.kr

조휘ⓒ2023
ISBN 979-11-391-1969-5 | ISBN 979-11-391-1486-7(set)
값 9,000원

7

북두

조휘
대체역사 장편소설

조선이
문명함

조휘 대체역사 장편소설
NEO ALTERNATIVE HISTORY FICTION
CONTENTS

조휘 대체역사 장편소설

NEO ALTERNATIVE HISTORY FICTION

CONTENTS

서소문으로 이동하는 호송 행렬을 보며 백성 하나가 물었다.

"이번엔 또 누군가?"

친구가 죄수 마차에 있는 늙은이를 가리켰다.

"저기 저 노인네가 평안 감사일세."

"쯧쯧, 거물이 잡혀 왔구만."

"지난번에 우찬성이 잡혀 온 거 이후론 최고 거물이지."

"그래, 죄목은 뭐라던가?"

"내아에서 기생들을 불러 술판을 벌였다고 하더군."

"아니, 고작 술판을 벌인 걸로 목을 뎅강 친단 말인가?"

"전하께서 관원들의 기강을 잡으시려는 거겠지."

"일벌백계라 이건가?"

"허허, 자네 이제 어려운 말도 할 줄 아는군."

"어제 손주 놈이 향교에서 배워 왔다며 나한테도 가르쳐 주었지."

"똑똑한 손자를 두어서 좋겠네그려."

"그놈이 또 뭐라는지 아는가?"

"뭐라 그랬는데?"

"이제 길거리에 침도 뱉지 말고 소피도 보지 말라더군."

"그렇게 안 하면 어찌 된다고 하던가?"

"좋은 백성이 아니라고 하더군."

"하하, 크게 될 놈일세."

그들이 대화하는 동안. 마차조차 타지 못한 죄수 10여 명이 터벅터벅 그 뒤를 따랐다.

사내가 혀를 끌끌 차며 말했다.

"역시 이번에도 아전들이 많이 잡혀 오는군."

"새 세법을 공표한 지 벌써 3년이나 지났는데도 아직도 몇몇 아전들이 백성의 고혈을 쥐어짜기 위해 혈안이 되어 있는 걸 보면 사람은 고쳐 쓰는 게 아니란 옛말이 맞는가 보이."

"그래도 지금은 많이 줄었지. 초반만 해도 100명씩 잡혀 오지 않았나? 이젠 아전들도 제 목숨 소중한 건 아는 모양이야."

두 사람은 죄수 호송 행렬을 지켜보다가 돌아갔다.

하지만 서소문 밖까지 가서 구경하려는 백성도 적지 않았다.

처형이 모두 끝난 후, 따라온 죄인의 가족들이 장사를 지내게 수급을 돌려 달라 애원했으나 관원들은 매몰차게 뿌리쳤다.

죄인의 수급은 한동안 팔도를 돌며 조리돌림을 당했다.

마지막엔 불에 태워 장사조차 지내지 못하게 하였다.

거기다 사대문 밖에 있는 탐관오리 비석에 이름까지 새겨지는지라, 3년 차인 지금은 부패 사범이 10분의 1로 줄었다.

◆ ◈ ◆

이제 다섯 살이 된 세자는 엄마 품을 떠나 동궁으로 이사했다.

그렇다고 뭐 어디 멀리 간 건 아니다.

동궁은 대궐의 동쪽에 있어 동궁이라 불린다.

어찌 지내나 싶어 몰래 동궁의 정전을 찾아 귀를 기울였다.

안에서 두런두런 말소리가 들렸다.

"저하, 오늘은 용비어천가를 같이 읽어 보겠습니다."

"좋아요!"

"……뿌리 깊은 나무는 바람에 쉬이 흔들리지 않으므로 꽃이 예쁘고 열매 또한 많이 열린다. 샘이 깊은 물은 가뭄에도 쉽게 마르지 않으므로 내가 되어 바다까지 흐를 수 있다."

난 문을 살짝 열고 안을 들여다보았다.

용포를 걸친 귀여운 꼬마가 단정히 앉아 책을 두 손으로 들고 방금 스승이 말한 구절을 낭랑한 목소리로 따라 읽었다.

세자를 가르치는 스승도 내가 아는 이였다.

바로 지금은 나인으로 있는 향이의 동생이며 서유럽회사

연구소에서 몇 년간 연구에 매진해 큰 성과를 거둔 단이였다.

단이는 내가 맨 처음 가르친 제자 중 하나였다.

그래서 나를 빼면 가장 박학다식하다고 할 수 있다.

물론, 스승이 박학다식해야 잘 가르친단 소린 아니다.

하지만 스승이 많이 알면 좋은 점이 더 많다.

제자의 호기심을 충족시켜 줄 수 있으니까.

단이는 세자에게 강론을 이어 갔다.

"뿌리 깊은 나무와 샘이 깊은 물의 의미를 아십니까?"

"나무는 뿌리가 깊어야 오래 살 수 있어요."

"그리고요?"

"물은 샘이 깊어야 쉽게 마르지 않아요."

"맞습니다."

"헤헤."

"하지만 그 의미를 다 알고 계시진 못합니다."

"그런가요?"

"여기서 말하는 나무와 물은 군왕을 의미합니다."

"아바마마요?"

"의미를 좁게 보면 당금의 주상 전하를 가리키는 말이 맞습니다."

"그러면 넓게 보면요?"

"군왕이란 직업을 가진 모든 통치자를 가리키는 말일 것입니다."

"그렇다면 군왕은 뿌리도 깊고 샘도 깊어야 하겠네요?"

"그렇습니다. 구절을 제 식대로 해석해 보면 군왕이란 모름지기 땅에 뿌리를 깊이 내린 나무처럼 매사에 굳건해야 합니다."

"굳건하면 뭐가 좋은데요?"

"그래야 나무에 꽃이 피고 열매가 맺는 것처럼 조선이란 나라가 좀 더 부강해지고 백성도 계속 평안할 수 있는 것입니다."

"굳건해지려면 어떻게 해야 해요?"

"안으론 심성을 닦고 밖으론 실력을 키우셔야 합니다."

"으음, 어려워요."

"괜찮습니다. 지금은 소신이 드린 책을 열심히 읽고 윗분들께 문후만 꼬박꼬박 여쭈어도 그걸 실천하고 계신 거니까요."

"후, 다행이다!"

난 거기까지 보고 희정당으로 돌아갔다.

단이가 생각 외로 잘 가르치는군.

아니, 이젠 아들내미의 스승이니까 임 선생으로 불러야 하나?

면천을 받은 이들이 으레 그렇듯 단이 남매도 성이 생겼다.

향이가 어렴풋이 외가 쪽 성이 한때 임씨였단 걸 기억해 내서 호적에 이름을 올릴 때, 각각 임단, 임향으로 등록했다.

아직 어린 임단을 세자의 스승이란 막중한 자리에 앉힌 이유는 과학 기술에 바탕을 둔 현대적인 교육을 하고 싶어서였다.

현재 그러한 수준에서 세자를 가르칠 수 있는 사람은 넷이다.

나야 일이 바빠 무리다.

최석정 형제는 외삼촌이라 제외였다.

세자의 스승은 원래 스승이면서도 동시에 가장 의지할 수 있는 우군으로 세자가 즉위하면 강한 정치 세력으로 떠오른다.

어릴 때부터 본인을 가르쳐 준 스승의 도움을 받아 국정 운영을 하는 게 잘 모르는 대신과 같이하는 것보다 편하기 때문이다.

이런 예는 동서고금을 막론하고 수도 없이 많다.

그렇다면 최석정 형제를 스승으로 앉힐 경우, 내가 죽은 뒤에 처가가 조선을 망친 또 하나의 외척이 될 위험이 있었다.

그래서 선택지는 결국 하나만 남았다. 바로 내게 직접 배운 데다, 외척도 아닌 임단이 그 주인공이다.

내가 언제 죽을진 나도 모른다.

시스템이 알려 주는 수명이 있긴 하지만, 그건 아무것도 안 하고 대궐에 처박혀 있을 때나 가능한 수치로 현실성이 없다.

그렇다면 내가 죽은 뒤의 대비를 해 둘 필요가 있다.

난 그때, 천재인 임단이 세자를 잘 보필할 수 있을 거라 보았다. 지금 나에게 이경석과 허적이 그래 주는 것처럼.

동궁에서 희정당으로 가다가 발길을 돌려 대조전을 찾았다.

요즘 대조전은 전에 없이 들떠 있었다.

현이를 낳고 나서 회임 소식이 없던 중전이 오랜만에 입덧을 하는 바람에 온갖 곳에서 축하 인사가 쏟아지고 있었다.

물론, 가장 기뻐한 사람은 나다.

중전에게 둘째가 안 생기면서 슬슬 후궁을 들여야 한단 압박이 들어왔는데 마침 중전이 기가 막힌 타이밍에 회임했다.

처음엔 후궁을 여럿 두어 조선판 술탄이 되어 보고 싶단 생각이 전혀 없지는 않았지만, 중전을 만나고 생각이 바뀌었다.

좀 남사스럽긴 하지만 내가 중전을 많이 좋아하는 모양이다.

대조전으로 들어가 중전을 만났다.

중전은 상궁, 나인 몇 명과 이야기를 하다가 급히 일어섰다.

"퇴청하신 것입니까?"

"아니오. 동궁에 들렀다가 다시 희정당으로 가는 길에 들렀소."

상궁과 나인들이 얼른 절을 하고 밖으로 나갔다.

중전이 상석을 비켜 주며 물었다.

"동궁은 잘 지내는 거 같습니까?"

"의외로 꾀도 안 부리고 열심히 공부하더군."

"다행입니다."

"궁금하면 직접 가 보면 되지 않소?"

"한창 적응하는 중인데 신첩이 가면 방해만 될 것입니다."

"흠, 그것도 그렇겠군."

중전이 바닥에 흩어져 있던 종이를 장롱 안으로 치우며 물었다.

"커피와 간식을 내오라 할까요?"

"음, 뭐 좀 쉰다고 누가 뭐라 하진 않겠지."

"농을 다 하십니다."

곧 커피와 비스킷이 나왔다.

대령숙수인 클라슨이 몇 년 전에 제빵에 관심이 있는 거 같아 도서관에서 제빵과 관련한 책을 빌려 건넨 적이 있었다.

그때부터 식빵으로 만드는 샌드위치, 토스트를 비롯해 빵을 이용한 여러 요리가 나왔는데 비스킷도 그중에 하나였다.

비스킷도 엄연히 제빵 영역에 속한다.

비스킷이란 말 자체가 두 번 구운 빵이니까.

커피와 비스킷을 놓고 나간 나인이 눈에 익어 물었다.

"저 나인은 누구요?"

"기억을 못 하십니까?"

"눈에 익긴 한데…….”

"저 아이가 바로 향입니다."

"오, 그새 숙녀가 다 되었군."

"예, 많이 컸습니다."

"동생이 동궁에 있으니까 남매가 이젠 매일 만날 수 있겠군."

"잘된 일이지요."

"그렇소. 정말 잘된 일이오.”

난 커피를 마시면서 비스킷을 집어 먹는 중전을 보았다.

중전은 요즘 입덧이 심해 죽도 잘 넘기지 못했다.

근데 이상하게 비스킷은 괜찮은 모양이다.

요즘은 저걸로 끼니를 자주 때웠다.

"오늘도 입덧이 심했소?"

"조금씩 나아지는 듯합니다.”

"기쁜 소식이군."

이런저런 얘기를 하다가 물었다.

"근데 아깐 무얼 하고 있었소? 궁녀들과 긴밀히 이야길 하
던데."

중전의 눈빛이 갑자기 바뀌었다.

"전하께서 전에 직조기와 방적기 얘길 하신 적 있지 않습니까?"

"있었지."

"그 기계들을 지폐 만드는 데만 쓸 게 아니라, 옷감을 직접 만드는 용도로 쓰면 좋을 듯해 그 구상을 하고 있었습니다."

"흠."

"신첩이 주제넘은 것입니까?"

"아, 아니오. 좀 더 자세히 얘기해 보시오."

"사내들은 몸이 아프지 않으면 어찌 됐든 일을 나가 돈을 벌 수 있지만 아낙네들은 고작해야 삯바느질이 다입니다. 더구나 아이까지 딸린 과부라면 더 사정이 좋지 않겠지요."

"그럴 거요."

"하여 그런 과부들을 위한 좋은 일자리가 있으면 좋겠다 싶어 직조기와 방적기로 옷감을 만들어 보고자 하는 것입니다."

"좋은 생각이군."

내 말에 용기를 얻었나 보다.

중전이 신이 나서 바로 다음 아이디어를 제시했다.

"만든 옷감을 활용할 방안도 있습니다."

"무엇이오?"

"병사들의 군복을 만들 수도 있습니다."

"그건 더 좋은 생각이군."

"정말 그렇게 생각하십니까?"

"그렇소. 어차피 과인도 군복을 바꿀 생각을 하던 차였소. 지금 쓰는 저고리랑 바지가 군복으로는 적당하지 않으니까."

난 지필묵을 꺼내 그림을 그렸다.

"전체적인 형태는 이런 식으로 하고 단추를 여기다 다는 거요."

"……."

"바지는 활동하기 편하게 전체적으로 폭을 많이 줄여야 하오. 또, 평상시에 착용할 수 있는 군모도 있어야 하고 겨울을 대비해 내복과 외피도 있어야 하오. 아, 양말도 중요하지."

중전의 눈이 동그래졌다.

아마 내가 그녀의 비위를 맞춰 주기 위해 군복을 새로 만들려고 했다는 듯 마음에도 없는 말을 한 줄 안 모양이다.

근데 보고 있으니 그게 아니었다.

오히려 내 계획이 훨씬 더 정교했다.

"정말 놀랐습니다."

그녀가 약간 실망한 거 같아 얼른 말을 덧붙였다.

"하지만 군복을 어떻게 생산할지는 아직 정하지 못했었소. 한데 중전이 좋은 계획을 알려 준 덕에 이젠 추진할 수 있겠소."

중전의 목소리가 다시 밝아졌다.

"정말 추진하시는 것입니까?"

"여부가 있겠소."

"그러면 신첩이 공방에서 일할 몇 명을 천거해도 되겠습니까?"

"하시오."

"침방 궁녀에 따르면 향이가 머리도 영특하고 셈도 누구보다 빠르다고 합니다. 향이를 내보내 공방 일을 보게 하시지요."

향이는 천재인 단이의 누나다.

유전자를 같이 물려받았을 테니까 이상한 일은 아니다.

"그렇게 하시오."

"그리고 나머지 한 명은……."

"한 명은?"

"의순공주입니다."

오랜만에 들어 보는 이름이다.

지금은 명동 근처의 사택에서 지내고 있을 텐데.

"어떻게 의순공주를 생각하게 된 거요?"

"애초에 이번 일을 신첩에게 권한 사람이 의순공주였습니다."

문득 의문이 들었다.

의순공주와의 콜라보도 놀라운데, 최초 제안자가 그녀라니.

그간 무슨 일이 있었던 걸까?

"두 사람 사이에 왕래가 있었던 거요?"

"자주 만나진 못했지만, 인편으로 안부는 계속 주고받았습니다."

"의순공주는 어떻게 하다가 그런 제안을 하게 된 거요?"

"공주가 본인과 비슷한 처지의 여인들을 만나 본 뒤에 그녀들의 처지가 딱하다는 생각이 들어 이런 생각을 했다고 합니다."

"흠, 내가 미처 살피지 못한 곳을 의순공주가 대신 살펴 주었군."

난 잠시 생각한 뒤에 말했다.

"곧 서유럽회사 사장인 장현을 보내 주겠소. 의순공주와 같이 그를 만나서 자세한 계획을 말해 주시오. 그러면 장현이 알아서 서유럽회사 자원을 이용해 공방을 만들어 줄 것이오."

중전이 정말 기쁜 모양이다.

갑자기 내 품에 덥석 안겼다.

"신첩의 청을 들어주셔서 얼마나 기쁜지 모릅니다."

난 중전을 쓰다듬으며 생각했다.

아니, 이번엔 내가 오히려 여인들의 도움을 받은 거에 가깝지.

여성 인력을 이용하지 않으면 폭발적인 성장은 무리니까.

152장. 웬 놈들이냐!

난 희정당으로 돌아와 홍귀남을 불렀다.

"서유럽회사 장현에게 중전을 당장 찾아뵈라고 전해라."

"예, 전하."

홍귀남이 떠난 뒤에 왕두석을 몰래 불렀다.

"오랜만에 미복하고 잠행 좀 해야겠다."

"어떤 옷으로 드릴까요?"

"흠, 이번엔 졸부가 좋겠다."

"알겠사옵니다."

곧 화려한 도포를 걸친 뒤에 담비 털모자로 화룡점정을 찍었다.

옷을 갈아입고 나서 거울로 확인했다.

공식 석상에 자주 등장해 이젠 내 얼굴을 아는 백성이 많다.

하지만 이렇게 보니 임금보단 영락없는 졸부에 가깝다.

"완벽하군."

그때, 왕두석도 변장을 마치고 들어왔다.

"어, 뭐야?"

"왜 그러시옵니까?"

"너도 졸부로 변장한 거야?"

"가까이서 호위하려면 이게 편하지 않겠사옵니까?"

"가까이서 호위하려면 졸부보단 짐꾼이 낫지."

"짐, 짐꾼 말이옵니까?"

"왜? 싫어?"

"아, 아니옵니다. 금방 갈아입고 오겠사옵니다."

잠시 후, 후줄근한 옷차림에 패랭이를 쓴 왕두석이 들어왔다.

난 손뼉을 치며 감탄했다.

"이야, 잘 어울리네."

"그, 그렇사옵니까?"

"마치 널 위해 맞춤한 옷 같다."

"하하하."

"이참에 선전관 때려치우고 아예 보부상이 되어 보는 건
어떠냐?"

"하하하."

"또 어색하게 웃는 걸 보니 속으로 내 욕을 실컷 한 모양이지?"

"하하하, 그럴 리가 있겠사옵니까?"

"입에 침이나 바르고 거짓말해, 자식아."

왕두석이 얼른 혀로 입에 침을 발랐다.

"그럼 이젠 거짓말해도 괜찮은 것이옵니까?"

"암튼 해 지기 전에 돌아와야 하니까 서두르자."

"예, 전하."

"지금부턴 회장님이라 불러."

"회, 회장님은 또 뭡니까?"

"내가 이래 봬도 서유럽회사에서 젤 높지 않으냐?"

"그거야 다 아는 사실이지요."

"근데 장현이 사장이면 그보다 높은 난 뭐겠냐?"

"사사장?"

"암튼 회장이 사장보다 높은 거니까 그렇게 불러."

"알겠습니다. 회장님."

"그래, 왕 비서. 일단 저잣거리로 가 보자."

"좋은 곳으로 모시겠습니다, 회장님."

물론, 우리 둘만 가진 않았다.

김준익이 위장한 금군 1개 중대를 동원해 호위했다.

가장 먼저 들른 곳은 시전이다.

시전도 할 말이 많지.

시전의 사전적 의미는 도성 사대문 안에서 조정으로부터 상거래를 허락받은 상인이 모여 있던 시장을 일컫는 말이다.

조정이 그렇게 한 이유는 하나다.

상인에게 세금을 거둘 방법이 마땅치 않아서다.

농부야 농지의 넓이를 계산해 세금을 딱딱 부과할 수 있다.

하지만 얼마 버는지 알기 어려운 상인에겐 힘들다.

그래서 사대문 안에서 상거래를 할 수 있는 독점 권리를 상인에게 팔아먹는 식으로 세금을 거두는 방식을 변경한 거다.

그 여파로 인해 국사 교과에서도 중요한 비중을 차지하는 난전, 금난전권, 신해통공 같은 게 나오게 되는 거고.

하지만 지금은 완전히 새로운 세상이 되었다.

새 세법에 따라 모든 상인이 소득세를 내기 때문이다.

즉, 시전 상인이 보유한 금난전권이 쓸모없어지면서 균전사의 허락만 받으면 누구나 장사를 할 수 있는 날이 온 거다.

그 결과는 어땠냐고?

시전이 몇 배 커지면서 활기마저 넘치는 시장으로 바뀌었다.

물건을 파는 상인의 표정에선 생동감이 넘친다.

물건을 사는 백성도 마찬가지다.

그들의 얼굴에선 웃음꽃이 떠나지 않는다.

상인들이 경쟁하며 물가가 안정을 찾은 덕분이다.

예전엔 시전 상인이 값을 정하면 그게 곧 시세였다.

시전이 아닌 다른 장소에서 물건을 사고팔면 그 자체로 국법을 위반하는 행위가 되기에 시전 상인이 곧 시장 지배자였다.

그래서 시전 상인이 폭리를 취하기 위해 말도 안 되는 가격으로 값을 올려도 백성은 그 값을 내고 물건을 사야만 했다.

하지만 금난전권이 없는 지금은 상황이 다르다.

상인들이 더 많이 팔기 위해 경쟁할 수밖에 없는 구조다.

덕분에 물가는 3년 전과 변함이 없다.

물론, 담합이란 변수가 있긴 하지만 균전사, 포도청이 두 눈을 시퍼렇게 뜨고 감시하는지라, 감히 엄두도 내지 못했다.

추가로 서유럽회사 소매 사업 본부가 옷감과 양곡, 소금과 같은 생활필수품 대부분을 독점하기에 물가는 더 안정적이었다. 서유럽회사는 백성을 상대로 이득을 보지 않는 게 철칙이니까.

난 종이와 붓을 파는 나이 든 상인에게 물었다.

"종이는 요즘 뭐가 잘 나가오?"

상인은 호구 하나 물었단 표정으로 신이 나 떠벌렸다.

"종이는 역시 닥나무로 만든 이 한지가 최고입죠."

그러면서 좌판에 깔아 둔 한지를 한 묶음 건넸다.

난 감식안으로 확인했다. 기껏해야 B급 정도구만.

한지를 돌려준 뒤에 좌판 구석을 가리켰다.

"저게 좋네. 저건 얼마요?"

상인은 그게 거기 있는 줄도 몰랐던 모양이다.

"이게 왜 여기 있지?"

종이에 묻은 먼지를 툭툭 턴 상인이 대답했다.

"이건 좀 묵은 거니까 300원에 드리리다."

"에이, 묵은 거라면서 300원이나 받는단 말이오?"

"에라 모르겠다. 그럼 290원에 가져가슈."

"그러지 말고 250원으로 합시다."

"댁한텐 안 팔 테니까 딴 데 가서 사슈."

"그럼 260원 어떻소?"

"에헤이, 안 판다니까 그러네."

"그러지 말고 260원에 파시오."

상인이 내 위아래를 훑으며 콧김을 뿜었다.

"아니, 옷도 비싼 걸 걸친 양반이 체면머리도 없이 쪼잔하게 값을 깎으려 드는 거요? 덩치 큰 양반이 좌판을 막고 있으면 오는 손님도 돌아가니까 안 살 거면 다른 곳으로 가슈."

난 주변을 슬쩍 둘러본 뒤에 목소리를 낮춰 물었다.

"그러면 균전사 장부에 적지 않고 260원에 파는 건 어떻소?"

상인이 가까이 오라고 손을 까딱거렸다.

난 시키는 대로 귀를 가까이 가져갔다.

그 순간, 상인이 내 귀를 잡아 뜯으며 소리쳤다.

"꺼지라는 말 못 들었어!"

그 모습을 보고 놀란 왕두석과 김준익 등이 달려올 때.

내가 손을 저어 말렸다.

그래도 그들은 끝까지 상인에게 손을 쓰러 들었다.

난 한 번 더 엄한 표정으로 손을 저었다.

그제야 왕두석과 김준익 등이 뒤로 물러섰다.

물론, 멀리 가진 않고 좀 떨어져서 상인을 경계했다.

난 벌겋게 부어오른 귀를 만지며 퉁명스레 물었다.

"아니, 안 되면 안 된다고 할 것이지, 엄한 귀는 왜 당긴 거요?"

상인이 도리어 화를 냈다.

"내가 너 같은 놈을 한두 번 본 줄 알아?"

"나 같은 놈이 또 있었소? 그거 쉽지 않은 일인데."

"균전사 장부에 적지 말고 몰래 팔라고 한 뒤에 포도청에 신고해서 포상금을 타 먹으려는 놈들이 얼마나 많은지 알아?"

"아."

"뭘 이제야 알았다는 듯이 아 타령이야?"

"그러면 내 사과하는 뜻에서 300원에 사겠소."

눈알을 이리저리 굴리던 상인이 갑자기 활짝 웃었다.

"아이고, 재신이 오신 줄도 모르고 이거 내가 실례가 많았구만."

갑자기 태도를 바꾼 상인이 한지를 꼼꼼하게 포장해 건넸다.

"여깄소."

물건을 받은 뒤에 지갑에서 500원을 꺼내 건넸다.

상인은 500원을 받은 뒤에 100원짜리 두 장을 거슬러 주었다.

난 혹시나 해서 물었다.

"500원에 있는 초상화가 누구 건지 아시오?"

상인이 지폐를 흔들며 되물었다.

"이거 말이오?"

"그렇소?"

"지금 장사하는 사람이라고 무시하는 거요?"

"알고 있소?"

"충무공 이순신 장군의 초상화 아니오?"

난 거슬러 받은 100권 지폐를 들어 보였다.

"그러면 이분은?"

"충장공 권율 장군의 초상화지."

"학식이 대단하시오."

"학식은 무슨. 애들도 다 아는 얘긴데."

퉁명스레 대답한 상인은 장부에 서투른 글씨로 오늘 날짜와 대략적인 시간, 그리고 금액을 아라비아 숫자로 작성했다.

내가 장부를 힐끔거리니까 상인이 안 보이는 쪽으로 돌아섰다.

"그 꼬부랑 숫자는 어디서 배웠소?"

"어디서 배우긴. 장사하려고 배웠지."

"균전사에 사업자 신고할 때 배웠단 거요?"

"안 배우면 허가를 안 내 주니까."

"그러면 균전사가 세금은 얼마나 떼어 가는 거요?"

작성을 마친 상인이 장부를 얼른 숨기며 되물었다.

"뭐요, 당신?"

"왜 그러시오?"

"아까부터 왜 꼬치꼬치 캐묻는 거요?"

"아, 이상한 사람은 아니니까 오해하지 마시오."

"혹시……."

"……."

"혹시 당신도 장사해 보려고 묻고 다니는 거요?"

"하하, 이거 들켰구만."

"잘사는 양반 같은데 장사는 왜 하려는 거요?"

"사람 일이라는 건 어떻게 될지 모르는 거지 않겠소?"

"뭐 그렇긴 하지. 임금님이 아닌 이상 사람 일을 어찌 알겠소?"

"하하, 내 말이 그 말이오."

"당신은 그래도 인상이 서글서글하니까 내 알려 주리다."

"고맙소."

"100원 이하는 세금을 안 떼오."

"그럼 100원 이상부터 떼는 거요?"

"그렇지. 100원부터 1,000원까진 10분의 1이 세금이오."

"흐음."

"그리고 1,000원부터 10,000원까지는 10분의 2가 세금이오."

"그럼 10,000원부터는 얼마요?"

"10분의 3이오."

"그 이상도 있소?"

"나야 팔아 본 적이 없어 모르겠지만 10분의 4도 있다고 하더군."

"균전사가 순 도둑놈들이구만."

"어허, 그건 당신이 몰라서 하는 소리요."

"그렇소?"

"내가 난전을 해 봐서 아는데 차라리 세금을 떼는 게 더 낫소."

"어째서 그렇소?"

"난전할 때는 시전 상인들이 언제 들이닥칠지 몰라 조마조마해서 사람이 살 수가 없었다오. 그놈의 금난전권이 뭔지, 잘못 걸리면 개처럼 맞고 좌판도 뺏기는 일이 부지기수였소."

"오호라."

"거기다 왈패 놈들이 자릿세를 왕창 뜯어 가는 바람에 하루 종일 장사해도 입에 풀칠하는 것조차 힘든 날이 더 많았소."

"그러면 지금은 안 그런단 거요?"

"왈패 놈들이야 예전에 씨가 말라 버렸지."

"왈패야 쌀벌레처럼 계속 생기는 거 아니오?"

"왈패가 다시 생길 기미라도 있으면 포도청에서 싹 잡아다 가 북방으로 보내 버린다고 들었소. 그러니 오히려 세금을 내 는 게 더 낫지 않겠소? 나라의 보호를 받을 수 있으니까."

"흠, 듣고 보니 일리가 있소."

"또 궁금한 거 있소?"

"저 균전사 장부 말이오?"

상인이 숨겨 둔 장부를 꺼내 보였다.

"이거 말이오?"

"상인이 알아서 기재하던데 슬쩍 숫자를 바꾸면 되는 거 아니오?"

"그건 하나만 알고 둘은 모르는 소리요."

"어째서 그렇소?"

"균전사 관원들이 매일 손님으로 위장해 돌아다니다가 뭔가 의심스러운 구석이 있으면 물건을 산 뒤에 장부를 확인하오."

"장부 숫자가 맞지 않으면 어떻게 되는 거요?"

"사업자 허가를 취소당한 뒤에 몇십 배에 해당하는 돈을 벌 금으로 내야 하오. 심하면 아예 포도청에 잡혀간다고 들었소."

"알려 줘서 고맙소. 그리고 이건 그 답례요."

난 지갑에서 1,000원짜리 지폐를 꺼내 건넸다.

지폐를 본 상인이 군침을 흘리다가 붓 하나를 건넸다.

"이건 조선 최고의 장인이 귀한 오소리 털로 만든 붓이오. 아마 제값을 받으면 1,200원쯤 하는 건데 이걸 가져가시오."

"안 줘도 괜찮소."

"어차피 장사 외 소득도 기록해야 해서 이쪽이 더 간편하오."

"그렇다면 고맙게 받겠소."

감식안에 따르면 실제로 꽤 괜찮은 붓이었다.

물론, 1,200원은 절대 아니었지만.

상인이 장부에 기록할 때. 난 슬쩍 물었다.

"혹시 1,000원 지폐 초상화는 누군지 아시오?"

"누구긴 누구요, 당연히 우리 임금님이지."

우리 임금님이라…….

난 흡족해져 돌아가다가 쌍둥이를 불렀다.

"찾아 계시옵니까?"

먼저 쌍둥이 형에게 명했다.

"포도청에 말해서 포졸이 항상 시전에 상주할 수 있도록 해라. 특히, 상인에게 자릿세를 걷는 왈패들이 있으면 발견하는 즉시 체포한 뒤 그 뿌리까지 찾아내 발본색원하라 전해라."

"예, 전하."

이어 쌍둥이 동생에게도 명했다.

"균전사에는 탈세를 발견해 고발한 자에게 주는 포상금을 더 높이라고 해라. 아니, 기존보다 두 배로 줘도 좋다고 해라."

"알겠사옵니다."

쌍둥이가 어명을 전하러 떠난 뒤에 우리는 환궁했다.

눈에 띄고 싶지 않아 북촌 골목을 이용해 돌아가는데.

"웬 놈들이냐!"

김준익이 소리치며 칼을 쉭 뽑더니 내 앞을 재빨리 막아섰다.

뭔가 해서 고개를 돌렸을 때.

북촌 한옥 지붕 위에 복면을 쓴 암살자가 총을 겨누고 있었다.

153장. 이번엔 어디 한번 끝까지 가 보자.

탕!

날카로운 총성이 들린 후에 김준익이 가슴을 잡으며 쓰러졌다.

그 순간, 또 다른 금군이 달려와 내 앞을 막아섰다.

탕!

두 번째 총성이 들린 뒤에 금군이 다시 쓰러졌다.

그사이, 왕두석은 나를 골목 사각지대로 이끌면서 소리쳤다.

"선전관들은 포도청과 금위청에 지원을 요청해라!"

"예!"

"금군은 전하를 창덕궁 서문으로 모셔라! 빨리!"

"알겠습니다!"

타타타탕!

총알이 주변에 비처럼 떨어지며 금군이 여기저기서 쓰러졌다.

"전하!"

고함을 지르며 몸을 날린 왕두석이 내 몸을 덮었다.

"윽."

신음을 흘린 왕두석이 살아남은 금군에게 다시 고함을 질렀다.

"빨리 전하를 뫼셔라!"

금군은 빗발치는 총알 속에서도 나를 창덕궁 쪽으로 데려갔다. 총 유효 사거리를 벗어난 뒤에 왕두석이 골목 쪽으로 돌아섰다.

"어디 가?"

급히 묻는 내 물음에 왕두석이 돌아서서 대답했다.

"소관은 가서 김 좌별장을 데려오겠사옵니다."

"너도 다쳤으니까 다른 금군을 시켜."

"소관이 가야 하옵니다. 제발 허락해 주시옵소서."

"신 부장 생각도 해야지. 애들도 이젠 둘이잖아."

왕두석이 털썩 엎드렸다.

"전하, 이번 일을 하지 않으면 소관은 평생 이날을 후회하며 살아야 하옵니다. 부디 이번 한 번만 윤허해 주시옵소서."

"알았다. 하지만 꼭 살아 돌아와야 한다."

32 조선의 문명왕 7

"예, 전하!"

군례를 취한 왕두석이 총알이 떨어지는 골목길로 뛰어갔다.

엉덩이 쪽에 총알을 맞은 탓에 다리가 피범벅이었지만, 뛰는
데는 문제없는지 벌써 골목길 안으로 들어가 보이지 않았다.

"전하, 이제 가셔야 하옵니다."

난 금군의 간절한 부탁에 발길을 돌렸다.

오늘따라 창덕궁의 서문이 유독 좁게 느껴졌다.

왕두석은 쓰러진 김준익에게 물었다.

"좌별장님, 괜찮으십니까?"

의식이 약간 남아 있던 김준익이 물었다.

"전, 전하는?"

"피하셨습니다."

그제야 김준익의 표정이 편안해졌다.

"그래, 다행이군……."

"장군님, 정신 차리십쇼. 곧 의원들이 올 겁니다."

"아니, 난 틀렸어."

"장군님!"

"전하께 끝까지 모시지 못해 황송하다고 말씀드려 주게……."

"장군님!"

왕두석이 불러 보았지만, 김준익은 말없이 고개를 떨어트

렸다.

주먹으로 땅을 후려친 왕두석은 김준익을 업고서 옆에 있는 민가의 대문을 박차고 들어가 시신을 마루에 내려놓았다.

총소리에 놀라 숨어 있던 집주인이 얼굴을 내밀었다.

"누, 누구쇼?"

왕두석은 대답 대신에 김준익의 시신을 내려다보며 말했다.

"이분은 나라의 큰일을 하시다가 안타깝게 돌아가신 분이오."

"……."

"나 대신에 엄한 놈들이 시신에 불경한 행동을 하지 못하게 지켜 주시오. 곧 돌아와 수습해 가겠소. 물론, 사례도 하겠소."

집주인의 대답을 듣지도 않고 문을 박차고 뛰쳐나간 왕두석은 칼을 뽑아 손에 쥔 뒤에 총성이 들린 방향을 확인했다.

암살에 실패한 놈들이 퇴각했는지 총성이 더는 들리지 않았다.

이때쯤에는 북촌 전체가 벌집을 건드린 거 같은 상황이었다.

금군, 포도청, 금위청, 용호군, 그리고 도성에서 대기하던 팔장사 한 개 부대까지 전부 달려와 북촌 전체를 포위했다.

관계 기관이 너무 많을 경우, 지휘선에 혼란을 빚기 마련이다.

그리고 지휘선에 혼란이 빚어지면 포위망에 구멍이 숭숭 뚫려 갇혀 있던 적들이 탈출할 기회를 쉽게 잡을 위험이 있었다.

하지만 이번 작전은 지방군 시찰을 나간 이완을 대신해 도성에 근무하던 도제조 유혁연이 직접 나서서 맡은 상태였다.

유혁연은 정1품 도제조에 가자와 사인참사검을 받은 명장이다.

포도대장 신류, 금군 대장 이상립, 용호군 군장 강대산, 팔장사 김지웅 등 한가락 하는 이들이 다 모였지만 유혁연이 나타나는 순간, 다들 비켜서서 상석을 양보할 수밖에 없었다.

더구나 유혁연은 포진의 전문가다.

도덕경에 나온 '천망회회 소이불실'이란 구절처럼 얼핏 보면 허술할 거 같으면서도 실제로 가서 부딪쳐 보면 뚫고 나갈 틈이 전혀 없는 단단한 그물같이 완벽한 포위망을 구축했다.

포위망을 완성한 뒤에는 팔장사가 주축을 이룬 수색대를 파견해 한 집, 한 집 뒤져 가며 암살자들을 한쪽으로 몰아갔다.

현재 조선이 가동할 수 있는 무력 조직 중에 팔장사만이 유일하게 시가전과 근접 전투와 관련한 훈련을 받아 그들의 주도하에 금위청, 포도청, 착호군 등이 협력하는 방식이다.

어렵게 지휘부를 찾은 왕두석이 이상립을 찾아가 보고했다.

"좌별장이 전사하셨습니다."

이상립이 떨리는 목소리로 물었다.

"뭐? 자세히 말해 보게!"

왕두석은 김준익이 전사한 경위를 설명했다.

주먹을 꽉 쥔 이상립은 숨을 깊이 내쉰 뒤에 말했다.

"시신을 옮겨 주었다니 내 금군을 대표하여 감사를 표하겠네."

"아닙니다."

김준익의 전사 소식은 곧 금군 내에 빠르게 퍼져 갔다.

"이거 놔! 놓으라고!"

기송일이 말리는 부하를 뿌리치며 포위망으로 달려가려 하였다. 결국, 이상립까지 나서서 진정시킨 뒤에야 소동이 가라앉았다.

이상립은 명령을 내려 김준익의 시신을 수습해 오게 하였다.

물론, 시신을 지켜 준 백성에게 사례도 잊지 않았다.

왕두석은 그사이 상처를 치료받았다.

다행히 총알이 살이 많은 부위에 박혀 의료 사업부에서 지원 나온 외과의원이 메스로 절개한 뒤에 총알을 빼낼 수 있었다.

의원이 상처를 증류주로 소독한 뒤에 붕대를 감아 주기 무섭게 왕두석은 칼을 들고 수색대에 합류해 암살자를 찾았다.

얼마 후엔 소식을 듣고 급히 달려온 홍귀남도 합류했다.

"다쳤다고 들었는데 괜찮으십니까?"

"백두가 문 것보다 안 아파. 그보다 전하께선 어찌하고 계셔?"

"급히 대신들을 소집해 조회를 여셨습니다."

"같이 미행 나온 금군의 피해는?"

"다섯이 죽고 열은 다쳐서 치료받고 있다고 들었습니다."

"도대체 어떤 놈들인지 모르겠군."

"용호군에선 한수동이란 놈이 저지른 거 같다고 추측 중입니다."

"한수동? 3년 전에 공판 김윤회를 꼬드겼던?"

"그렇습니다."

"그러면 왜놈들 짓이군."

"그럴 겁니다."

대답하고 담을 돌아가던 홍귀남이 급히 뒤로 물러섰다.

탕!

총알 하나가 날아와 돌담을 맞고 튀어 나갔다.

홍귀남이 전립을 벗어 확인했다.

전립 끄트머리가 총알에 맞아 찢어져 있었다.

왕두석이 홍귀남의 어깨를 툭 쳤다.

"역시 귀남이 넌 운이 좋군."

홍귀남이 전립을 다시 쓴 뒤에 고개를 끄덕였다.

"사격 솜씨가 좋습니다. 상당한 훈련을 받은 걸로 보입니다."

"너보다 좋은가?"

"그럴 리는 없죠."

"대단한 자신감이군."

"이게 제 유일한 장기니까요."

"그렇다면 이번엔 네 실력에 기대야겠군."

"예?"

"내가 미끼를 자처할 테니까 네가 저격해."

"위험합니다."

"어차피 여길 뚫어야 놈들을 한쪽으로 몰 수 있어."

"휴, 알겠습니다. 하지만 조심하셔야 합니다."

"걱정하지 마. 나도 귀여운 딸내미를 두고 죽고 싶진 않으니까."

왕두석은 전립을 부여잡고 앞의 민가로 뛰어갔다.

당연히 숨어 있던 암살자는 발견 즉시 총을 쏘았으나, 총알은 아슬아슬하게 빗나가 왕두석이 아닌 땅바닥에 처박혔다.

장전한 보라매를 가지고 담 뒤에서 대기하던 홍귀남은 암살자가 밖으로 노출되는 순간, 바로 겨냥해 방아쇠를 당겼다.

탕!

암살자는 미간이 뚫려 지붕 밑으로 떨어졌다.

그런 식으로 암살자들을 몰아갈 때.

암살자 한 놈이 아이를 인질 삼아 저항했다.

다행히 총알은 다 떨어진 모양이다.

암살자 놈이 칼로 아이의 목을 겨누고 있었다.

미간을 찌푸린 왕두석이 물었다.

"틈이 있나?"

홍귀남이 고개를 저었다.

"놈이 아이 뒤에 너무 붙어 있습니다."

"각도가 나오면?"

"한 방에 해결할 수 있습니다."

"아이를 맞히지 않을 자신은 있는 거지?"

"물론입니다."

"좋아."

칼을 버린 왕두석은 두 팔을 높이 들고 암살자 앞에 나타났다.

"이봐, 아이가 무슨 죄가 있겠어. 그렇지 않아? 너도 자식이나 조카가 있을 거 아냐?"

"……."

"무슨 생각으로 이런 짓을 벌이는진 모르겠지만 우리 사나

이답게 해결하자고. 아이를 놔주면 널 절대 건드리지 않을게."

"……."

대답을 듣지 못한 왕두석이 대화 상대를 바꾸었다.

"꼬마야."

"예, 예?"

"지폐가 떨어져 있으면 어떻게 할 거니?"

"주, 주워야죠."

"바로 그거다."

왕두석은 손바닥을 천천히 앞으로 돌렸다.

그 순간, 손등에 붙여 둔 지폐가 떨어져 나와 바닥으로 향했다.

아이는 꽤 똑똑했다. 바로 암살자 놈의 손을 뿌리치며 지폐 쪽으로 몸을 숙였다.

당황한 암살자 놈이 칼로 아이의 등을 찌르려는 순간.

탕!

총성이 울린 뒤에 암살자 미간에 대추만 한 구멍이 뚫렸다.

왕두석은 곧장 달려가 아이를 끌어안았다.

"괜찮냐?"

아이는 그제야 두려움에 질려 몸을 바들바들 떨었다.

그때, 홍귀남이 바닥에 떨어진 지폐를 주워 아이에게 건넸다.

"이건 이 아저씨가 주는 거니까 공부 열심히 해야 한다."

아이는 바로 5,000원짜리 지폐를 들고 집으로 돌아갔다.

왕두석이 그런 아이를 보며 당황했다.

"100원짜리랑 바꿔 가지 않을래?"

"……."

"1,000원짜리도 있는데……."

홍귀남이 왕두석의 어깨를 툭 쳤다.

"5,000원이면 싸게 먹힌 건데 그만 포기하시죠."

"그, 그래."

수색대는 이틀에 걸쳐 암살자들을 한곳으로 몰았다.

마지막에는 유혁연이 항복을 권유했으나 씨알도 안 먹혔다.

결국, 유혁연이 제압을 명하려 할 때.

살아남은 암살자 10여 명이 독을 먹고 자결했다.

그 모습을 본 유혁연이 미간을 찌푸렸다.

"이거 보통 지독한 놈들이 아닌데."

그 말에 다들 고개를 끄덕였다.

◆ ◆ ◆

난 한숨을 내쉬었다.

앞에는 강대산, 안교안, 고검이 무릎을 꿇고 앉아 있었다.

강대산이 다시 한번 머리를 조아렸다.

"이번 일은 소관의 불찰이 크옵니다. 엄히 벌하여 주시옵소서."

"그보다 어떤 놈들인지는 알아냈어?"

"몇 달 전에 놓친 한수동의 짓이 분명하옵니다."

"한수동, 그놈은 대체 무슨 재주로 자기 목숨을 초개같이 여기는 미친놈을 서른 명이나 도성에 잠입시킬 수 있던 거야?"

"암살자의 시신을 부검해 본 결과……."

"왜? 뭐가 나왔는데?"

"왜인으로 보이옵니다."

"그걸 어떻게 알지?"

"체구가 왜소하고 치열 상태가 아주 나빴사옵니다."

"흠, 일리가 있군."

"한수동이 왜국에서 불러들인 자객들이 분명하옵니다."

난 고개를 돌려 안교안에게 물었다.

"지금 왜국은 상황이 어때?"

"삿초 동맹과 막부군이 3년 동안 두 차례 싸워 현재는 삿초 동맹이 막부군을 카가 번이 있는 노토반도까지 몰아냈사옵니다."

"중간에서 간을 보던 놈들은?"

"시코쿠와 간사이 지역 번들도 삿초 동맹 쪽에 합류했사옵니다."

"그러면 삿초 동맹이 승기를 완전히 잡았단 거군."

"그렇사옵니다."

"우리 쪽에 선수를 칠 정도로 삿초 동맹에 여유가 있다고 보나?"

"그 문제는 좀 더 확인해 봐야 할 것이옵니다."

"아무튼 한수동을 이번엔 확실히 잡아."

강대산 등이 일제히 머리를 조아렸다.

"예, 전하."

용호군 수뇌부가 일어날 때.

홍귀남이 뛰어 들어왔다.

"전하, 명동 서유럽회사 본사에 불이 났사옵니다!"

"뭐?"

이어 쌍둥이 중 형이 보고했다.

"군기시와 포도청, 금위청에도 불이 번지고 있사옵니다!"

쌍둥이 동생도 급보를 전했다.

"종로 육조거리에서도 불길을 보았다고 하옵니다!"

마지막엔 금군 우별장 기송일이 들어와 보고했다.

"전하, 복면을 쓴 적이 창덕궁 후원에서 내려오고 있사옵니다!"

난 정신을 차리려 노력했다.

뭐지? 전면전인가?

아니, 상륙했단 보고는 없으니까 그건 아니겠지.

그러면 국지전을 유도하는 건가?

도대체 왜? 무슨 목적으로?

그때, 상선이 달려와 권했다.

"마마, 윗전들을 모시고 경덕궁으로 대피하시옵소서!"

난 고개를 저었다.

"윗전과 중전, 세자는 창경궁으로 피난시키시오!"

"그러면 전하께선?"

"과인의 갑주를 가져오시오!"

"마마, 안 되옵니다!"

"어서!"

상선도 결국 내 고집을 꺾지 못했다.

난 갑주를 챙겨 입고 직접 관우정 방향으로 나아갔다.

거기선 벌써 전투가 벌어지고 있었다.

금군이 수백이 넘는 적을 상대로 분투 중이었다.

난 이를 바드득 갈았다.

이 미친 새끼들이 감히 내 집을 노려?

이번엔 어디 한번 끝까지 가 보자.

이상립이 놀라 달려왔다.

"전하, 어찌……."

"내 집에 쳐들어온 적도 막지 못해서야 어찌 큰 전쟁에서 이길 수 있겠소. 과인은 신경 쓰지 말고 전투를 지휘하시오."

"예, 전하."

이상립은 돌아가서 다시 전투를 지휘했다.

숫자는 적이 많았다.

야간이어서 주간 번을 서는 금군 일부가 퇴궐했기 때문이다.

북촌 습격 사건 직후에는 금군 전체가 24시간 대기했지만, 소탕 작전이 한 달을 끌면서 다시 원래 교대 체제로 돌아갔다.

그래서 지원 병력이 오기 전까진 적은 인원으로 막아야 했다.

잠시 후, 상선이 달려와 알렸다.

"금군과 내시부에서 윗전 두 분 마마와 중전마마, 세자저하를 창경궁에 마련한 안전 가옥으로 모두 대피시켰사옵니다."

"윗전 두 분은 많이 놀라셨소?"

"처음엔 놀라셨다가 지금은 안정을 찾으셨사옵니다."

"중전과 세자는?"

"중전마마는 전혀 동요치 않으셨사옵니다."

역시 내가 마누라 하난 잘 만났군.

"세자는?"

"세자저하는……."

"왜? 놀라서 소변이라도 지린 거요?"

"그건 아니옵니다."

"그럼?"

"저하도 상감마마 옆에서 싸우겠다며 고집을 피우셨사옵니다."

"용감하군."

"예, 춘추가 어리신데도 벌써 강단이 대단하옵니다."

난 고개를 끄덕인 뒤에 다시 전장으로 고개를 돌렸다.

지금은 서로 총을 가지고 교전 중이었다.

아이러니한 건 서로 같은 총을 무기로 쓴단 점이다.

바로 보라매다.

마츠에를 통해 수출한 걸 손에 넣은 걸까?

아니면 한수동이 서유럽회사 무기 사업부에 손을 뻗친 걸까?

왠지 전자일 거 같았다.

우선 조선에서 유통하는 총기는 엄격한 관리를 받는다.

그리고 용호군 조사에 따르면 암살자들이 자기 총기에 있던 총번을 지우긴 했지만, 수출품일 가능성이 높다고 하였다.

즉, 수출한 보라매가 부메랑이 되어 돌아온 셈이다.

그렇다고 후회한단 소린 아니다.

왜국이 내전에 돌입한 이후에 보라매와 화포를 수출해 번 돈이 어마어마해서 우리 경제의 큰 축을 담당했기 때문이다.

홍귀남이 손을 꼼지락거리는 모습을 보고 고개를 끄덕였다.

"가서 도와줘라."

"망극하옵니다!"

달려간 홍귀남은 보라매 세 자루로 적을 저격했다.

역시 솜씨가 대단했다. 총알 한 방에 목숨 하나가 떨어졌다.

그때, 후원 멀리 뒤쪽에서 횃불 수십 개가 타올랐다.

소식을 듣고 지원 나온 아군이 적의 퇴로를 차단한 모양이다.

당연히 적들도 퇴로가 막혔단 사실을 알아냈다.

거기다 보급에도 차이가 있었다.

금군이야 대궐 안에 탄약고가 있었다.

즉, 거의 무한으로 총알과 화약 공급이 가능하다.

반면 적들은 소지할 수 있는 양이 제한적이다.

결국, 총을 버린 적은 왜도를 들고 돌격을 감행했다.

이상립은 냉정했다.

"섣불리 뛰어나가지 마라! 자리를 고수하며 계속 사격을 가해라!"

탕탕탕탕!

보라매가 일제히 불을 뿜는 순간.

선두에서 달려들던 적들이 피를 뿜으며 나가떨어졌다.

하지만 보라매도 기관총은 아니다.

결국, 적 일부가 관우정을 중심으로 펼친 방어선에 도달했다.

난 관우정 안으로 들어가 계속해서 상황을 지켜보았다.

놈들이 좋아하는 만세 돌격이군.

뭐 이번엔 끝까지 몰린 거라 다른 방법이 없었겠지만.

만세 돌격은 의외로 잘 먹힌다.

특히, 훈련 안 된 부대가 상대일수록 잘 먹힌다.

보통 사람이 괴성을 지르며 흉기를 들고 달려드는 괴한을 보고 겁을 먹는 게 당연하듯이 병사도 똑같은 공포를 느끼니까.

다만 적들이 한 가지 간과한 게 있다면, 금군이 조선에서 백병전을 가장 잘하는 부대란 점이다.

팔장사는 좀 특수한 경우라 예외지만 훈련도감만 해도 이제 총, 야포와 같은 화기 훈련에 많은 시간과 자원을 투자한다.

반면 금군은 여전히 전통에 따라 칼 같은 냉병기를 수련한다.

더욱이 무예도보통지가 완성된 이후부턴 왜국의 검술까지 적극 수용해 수련했기에 실력 면에서도 전혀 뒤처지지 않았다.

캉캉캉캉캉!

전선 곳곳에서 불꽃이 일며 쇳소리가 들렸다.

금군은 적이 휘두른 왜도를 수중의 군도로 가볍게 밀쳐 냈다.

이어 다리로 적의 정강이 쪽을 힘껏 걷어찼다.

체중 차이에서 오는 충격에 적이 한쪽 무릎을 꿇을 때.

금군은 두 손으로 잡은 군도를 힘껏 내리쳤다.

그 즉시, 적이 가슴에서 피를 뿜으며 나가떨어졌다.

그런 일이 사방에서 벌어졌다.

이상립은 전선을 돌며 지시했다.

"1선은 적의 돌격을 막고 2선은 총으로 적 후위를 차단하라!"

금군은 명령을 충실히 이행했다.

1선이 적의 돌격을 막는 사이.

높은 지대로 올라간 2선이 적의 후위를 끊어 먹었다.

결국, 중간을 차단당해 후위 돌격 부대의 지원을 전혀 받지 못한 적은 금군과 백병전을 벌이다가 끝내 전멸하고 말았다.

거기다 퇴로를 막은 부대까지 합세한 덕에 전투는 30분쯤 더 이어지다가 지휘관으로 보이는 놈이 할복하며 막을 내렸다.

곧 퇴로를 막은 부대의 부대장이 달려와 절을 올렸다.

"늦어서 황송할 뿐이옵니다."

"그댄 팔장사의 김지웅 장사가 아니오?"

"그렇사옵니다."

"어떻게 소식을 듣고 이리 빨리 온 거요?"

"전날 북촌에서 수색 작업을 끝낸 뒤에 혹시 다른 도발이 있을까 싶어 장사들에게 근처에 대기하란 명령을 내렸사옵니다."

"그러면 훈련도감이나 금군 쪽의 지원 요청을 받고 온 거요?"

"아니옵니다. 소장이 판단하여 즉각 개입했사옵니다."

"오, 임무형 지휘 체계의 덕을 본 거로군."

"그렇사옵니다."

"피곤하겠지만 대궐 외에도 습격당한 시설이 많소. 팔장사
는 훈련도감의 지휘를 받아 남은 흉적을 깡그리 소탕하시오."

"어명을 받드옵니다."

김지웅이 팔장사를 이끌고 떠난 뒤에 난 희정당으로 돌아
갔다.

그사이, 금군은 급히 입궐한 금위청 병력과 창덕궁 전체를
둘러싸서 적의 습격이나 방화 시도를 사전에 차단하였다.

피해 집계는 이틀이 지나서야 끝났다.

그렇지만 적 수색과 소탕은 거의 한 달을 끌었다.

뭐 남은 적이 다 숨어 버려 우리가 끝냈다고 하긴 무리겠지만.

가장 크게 피해를 본 서유럽회사는 3분의 1이 불탔다.

다행히 시간대가 야간이라 사람이 많이 다치진 않았지만,
예전 모습으로 돌아가는 데 적지 않은 시간이 걸릴 듯했다.

그 외의 곳은 비교적 초기에 진압되어 큰 피해를 보지 않았다.

습격한 적에 관련한 조사 결과도 속속 나왔다.

예상대로 규슈에 살던 왜인으로 밝혀졌다.

좀 더 정확히 말하면 사쓰마 번의 자객이었다.

조정 안팎이 왜인을 당장 토벌해야 한단 분위기로 들끓었다.

다행히 훈련도감 수뇌부와 통제영 수뇌부는 당장 쳐들어가
는 건 무리라고 본 듯 남해안 방어 강화를 강력히 주장했다.

삿초 동맹이 이번 습격의 원흉인 만큼, 임진왜란처럼 규슈와 가까운 경상도로 쳐들어올 가능성이 아주 높기 때문이다.

난 그들의 주장대로 해안 방어 강화를 허락했다.

거기다 경상, 전라 두 수영도 편제를 확충하라 지시했다.

이성적으론 그들의 판단이 맞기 때문이다.

물론, 임진왜란처럼 기습당할 걱정은 하지 않았다.

왜국에 나가 있는 용호군 요원만 20명이 넘는다.

결정적으로 대마도주는 용호군의 꼭두각시와 같다.

왜군이 건너 와 상륙 준비를 하면 바로 연락이 올 거다.

며칠 후엔 이번 왜인 습격에서 전사한 금군과 훈련도감, 포도청, 팔장사, 용호군의 합동 영결식이 국장으로 거행되었다.

나도 참석해 전사자를 기리고 유족을 위로했다.

마지막 운구 행렬이 현충원으로 떠나기 전.

난 단상에 올라가 연설했다.

"우린 김준익 좌별장을 포함한 372명의 순국 장병을 현충원으로 보내기 전에 그들을 기리기 위해 모였소! 그들은 누군가의 아들이었고 아버지였으며 누군가의 형제이자 친구였소!"

"……."

"그들이 전사하기 전에 무슨 생각을 했는지 과인은 알 도리가 없소! 하지만 위기에 처한 나라를 걱정하면서 집에 있는 사랑하는 가족을 떠올렸을 거라고 과인은 감히 짐작하오!"

"……."

"여기에 모인 유족을 어떤 말로도 위로할 수 없음을 과인도 잘 알지만, 한 가지만은 과인의 뜻대로 해 주길 바라겠소!"

"……."

"자녀가 자라며 아버지의 빈자리를 느낄 때마다 이렇게 말해 주시오! 아버지는 나라와 민족을 많이 사랑했노라고! 그래서 적이 쏜 흉탄이 빗발치는 데도 용감히 몸을 날렸노라고!"

"……."

"남편, 혹은 아들의 빈자리를 느낄 때마다 서로에게 이렇게 말해 주시오! 우리 남편, 아들은 가족과 동료와 친구들을 무척 많이 사랑했노라고! 그래서 우리를 지켜 주기 위해서 화마가 들끓는 화재 현장으로 주저 없이 몸을 날렸노라고!"

"……."

"아마 순국 장병은 먼저 도착한 하늘에서 남은 가족들을 바라보며 걱정을 많이 할 것이오! 가장이 먼저 쓰러지면 생계에 부담이 있기 때문이오! 하지만 그대들은 걱정하지 마시오!"

"……."

"과인이 책임지고 그대의 가족이 이전과 같이 생활할 수 있도록 도울 것이기 때문이오! 그러니 부디 평안히 영면하시오!"

"……."

"마지막으로 순국 장병이 보여 준 충정과 희생정신은 조선의 전 백성이 이 세상이 끝나는 그날까지 잊지 않을 것이오!"

연설을 마친 뒤에 운구 행렬이 현충원으로 떠났다.

난 행렬이 도성을 나가는 관문인 서대문까지 배웅했다.

원래 도성에서 백성이 죽으면 광희문이라 불리는 남소문

을 통과해 장례를 치르는 장지로 이동하는 게 보편적이었다.

그래서 광희문을 아예 시구문이라 불렀다.

하지만 나라를 위해 순국한 장병을 시구문으로 내보내는 것이 마음에 걸렸기에 사대문인 서대문을 지나가게 하였다.

문무백관과 배웅을 마친 뒤에는 선정전으로 향했다.

가는 도중, 호조판서와 병조판서를 불러 단단히 지시해 두었다.

"과인을 거짓말하는 놈으로 만들고 싶지 않거든 군 연금법을 적용해 유족이 전과 같이 생활할 수 있게 해야 할 것이오."

"예, 전하."

"바로 조치하겠사옵니다."

"좋소."

선정전으로 이동해 전공을 세운 이들을 포상했다.

이미 순국 장병에겐 일 계급을 추서한 상태였다.

계급에 따라 연금이 늘어나기에 일종의 포상이라 할 수 있다.

참고로 김준익은 사상 최초로 2급 훈장을 받았다.

전공자 포상을 이어 가다가 왕두석 앞에 멈춰 섰다.

"선전관 왕두석은 자기 목숨을 돌보지 않고 전선에서 크게 다친 전우를 구하기 위해 사지로 다시 돌아갔다. 이는 아무나 따라 할 수 없는 용감한 행동이므로 3급 훈장을 하사한다."

"성은이 망극하옵니다."

왕두석은 큰절을 올린 뒤에 3급 훈장을 받았다.

이어 홍귀남에게도 포상했다.

"선전관 홍귀남은 적을 추격하는 도중에 아이를 인질로 삼은 적을 저격해 아이를 구했다. 이에 상패와 녹봉을 수여한다."

"성은이 망극하옵니다."

포상을 마치고 나서 희정당으로 돌아갔다.

홍귀남이 앞서가는 왕두석에게 슬쩍 물었다.

"훈장은 어딨습니까?"

"잘 모셔 놨지."

"선전관 중에서는 처음으로 훈장을 타신 기분이 어떻습니까?"

"마음이 무겁다."

"왜요?"

"이젠 훈장을 받은 사람의 품격에 맞게 행동해야 할 테니까."

"그거 정말 어려운 일이군요."

"어렵지. 그나저나 마음이 좀 그렇군."

"또 왜요?"

"김준익 좌별장님께 마지막 인사 정돈 하고 싶었거든."

"나중에 시간 내서 현충원에 참배 가면 되죠."

"그래, 그래야겠다."

"그나저나 전하께선 아까부터 말씀이 거의 없으신 거 같습니다."

"오전에 영결식에 참석하셨으니까 그렇겠지."

"아닙니다."

"뭐가 아냐?"

"놈들이 북촌에서 처음 기습했을 때부터 말씀이 없으셨습니다."

"그래?"

"뭔가 고민할 일이 생기신 모양입니다."

홍귀남의 말이 맞았다.

난 아직도 놈들의 의도를 파악 못 하고 있었다.

혹시 이번 습격의 이면에 내가 모르는 게 숨어 있는 거 아냐?

난 희정당을 지나쳐 관우정으로 향했다.

전투가 있었다는 걸 믿을 수 없을 정도로 주변이 깨끗했다.

운동복으로 갈아입고 운동하며 생각했다.

중량 운동하며 딴생각하는 건 위험한 행동이지만 이상하게 몸이 힘들면 반대로 생각이 명료하게 정리되는 때가 있다.

물론, 옆에 왕두석과 홍귀남이 있어 크게 다칠 염려도 없었고,

삿초 동맹이 지금 우세한 건 알겠어.

그리고 조선에 야욕이 있다는 것도 알겠어.

그놈들은 항상 그래 왔으니까.

왜구야 뭐 그렇다 쳐도 임진왜란은 명백한 침략 행위다.

정치적, 경제적 위기를 조선에 무력 투사하는 방식으로 한 방에 해결하려 한 전형적인 비도덕, 비윤리 범죄에 불과하다.

아무리 16세기라도 이는 명백한 전범 행위다.

말도 많고 탈도 많은 왜관을 유지해 교역을 허락해 준 것만도 고마워해야 할 놈들이 도리어 뒤통수를 후려쳐 버린 거다.

거기다 왜관 정도를 제외하면 평소에 교류가 거의 없었을 뿐만 아니라, 영토 분쟁처럼 도화선이 될 만한 사건도 없었다.

근데 갑자기 쳐들어와 7년 동안 조선을 쑥대밭으로 만들었다.

지금 조선 사람들은 임진왜란만 알기에 도쿠가와 막부가 들어선 뒤로는 왜국이 평화롭게 바뀐 걸로 착각할 수가 있다.

하지만 나는 안다.

임진왜란이 끝나고 300년이 지나기도 전에 놈들이 또 정치적, 경제적 이득을 취하기 위해 쳐들어온다는 사실을 말이다.

한 번은 그럴 수 있다고 본다.

하지만 두 번부터는 얘기가 다르다.

패턴이 만들어졌단 소리니까.

그리고 습성 자체가 그렇다는 거니까.

삿초 동맹이 이후에 조선을 노린다는 게 확실하단 전제하에서 이번 사건을 찬찬히 돌이켜 보면 이해가 안 가는 점 천지다.

왜 성공 가능성이 적은 암살 작전을 굳이 했어야만 했을까?

왜 사보타주를 일으켜 핵심 시설을 파괴하려 했을까?

놈들은 공작이 반드시 성공할 거라 믿어서였을까?

아니, 그건 아닐 거다.

세상에 반드시 성공하는 공작 따윈 없으니까.

그렇다면 대체 이유가 뭘까?

생각은 냇물이 모여 만들어지는 강물처럼 한 방향으로 흘렀다.

목적, 또는 이유를 알 수 없다면?

좀 더 확실한 쪽을 통해 추론할 수밖에 없다.

바로 결과다.

그리고 대체 그 결과란 무엇일까?

고민은 오래가지 않았다.

결과가 무엇인지 깨달았기 때문이다.

경상도 해안의 방어 강화와 경상 수영, 전라 수영의 전력 확대가 이번 암살 공작과 사보타주를 통해 만들어진 결과다.

그렇다면 이건 놈들의 의도대로 만들어진 결과로 볼 수 있다.

이것이 역의 역으로 가는 복잡한 작전이 아니라면 놈들이 쳐들어오는 지역은 경상도나 전라도의 남해안이 아닐 거다.

그렇다면 서해?

아니, 그건 너무 멀다.

제주도 남쪽 해안을 크게 돌아가야 하는 데다, 제주도 서귀포항에는 전라 수영의 분견 함대가 항시 초계를 돌고 있다.

저번 전쟁을 통해 얻은 전훈에 의해 생긴 정책이다.

결국, 동해라는 결론이 나오는군.

동해라면 어딜까?

포항? 아니면 아예 강원도 쪽인 강릉이나 주문진?

만약, 적이 강릉에 상륙한다면 도성까지 얼마나 걸릴까?

저항이 거의 없다고 가정하면 열흘쯤 걸리려나?

한참 동해안 방어 계획을 세우는데.

갑자기 뭔가로 머리를 세게 맞은 듯한 충격을 느꼈다.

왜 꼭 한 곳으로만 상륙한다고 생각했던 거지?

양동 공격으로 경상도와 강원도 양쪽에 상륙할 수도 있잖아.

이거 점점 셈이 더 복잡해지는군.

모병제로 전환하면서 정규군은 13만 명이다.

이제 이 13만 명으로 남해안과 동해안 전체를 방어해야 한다.

가장 먼저 든 생각은 선제 방어다.

즉, 적이 쳐들어오기 전에 먼저 나가 치는 거다.

그러나 곧 계획에서 지웠다.

보급부터 시작해 해결해야 할 일 천지다.

그러면 우리 해안에 근접했을 때, 수군으로 승부를 봐야 하나?

흠, 이것도 쉽지 않은 일이군.

적이 어디로 상륙할지 알아내려면 정보와 초계가 중요하다.

하지만 정보는 불확실성이 크다.

상대가 기만 정보를 일부러 흘릴 수 있기 때문이다.

나치 독일이 연합군에게 당한 것처럼 말이다.

그렇다면 초계해야 하는데 두 가지 문제가 있다.

하나는 방어를 준비할 시간을 벌기 위해서라도 최대한 멀리까지 초계를 나가서 적이 어디로 쳐들어올지 알아내야 한다.

근데 지금 함정 숫자론 불가능하다.

우린 현대 미국 해군이 아니니까.

고작해야 근해를 순찰하는 정도가 다다.

두 번째는 지켜야 할 해안선이 너무 길다는 거다.

초계에 성공해 설령 적이 어디로 쳐들어올지 알아냈다고 해도 사방에 흩어져 있는 군함을 한데 모을 시간이 부족하다.

해안에서 수군으로 요격하는 것도 안 된다면 방법은 하나다.

바로 상륙하게 한 뒤에 육군으로 포위해 격멸하는 방법이다.

근데 이 또한 쉽지 않다.

이러려면 고속 기동이 필수인데 강원도 쪽은 산지가 많아서 대포를 운용하는 포병을 제때 전선에 투입할 확률이 낮다.

한참을 고민해 보았지만 결국 결론이 나지 않았다.

하지만 크게 걱정하진 않았다.

이런 때를 대비해 인재들을 적재적소에 배치한 거니까.

가장 먼저 강대산을 비롯한 용호군 수뇌부를 불렀다.

원래 강대산의 표정은 북촌 습격부터 좋지 않았다.

그러다가 창덕궁 범궐과 사보타주 사건이 연달아 터지며 더 안 좋아져 거의 얼굴을 들고 다니지 못할 정도가 되었다.

용호군에 모든 책임을 지우긴 좀 그렇지만 어쨌든 주무 관청으로서 가장 중요한 방첩 임무에 실패한 셈이기 때문이다.

근데 강대산의 얼굴이 오랜만에 활기를 되찾았다.

"전하, 한수동의 꼬리를 잡았사옵니다."

"어떻게?"

"한수동이 왜관으로 삿초 동맹과 연락할 가능성이 크단 판

단하에 출입하는 자를 감시하다가 남해에 있음을 알아냈습
니다."

"작전 중인가?"

"사나흘 후에 결과가 올라올 것이옵니다."

"잘됐군."

"그렇사옵니다."

잠시 후, 훈련도감의 이완, 유혁연, 통제영의 이여발, 방오,
팔장사 오효성과 김지웅 등이 차례로 도착해 자리를 채웠다.

이여발과 방오는 통제영이 있는 여수 수영에 있다가 갑자
기 도성에서 큰 사건이 벌어졌단 소식에 급히 올라온 참이다.

거기다 경상, 전라 두 수영의 확충과 해안선 방어 강화 계획
을 훈련도감 쪽과 상의하려면 어차피 한 번은 올라와야 했다.

그리고 오효성도 함경도 북부에서 장사들의 훈련을 지도
하다가 마찬가지로 소식을 듣고 전 장사를 데리고 귀환했다.

아서왕과 원탁의 기사처럼 둥그런 테이블에 현 조선의 군
대와 준군사 조직을 이끄는 수뇌부가 전부 집결한 상황이다.

물론, 여기에 병조판서와 참판도 있는 게 맞다.

하지만 내가 훈련도감과 통제영을 직접 지휘하면서 병조
는 군 지휘가 아니라, 인사, 행정, 보급과 같은 일을 맡았다.

당연히 병조의 반발이 거셌다.

그러나 정씨 왕국과 벌인 전쟁에서 이 지도 체제가 효과를
발휘했기에 병조도 더는 이 체제에 이의를 제기하지 못했다.

난 수뇌부를 모아 놓고 나서 내가 느낀 점을 간략히 설명했다.

안교안이 가장 먼저 입을 열었다.

"추룡군도 전하의 생각과 일치하는 의견을 상신하려고 했사옵니다. 삿초 동맹이 굳이 본격적인 상륙에 앞서 풀을 건드려 뱀을 놀라게 하는 것과 같은, 전혀 이해하기 힘든 행동을 벌인 데는 숨겨진 목적이 있을 거라 예상했기 때문입니다."

유혁연의 의견도 크게 다르지 않았다.

"소장도 같은 의견이옵니다. 전하께서 조금 전에 하신 말씀처럼 왜적이 또다시 상륙전을 감행한다면 경상도 동해안과 강원도 해안가일 가능성이 아주 높을 거로 생각되옵니다."

난 고개를 돌려 이여발에게 물었다.

"통제사의 의견은 어떻소?"

"크게 다르지 않사옵니다."

"그렇게 생각하는 이유가 무엇이오?"

"임진년에 실패한 방식을 또다시 사용할 것 같지는 않사옵니다."

팔장사에서 나온 오효성과 김지웅도 같은 생각이었다.

"다들 같은 의견이군. 그러면 나머진 안 군장이 설명하게."

"예, 전하."

안교안이 일어나서 헛기침하여 시선을 모은 뒤에 설명했다.

"지금까지 나온 여러 의견을 종합해 봤을 때, 왜적은 세 가지 방식 중 하나를 쓸 것이옵니다. 첫 번째는 동해안에 주공을 보내는 것이옵니다. 두 번째는 동해안에 주공을 보내면서 경상도, 혹은 전라도 해안에 조공 부대를 보내는 것이옵니다.

마지막은 가능성이 좀 낮긴 하지만 동해안에 양동 공격을 실행하면서 전처럼 경상도 해안에 주공을 보내는 것이옵니다. 세 번째 가능성을 보충 설명하자면 우리가 양동 공격에 속아 강원도에 육군과 수군을 대거 배치했을 때, 규슈와 가까운 곳인 경상도를 집중 공략하는 것이옵니다."

"그럼 우린 어떻게 해야 하나?"

"세 가지 다 방비해야 하옵니다. 물론, 현실적으로 어렵다는 것은 아옵니다. 국내의 가동 자원에는 한계가 있으니까요. 다만, 아직까진 왜국의 내부 사정으로 인해 시간이 있기에 전력을 증강하면서 동시에 방비에 나서면 될 것이옵니다."

난 고개를 끄덕인 뒤에 지시했다.

"훈련도감, 통제영은 방금 안 군장이 말한 가능성 세 가지를 모두 염두에 두고 작전 계획을 만들어 상신하시오. 그리고 팔장사도 지원병을 받아서 청 단위의 규모로 확대하시오."

"예, 전하!"

훈련도감, 통제영, 팔장사가 나간 뒤에 강대산에게 지시했다.

"왜국 사정을 좀 더 면밀하게 파악해야겠어."

"바로 최제문 과장에게 지시하겠사옵니다."

용호군 수뇌마저 나간 뒤에는 서유럽회사, 호조, 병조, 공조 등 관계 기관 수장을 불러들여 전시 체제를 갖추게 하였다.

즉, 군함과 무기, 대포와 같은 필수 물자부터 군량, 군복 등 치장 물자를 최대한 많이 생산해 창고에 쌓아 두라는 지시였다.

덕분에 이 기간, 조선 경제는 폭발적으로 성장했다.

경제가 풀로 돌아가며 역사에 다시없을 활황이 찾아온 거다.

며칠 후, 한수동과 관련한 보고가 올라왔다.

"역시……."

아지트에서 포위당한 한수동은 같이 있던 몇 명과 자결했다.

어차피 잡혀 봐야 고문만 당한단 사실을 알고 손을 쓴 거다.

한수동의 일이 끝난 후.

난 곳곳을 돌며 사업 진행 상황을 확인했다. 큰 전쟁에 들어가기에 앞서 내부를 먼저 정비해 두고 싶어서다.

가장 먼저 찾은 곳은 서유럽회사였다.

불에 많이 탄 건물은 아예 부숴서 새로 짓고 있었다.

쓸 만한 건물은 불탄 부분을 떼어 내고 복원 중이었다.

적게 잡아도 수천 명이 넘는 인력이 달라붙어 공사하고 있었다.

인력 수급엔 문제없었다.

조선에 노비와 유민이 너무 많았기 때문이다.

노비 해방이 이루어지면서 솔거노비가 사회로 쏟아져 나왔다.

그중 일부는 자영농 확대 정책 덕분에 조정이 임대한 논과 밭을 경작해 자리를 잡았지만, 일부는 그렇게 하지 못했다.

그때, 등장한 것이 바로 국책 사업이다.

특히, 서유럽회사 건설 사업부와 건축 사업부가 막대한 재원을 동원해 해방된 노비와 떠돌던 유민을 근로자로 흡수했다.

여기에 무역 사업 본부, 화기 사업부, 조선 사업부, 운송 사업부, 소매 사업부 등이 추가로 인력을 고용한 데다, 중전과 의순공주가 주도하는 섬유 사업부가 출범하며 실업자가 더 줄었다.

지금은 취업 시장에 나온 인원만을 따졌을 때, 실업률이 바닥을 치는 그야말로 꿈과 같은 완전 고용 시대나 다름없었다.

마중 나온 장현에게 물었다.

"복구하는 데 얼마나 걸릴 거 같소?"

"반년이면 될 것입니다."

"빠르군."

"그간의 공사를 통해 건축 사업부 실력이 많이 좋아졌사옵니다."

"여기 복구가 끝나면 공사 인력을 경복궁 복원에 투입하시오."

"마침내 경복궁을 복원하시는 것이옵니까?"

"법궁을 저리 불탄 채로 내버려 두는 건 내 체면도 체면이지만 국체를 상하게 하는 짓이오. 이제 여유가 생겼으니까 기존에 재정이 부족해 미루어 왔던 일들을 처리할 생각이오."

"지당하신 말씀이시옵니다."

난 장현과 공사 인력을 격려한 뒤에 연구소를 찾았다.

다행히 연구소는 저번 사보타주에서 무사했다.

곧 최석정, 석항 형제가 달려와 인사했다.

"오셨사옵니까?"

"잘들 지냈나?"

"저희야 잘 지냈지만, 전하께선 고초가 크셨다고 들었사옵니다."

"별일 아니었네. 그보다 그건 준비됐나?"

"직접 보시옵소서."

최석정 형제가 날 거대한 실험실로 안내했다.

실험실엔 보일러와 금속관으로 이루어진 거대한 장비가
있었다.

바로 암모니아 추출 장비였다.

156장. 면목이 없사옵니다.

난 주변을 둘러보았다.

연구복과 작업복을 입은 인원만 100명이 넘었다.

사실상, 이 연구소가 조선의 브레인인 셈이다.

브레인답게 지폐에 이어, 또 하나의 핵심 프로젝트를 완성
했다.

맙소사, 암모니아 추출 장비라니!

뭐 이론도 있고 설계도도 있고 소재에 관한 정보도 주었지
만 3년 만에 이렇게 완벽하게 해낼 줄은 나도 미처 몰랐다.

시연을 지켜본 뒤에 성과급을 두둑이 지급했다.

그리고 장현을 불러 지시했다.

"황해도 해주, 전라도 목포, 경상도 울산, 함경도 원산 이 네 지역에 비료 공장과 화약 공장을 세울 준비에 들어가시오."

"예, 전하."

서유럽회사는 삼각무역의 대호황을 타고 엄청난 이익을 거두어들여 세금으로 왕창 뜯기고도 유보금이 넘쳐나고 있었다.

장현은 쌓여만 가는 유보금을 풀 기회가 생겨 더 좋아했다.

처남들과 식사한 뒤에 물었다.

"지쳤나?"

최석정이 동생을 보고 나서 고개를 저었다.

"아니옵니다."

"진짜지?"

"그, 그렇사옵니다."

"좋아. 그러면 이다음 프로젝트는 좀 더 어려운 거로 가자고."

"전, 전하."

"음, 뭐가 좋을까?"

최석정과 최석항은 두려움에 떨며 내 말을 기다렸다.

"우리도 이제 전기 발전을 시도해……."

"전, 전하."

"그래, 그건 지금 쉽지 않겠지. 그렇다면 공작 기계로 가자고."

"공작 기계 말씀이시옵니까?"

"그래."

"이유를 물어봐도 되옵니까?"

"내가 가만 생각해 보니까 새로운 부품이나 소재를 만드는 거, 물론 중요해. 하지만 그보다 더 중요한 거는 그런 부품이나 소재를 정교하고 규격에 맞게 설계해 제작할 수 있는 실력이 정말 중요하더라고. 지금은 거의 장인에 의지하잖아?"

"그렇사옵니다."

"근데 장인은 아무리 솜씨가 뛰어나도 기계 자체를 이길수가 없어. 장인은 그렇게 되기까지 엄청난 노력과 세월이 필요한데 기계는 그럴 필요가 없으니까. 그리고 특성상, 장인보다 기계의 시간당 생산량이 당연히 훨씬 높을 수밖에 없고."

"무슨 뜻인진 알겠사옵니다."

"지금이야 정밀한 부품이 들어가는 제품이 그다지 많지 않으니까 장인의 숙련된 솜씨로 생산해 낼 수 있지만 앞으로는그렇지 못할 거잖아. 점점 첨단화되고 고도화될 텐데 장인의솜씨에만 계속 의지하다간 기술에서 추월당할지도 몰라."

"그렇사옵니다."

"근데 아주 정밀한 공작 기계를 공장에 투입한다고 생각해봐. 그렇지 않아도 실력이 뛰어난 우리 장인이 공작 기계의 도움까지 받는다면 불량률은 줄고 생산성은 올라가지 않겠어?"

"맞사옵니다."

"그래서 지금 이 시점에 공작 기계가 필요한 거야. 지금 수준으로도 타국과의 기술 격차를 유지하거나 조금 앞설 수 있을 테지만, 우리가 진정 원하는 건 그런 수준이 아니니까."

"알겠사옵니다."

"그러면 전에 준 책을 연구해 끝내주는 놈을 만들어 보라고."

"어명을 따르겠사옵니다."

처남들과 한창 대화 중일 때, 장현이 들어와 알렸다.

"전하, 회사 임원이 전부 모였사옵니다."

"그래, 그러면 이대로 자리를 대회의실로 옮기자고."

곧 서유럽회사 대회의실에서 임원 연석회의가 열렸다.

지방에 있던 임원도 호출받고 다 참석했다.

대회의실이 사람과 의자로 가득 차서 발 디딜 데가 없었다.

난 그 모습을 보며 감탄했다.

왕실 내탕금으로 시작한 회사가 이렇게 커졌구나.

본사 사장 장현의 인사말이 끝난 뒤에 보고가 이어졌다.

당연히 성과가 좋은 사업부가 먼저 보고했다.

이를테면 박연이 본부장인 무역 사업 본부가 그랬다.

"……마즈에카이와 협력해 이와미 은광산의 은 채굴 속도
를 더 높여 전보다 1.5배에 이르는 은을 회수하고 있사옵니
다. 그리고 마즈에카이를 통해 수출한 보라매와 화포의 가격
이 계속 올라 이 또한 막대한 수입을 가져다주었사옵니다."

"중국 쪽은?"

"중국 쪽도 마찬가지이옵니다. 청나라 조정에서 황족과 공
신이 서로 더 많은 권력을 차지하기 위해 경쟁하면서 강남을
통해 수출한 보라매와 화포의 수가 크게 늘고 있사옵니다."

청나라는 현재 세계에서 세 손가락에 드는 큰 나라다.

당연히 플레이어도 그만큼 많을 수밖에 없다.

지금까지 확인한 플레이어만 해도 10명에 달할 정도다.

아마 강희제 조모인 태황태후가 중간에서 중재하지 않았으면 이미 몇 년 전에 강북에서 내전이 벌어졌을 거다.

거기다 강남을 차지한 삼번의 이합집산도 속도가 빨라졌다.

상지신이 상가희를 축출하면서 마침내 삼번도 경정충, 상지신, 오응웅으로 이어지는 2세 후계 구도가 자리를 잡았다.

그중 가장 세력이 강한 곳은 운남의 오응웅이다.

북경과 운남에서 두 집 살림하던 오응웅은 청나라 조정이 어지러워진 틈을 타 급거 남하해 오삼계의 지위를 물려받았다.

지금은 급격히 군비를 확충해 후일을 도모하고 있었다.

덕분에 서유럽회사만 노가 난 상태지.

청 조정에 대한 포지션은 삼번이 다 달랐다.

오응웅은 앞서 말한 대로 적대적인 포지션을 유지했다.

반면 상지신은 이와는 완전히 다른 길을 걸었는데. 여전히 청나라 조정을 섬기며 광동에서 오응웅을 견제했다.

오직 경정충만이 이도 아니고 저도 아닌 포지션을 취할 뿐이다.

뭐 마지막에는 결국 중국일 테지만 지금은 왜국에 집중하자.

"시계와 백신, 라이터 같은 상품은 어떤가?"

"역시 없어서 못 팔 정도이옵니다."

"좋군."

"망극하옵니다."

박연의 보고를 들으며 생각한 건데 오히려 내가 조선 현종에 빙의한 게 어쩌면 잘된 일인지도 모른단 느낌을 받았다.

복창군이란 경쟁자가 있긴 했지만, 생각보다 쉽게 제거해 다른 나라의 플레이어보다 먼저 강력한 권력을 손에 쥐었다.

그에 비해 다른 나라는 아직도 내부 경쟁하는 곳이 많았다.

아니면 삼번처럼 이제야 권력을 손에 쥐든가.

그렇다면 그들은 기술 발전보단 세력 확장에 시간과 스킬과 수명을 소비할 수밖에 없어 상대적으로 나에게 유리했다.

물론, 정경처럼 나보다 더 빠르게 권력을 쥔 케이스도 있다.

하지만 그는 나와 다른 선택을 했다.

확장을 도모한 거다.

반면 나는 확장 대신, 기술 발전을 택했다.

무엇보다 세종대왕을 경배하라와 마르지 않은 샘 같은 사기적인 스킬의 도움을 받아서 시기적으로 볼 때 상당히 빨리 기술 발전을 시작해 이제 어느 정도 그 성과를 보고 있다.

그렇다고 마냥 안심할 수 있느냐? 그건 또 아니다.

플레이어가 많단 뜻은 나라가 크고 자원과 인구가 많단 뜻이다.

즉, 경쟁에서 이겨 승리할 경우, 그 많은 자원과 인구로 나보다 훨씬 빠르게 성장할 수 있다는 것을 의미하기 때문이다.

그렇다면 이에 대한 대책은 두 가지다.

하나는 경쟁에서 승리하지 못하게 방해하는 거다.

그래야 내가 성장할 수 있는 시간을 벌 수 있다.

다른 하나는 기술에서 흔히 말하는 초격차를 내는 거다.

양과 질 중에 무엇을 우선시해야 하는지에 대한 해묵은 논쟁에서 내가 알기론 결국에는 질이 끝내 승리했기 때문이다.

그래서 내가 택한 노선은 후자다.

그게 인재 수급과 교육, 기술 연구에 돈을 쏟아붓는 이유고.

이어 건설 사업부와 건축 사업부 형제의 보고가 이어졌다.

건설 사업부는 왕눈이라 불리며 대목수로 이름을 떨친 왕자준 부장이, 건축 사업부는 노련한 만대 부장이 맡고 있었다.

왕자준의 보고를 먼저 들었다.

"건설 사업부는 도성과 인천을 이어 주는 경인도로를 석회석으로 만든 시멘트와 목재를 써서 거의 완성한 상태이옵니다."

"경인도로 다음엔 어떤 프로젝트를 기획 중이지?"

"도성과 평양을 잇는 경평선을 건설하기로 했사옵니다."

"적당한 선택이군. 시멘트는 질이 어때?"

"충청도 북부에서 석회석을 채굴해 쓰는데 아주 좋사옵니다."

"그냥 도로만 무작정 짓지 말고 연구도 같이 하면서 해. 나중에는 평지 도로뿐 아니라, 산을 뚫고 들어가는 도로나, 강 위를 지나는 대형 교량도 건설 사업부에서 다 지어야 하니까."

"명심하겠사옵니다."

이어 만대가 나와 보고했다.

"건축 사업부는 인천을 교역 도시로 만드는 데 박차를 가하고 있사옵니다. 그 외에 지방 여러 지역에 서유럽회사의 지사나 공장 등을 지어서 양질의 일자리를 늘리는 중이옵니다."

"잘하고 있군. 다음."

조선 사업부, 운송 사업부, 화기 사업부, 의료 사업부에 이어 그루트가 부장으로 취임하며 명칭을 바꾼 공업 사업부가 보고했다.

원래 공업 사업부는 전신이 시계 사업부였다.

다만, 시계 하나로 사업부를 유지하기엔 서유럽회사의 덩치가 너무 커져 공업 사업부로 외연 확장을 시도하는 중이다.

그루트가 몰라볼 정도로 좋아진 우리말로 보고했다.

"기존에 수출하던 시계와 라이터 외에도 렌즈를 연구하고 있습니다. 곧 망원경과 안경에도 적용이 가능할 것이옵니다."

"렌즈가 기술집약적인 산업이긴 하지. 나중에 카메라를 비롯해 여러 산업에 쓰이기도 하고 말이야. 계속 그렇게 진행해."

"망극하옵니다."

"이젠 그런 말도 할 줄 알고 조선 사람이 다 됐네."

"하하하하하!"

"됐어, 그만 좋아하고 앉아. 다른 사람도 해야 하니까."

소매 사업부의 양희가 나와 보고했다.

"양곡, 옷감, 소금과 같은 필수품은 가격을 유지 중이옵니다. 그 외에 비단과 같은 사치품은 값을 올리고 있사옵니다."

"송상이나 유상, 만상은 요즘 어때?"

"잠잠하옵니다."

"개기면 봐줄 거 없이 돈과 물량으로 발라 버려."

"알, 알겠사옵니다."

다음은 이런 회의에 처음 참석한 인물이 보고했다.

바로 섬유 사업부 부장을 맡은 의순공주다.

옆에는 의순공주를 도와주기 위해 향이도 나와 있었다.

의순공주가 살짝 떨리는 목소리로 보고했다.

"장, 장현 사장의 지원을 받아서 팔도의 주요 도시에……, 도시에 섬유 사업부 공방을 만들어 인력을 모집 중이옵니다."

"직조기와 방적기 같은 장비는 어찌하고 있소?"

"공, 공업 사업부 공장에서 생산이 되는 대로 배치 중이옵니다."

난 고개를 돌려 그루트를 보았다.

그루트가 바로 일어나 대답했다.

"공업 사업부 내에 직조기, 방적기, 인쇄기와 같은 대형 기계만 따로 만드는 제조 부서를 설립해 밤낮없이 생산 중입니다."

"연구소에서 이번에 비료와 화약을 만드는 기계도 발명했으니까 공업 사업부는 앞으로 인력과 공간을 더 확충해도 괜찮아."

"알겠사옵니다."

난 다시 의순공주에게 물었다.

"기계와 사람만 있다고 해서 섬유 사업부를 돌릴 순 없소. 부장은 사업부를 돌리기 위해서 뭐가 더 필요한지 아시오?"

의순공주도 이제 슬슬 적응되는 모양이다.

모기 같던 목소리가 약간 커졌다.

"원재료가 필요하옵니다."

"그건 어떻게 조달하기로 했소?"

"기존에 생산되던 면화를 최대한 수매하기로 했사옵니다. 또, 더 많은 농가와 계약해 수급을 늘리기로 하였사옵니다."

"잘하고 있군. 앞으로도 그렇게 하시오."

"예, 마마."

의순공주가 안도의 숨을 내쉴 때.

신정화가 죄지은 사람처럼 나와 머리를 조아렸다.

"농업 사업부는 강남에 있는 농업 연구소를 확장해 더 많은 종자를 개량하고 있사옵니다. 또한, 고구마와 감자 같은 구황 작물의 맛과 생산량을 끌어 올린 새 품종을 보급 중이옵니다."

"신품종은 나도 맛을 보았소. 잘 만들었더군."

"황공하옵니다."

"그러면 쌀에 관한 연구는 어떻소?"

신정화의 머리가 더 밑으로 내려갔다.

"면목이 없사옵니다."

"어차피 단시간 내에 성과가 나올 거라곤 기대하지 않았소. 그러니 너무 상심하지 말고 앞으로도 최선을 다해 주시오."

"예, 전하."

사업부 보고를 받은 뒤에 격려금을 전달하고 대궐로 돌아 갔다.

어차피 농업 사업부에 큰 기대는 하지 않았다.

하지만 농업 사업부가 이쯤에서 뭔가 하나 큰 걸 해 줘야 곧 닥쳐올 대기근을 여유롭게 지나갈 수 있는 것 또한 사실이다.

이번 전쟁이 끝나면 나도 오랜만에 소매 좀 걷어붙여야겠군.

왕두석은 돌아가는 내내, 내 옆얼굴을 훔쳐보았다.

난 고개를 획 돌려 왕두석을 보았다.

"뭐야, 너?"

"예?"

"나 좋아해?"

"당연히 좋아하옵니다."

"난 그런 취미 없어, 자식아."

왕두석도 뒤늦게 깨닫고 손사래를 쳤다.

"그, 그런 의미가 아니옵니다."

"그러면 무슨 의민데?"

"소관은 전하의 너그러움을 찬양하고 있었사옵니다."

"내 너그러움? 어디서 그런 이상한 걸 느꼈는데?"

"농업 사업부 신 부장을 혼내지 않으셨으니까요."

"아아, 그거. 그건 팩트를 말한 거뿐이야."

"사실을 말씀하신 거란 뜻이지요?"

"그렇지."

"소관이 많은 상관을 모셔 본 것은 아니지만 안 되는 걸 안 된다고 했을 때, 왜 안 되냐며 화내는 분들이 많았사옵니다."

"그러니까 넌 운이 좋은 거야. 나 같은 상관이 어디 흔하겠냐?"

"그, 그건 그렇지요."

이번엔 늘 조용하던 홍귀남이 웬일로 먼저 입을 열었다.

"하온데 낱알도 많이 열리고 태풍에 쓰러지지도 않고 추위와 병충해에 둘 다 강한 그런 벼를 만들 수 있는 것이옵니까?"

"어렵지."

"불가능하지는 않다는 뜻이옵니까?"

난 하늘을 보았다.

"하늘이 우릴 돕는다면 가능할지도 모르지."

난 고개를 돌려 홍귀남을 보았다.

"사실 과인이 원하는 건 그런 완벽한 벼가 아니다."

"하오면?"

"네가 방금 말한 조건에서 한두 개 정도 만족하는 품종을 개발만 해도 우리 조선은 영원히 굶지 않는 국가가 된다."

"그렇게만 된다면 진짜 여한이 없을 것이옵니다."

"그래, 사람에게 가장 중요한 건 역시 먹는 거니까."

난 희정당으로 묵묵히 군마를 몰면서 생각했다.

처남들이 주도하는 기술 연구소는 내 예상을 훌쩍 뛰어넘었다.

방적기나 직조기 정도는 어찌어찌 만들 수 있을 거 같았다.

반면 인쇄기의 발명은 차원이 다른 문제.

그래서 이를 완벽하게 만들어 냈을 땐, 솔직히 플루크인 줄 알았다. 기술 연구소가 만든 인쇄기는 지폐만이 아니라, 교과서를 시작으로 학술 자료와 역사 기록물 발행에도 쓰이고 있었으니까.

즉, 소가 뒷걸음치다가 쥐를 잡은 거로 본 거다.

그것도 엄청나게 큰 쥐를.

하지만 기술 연구소는 3년 만에 또다시 중요한 업적을 이뤘다. 그리고 그건 어쩌면 인쇄기보다 더 중요한 업적일 수 있었다.

인구가 폭발적으로 늘어나도 충분히 뒷받침이 가능한 화학 비료를 제조해 내는 암모니아 추출기를 발명했기 때문이다.

이젠 업적이 두 개가 된 거다.

플루크가 아니라, 진짜 실력이라 봐야 한단 뜻이다.

그 와중에 인력과 자원이 얼마나 갈려 나갔는지 정확히는 모르지만, 냉정하게 봤을 때, 결국 성과가 가치를 결정한다.

신정화가 부장을 맡아 5년 가까이 운영 중인 농업 연구소의 실적이 내 예상보다 훨씬 못 미침을 부인할 수 없다.

물론, 아주 이해 못 할 일은 아니다.

기술 연구소는 재원만 충분히 받쳐 주면 계속 실험할 수 있다.

기계에 들어가는 부품이 안 맞으면 새로 만들면 된다.

소재가 부족해도 더 많이 만들면 그만이다.

마지막으로 부품과 소재를 설계도대로 조립했음에도 기계가 정상 작동 안 하면 부순 뒤에 다시 처음부터 만들면 된다.

그러나 농업 연구소는 다르다.

시행착오 한 번에 몇 개월이 걸린다.

종자를 심어 결과를 확인하는 데 몇 달이 걸리기 때문이다.

그래도 난 농업 연구소를 믿는다.

지성이면 감천이라고 언제 한번 제대로 해 주겠지.

희정당에 돌아온 후에도 눈코 뜰 새 없이 바빴다.

조회에 참석해 전시 체제를 점검했다.

일부 대신은 내가 과민 반응한다고 생각했다.

그래서 전시 체제의 강도를 약간 낮춰 달라 주청했다

하지만 난 그럴 생각이 전혀 없었다.

왜국의 다음 목표는 조선일 수밖에 없으니까.

왜냐고?

놈들도 플레이어니까.

플레이어는 다른 플레이어의 피를 먹고 성장한다.

둘 중 하나가 사고나 우연에 의해 죽지 않는 한, 전쟁은 필연적이며 나는 조선의 전쟁 수행 대비가 완벽하길 원한다.

조회에 참석해 반대하는 대신을 달랜 뒤에는 대조전을 찾왔다.

중전도 속으론 많이 놀랐을 거다.

자객이 다른 곳이 아니라, 창덕궁을 직접 노렸으니까.

더욱이 지금은 임신한 몸 아닌가.

이럴 때일수록 남편인 내가 신경을 더 써야 한다.

난 중전의 부은 다리를 주물러 주며 물었다.

"오늘은 좀 걸었소?"

"예, 점심때 후원을 산책했습니다."

"잘했소."

"한데 회임한 후에 이렇게 움직여도 되는 겁니까?"

"이번에 아주 효과가 영험한 의서를 하나 찾아냈는데 거기에 임산부는 오히려 평소처럼 행동하는 게 더 좋다고 나왔소."

"마마는 그런 책을 잘도 찾아내십니다."

"하하, 내 장기가 바로 그런 책 발굴하는 거요."

중전의 어깨를 주물러 주며 물었다.

"윗전 두 분은 요즘 어떻게 지내시오?"

"마마도 매일 문후를 드리지 않습니까?"

"나한테는 매일 좋다고만 하시니까 속마음까지 알긴 어렵소."

"처음에는 걱정이 많으셨는데 지금은 다 괜찮아지신 듯합니다."

"그거 다행이군. 두 분 건강은 어떻소?"

"마마께서 식단 조절과 운동을 권한 뒤로 두 분 다 몰라볼 정도로 좋아지셨습니다. 점심때도 두 분과 같이 산책했습니다."

"앞으로도 중전이 같이 산책을 많이 나가 드리시오."

"그렇게 하겠습니다."

중전에게 서비스한 뒤에 동궁을 찾았다.

세자는 저번 일에 충격을 꽤 많이 받은 모양이다.

임단을 졸라서 무예를 가르치는 스승을 소개받았다.

지금도 조막만 한 손으로 목도를 쥐고 허수아비를 치고 있었다.

내가 이상립에게 무예를 처음 배울 때와 동작이 꽤 흡사했다.

역시 피는 어디 안 가는 건가?

날 본 단이와 무예 스승이 얼른 인사를 올렸다.

"오셨사옵니까."

세자도 목도를 던지고 달려와 안겼다.

"아바마마!"

"이 녀석."

"어찌 그러십니까?"

"무예를 익힌다는 녀석이 어찌 자기 무기를 함부로 버리느냐?"

세자는 얼른 달려가서 목도를 품에 안고 돌아왔다.

"헤헤, 이러면 되나요, 아바마마?"

"그래, 무예를 배우는 일은 재밌느냐?"

"예, 아주 즐겁습니다."

"공부하는 거와 비교해선?"

"음, 지금은 어느 게 더 좋은지 모르겠습니다."

"그래, 네 나이 때는 어쩌면 그게 더 자연스러울 수도 있겠지."

세자가 갑자기 눈을 반짝거리며 말했다.

"소자도 아바마마처럼 전쟁에 나가 지휘하고 싶습니다."

"세자가 보기에 이 아비는 군왕이냐, 장군이냐?"

"당연히 군왕이십니다."

"군왕의 수많은 업무 중에 전쟁은 일부분일 뿐이다. 근데 전쟁만 좋아하다가 백성의 삶을 궁핍하게 한다면 그건 군왕의 자질이 없는 거겠지. 그러니 공부도 열심히 해야 한다."

"명심하겠습니다, 아바마마."

"그래, 넌 가서 허수아비를 계속 두들기거라."

세자는 신이 나서 목도를 들고 허수아비에게 돌진했다.

난 임단을 불러 물었다.

"세자는 가르칠 만하더냐?"

"하루가 다르게 성장하고 계시옵니다."

"세자가 어느 과목에 흥미를 느끼는 거 같더냐?"

"수학과 과학을 좋아하시옵니다."

"오, 특이하군."

"정말 그렇사옵니다."

난 정말 다행이란 생각이 들었다.

몇몇 사람들은 확고한 철학이 없는 국가나 사회는 양적 팽창만이 있을 뿐이지, 질적 성장은 기대하기 어렵다고 말한다.

하지만 난 그 얘기에 반만 동의한다.

내가 원하는 나라는 유토피아나 무릉도원이 아니니까.

실제로 신이 아닌 이상, 그런 세상을 만드는 건 불가능하다.

인간은 신이 아닐뿐더러, 기계도 아니기 때문이다.

그렇다면 결론은 하나다.

국가를 강하고 튼튼하게 만드는 게 최선이다.

그런 나라에도 부조리는 있을 테고 윤리와 도덕에 반하는 일도 생길 테지만 어쨌든 외국에 침략당하지 않으면서 백성들은 배곯는 일 없이 평안한 삶을 영위할 수 있을 테니까.

그리고 그런 나라를 만들기 위해선 과학과 기술이 중요하다.

근데 세자가 수학을 좋아한다니, 일단 미래는 밝은 셈이다.

수학이야말로 과학과 기술의 언어니까.

군왕이 수학을 잘할 필욘 없지만 최소한 관심은 둬야 할 거 아닌가?

난 임단에게 은밀히 물었다.

"무예 선생은 어떤 사람이야?"

"이상립 대장의 조카라 들었사옵니다."

"흠, 그러면 좀 더 믿을 수 있겠군."

난 무예 선생을 불렀다.

"이름이 뭐라 했지?"

"이도진이옵니다."

"무예는 이상립 장군에게 배웠나?"

"예, 전하. 어려서 양친을 모두 잃은 몸이라, 숙부 집에 의탁할 수밖에 없었는데 그때부터 무예를 계속 수련했사옵니다."

"그러면 애 하나 정돈 확실히 지킬 수 있겠군."

"세자저하를 말씀하시는 거라면 자신 있사옵니다."

난 임단과 이도진의 어깨를 잡고 나서 당부했다.

"과인이 혹시 전쟁 중에 변고를 당하면 너희 둘은 어떻게든 세자를 살려 다음 보위에 앉혀야 한다. 그리고 세자가 장성해 친정할 수 있을 때까지 성심을 다해 보필해야 한다."

"……"

"이 자리에서 과인을 보며 맹세할 수 있겠느냐?"

임단과 이도진은 즉시 무릎을 꿇었다.

"맹세하겠사옵니다!"

"그래, 너희만 믿는다."

난 세자의 공부를 봐준 뒤에 희정당으로 향했다.

하루는 짧고 할 일은 많다.

그동안 쌓인 상소에 비답부터 내렸다.

그리고 각지에서 올라온 보고서를 읽으며 새벽까지 일했다.

지금까진 전쟁 대비 진행 상황이 순조로운 듯했다.

그래도 내가 직접 살펴보는 건 또 다르지.

다음 날, 경인도로를 이용해 제물포를 찾았다.

폭은 현대의 2차선 도로와 비슷하다.

포장은 아스팔트가 없어 시멘트로 하였다.

한반도에 그나마 많은 자원이 석회석이라 시멘트는 충분하다.

이미 꽤 많은 백성이 이용 중이라 도로에 짐승 똥이 가득했다.

이 문제는 자동차가 나오기 전까진 어쩔 수 없겠지.

비가 내려서 냄새가 좀 덜 나길 기다리는 수밖에.

경인도로 길목에 지금으로 따지면 휴게소가 있었다.

휴게소는 생각보다 좋았다.

비용을 내면 식사와 함께 마소에게 먹일 건초를 제공했다.

묵길 원하는 여행객을 위한 객주도 준비되어 있었다.

전파는 비교할 수 없을 정도로 쾌적하게 제물포항에 도착한 뒤에는 제물포 지사 우윤학으로부터 간단한 보고를 받았다.

그날 마지막엔 인천에 있는 조선 사업부 조선소를 방문했다.

조선소의 드라이 도크가 지금은 무려 세 개로 늘었다.

모든 도크에선 여해급 군함을 건조 중이라 정신없었다.

여해함이 지난 해전에서 엄청난 활약을 해 버린 바람에 기존 군함의 건조 배치 계획을 축소하고 여해함 건조에 올인했다.

지금은 여해급, 이순신급, 장보고급으로 이루어진 군함 체계를 갖춘 뒤에 배수량을 키우기보단 방호력에 더 신경 썼다.

해전에선 한 번에 많은 포탄을 날리는 것도 중요하지만 최대한 오래 살아남아 꾸준히 포탄을 날리는 것 또한 중요하다.

조선 사업부 부장인 순구의 안내를 받으며 도크를 시찰했다.

"도크 확장 계획은 있나?"

"여긴 지형상 세 개가 한계이옵니다."

"그러면 어디를 확장할 계획인가?"

"수군으로부터 받은 주문량과 무역 사업 본부, 조운 사업부에서 주문하는 양이 동시에 폭발적으로 증가하고 있어 남포, 포항, 평택 이 세 조선소의 도크를 확장하기로 했사옵니다."

"인력 수급은 어때?"

"작년부터 크게 나아졌사옵니다."

"그러면 목재가 제일 큰 문제겠군?"

"예, 전하. 목재를 운송해 오는 거리가 점점 늘고 있사옵니다."

"이번 전쟁이 끝난 후에 강철 비율을 좀 더 높이는 쪽으로 연구해 봐. 엄청난 비용과 많은 시간이 들어가는 범선을 무한정 만들어 낼 순 없으니까 방호력을 더 높이든지, 아니면 기존 범선을 개장해 기능을 높이는 방향으로 가야 할 거야."

"준비하겠사옵니다."

"네덜란드인들 도움 없이 잘 해내고 있는 거 같아 아주 기쁘군."

"성은이 망극하옵니다."

인천 조선소에 금일봉을 왕창 뿌린 뒤에 인천 시내로 향했다.

오랜만에 본 인천은 완전히 달라져 있었다.

마치 유럽의 어느 항구 도시를 보는 느낌이다.

여기가 인천 맞아?

암스테르담 아냐?

인천에 있던 건축 사업부 부장 만대가 소식을 듣고 달려왔다.

"기별도 없이 어인 일이시옵니까."

"조선소에 온 김에 인천이 어떻게 바뀌었나 둘러보려고 왔지."

"그러면 소인이 안내하겠사옵니다."

만대가 곧 인천에 새로 지은 주요 시설로 안내했다.

"여기가 항해학교이옵니다."

난 바로크인지, 로코코인지 약간 헷갈리는 건축 양식으로 지은 화려하면서도 웅장한 메인 건물을 바라보면서 물었다.

"저 큰 건물은 용도가 뭔가?"

"행사와 수업, 모임 등을 겸하는 대강당이옵니다."

난 고개를 끄덕이며 항해학교를 계속 둘러보았다.

우리 일행을 본 교수와 학생 수백 명이 즉시 바다에 엎드렸다.

난 인사를 받아 준 뒤에 안쪽으로 들어갔다.

대강당 뒤에 건물 몇 동이 정원을 사이에 두고 늘어서 있었다.

"그러면 저긴?"

"왼쪽은 강의실이옵고 오른쪽 거는 교수들이 쓰고 있사옵
니다."

그 외에도 건물이 많았다.

교무실, 행정실, 지원실 등등.

항해학교 가장 안쪽엔 3층 높이의 벽돌 건물이 늘어서 있
었다.

"저긴 학생들이 많이 출입하는군."

그 질문에 대답한 이는 키가 크고 붉은 수염을 기른 사내였다.

"기숙사이옵니다, 전하."

"오, 자넨?"

"항해학교 교장으로 있는 요하니스 람펜이옵니다."

"몇 년 전에 피터슨하고 같이 귀화하겠다고 왔었지?"

"소인을 기억하고 계실 줄은 몰랐사옵니다."

"과인은 인재를 잊지 않아."

남기로 한 이들을 제외한 나머지 네덜란드 선원들은 약속
한 대로 5년이 딱 지난 시점에 왜국 나가사키로 보내 주었다.

물론, 우리 정보를 왜국과 네덜란드에 팔지 못하도록 스킬
을 써서 기억을 지워 두었기에 기밀이 새 나갈 위험은 없었다.

그리고 마지막에 미련이 남은 몇 명이 마음을 바꾸어 고향인 네덜란드로 돌아가지 않았는데.

　람펜이 그중 한 사람이었다.

　"지금까지 쭉 항해학교에 있었나?"

　"그렇사옵니다."

　"어쩐지 학교 건물이 죄다 유럽 양식이라 이상했는데, 이제 보니 교장인 자네의 입김이 설계에 많이 들어간 모양이군."

　"황, 황공하옵니다."

　"아니야, 잘했어. 오히려 이런 게 특색 있고 더 좋지. 나중에 세월이 많이 흐르면 관광지로도 써먹을 수도 있고 말이야."

　난 람펜과 함께 항해학교를 둘러보며 질문했다.

　"학생들은 졸업하면 어디로 취직하나?"

　"반은 수군으로, 반은 무역 사업 본부와 조운 사업부로 가옵니다."

　"그렇구만."

　항해학교 뒤에는 넓은 공원이 있었다.

　그리고 공원 뒤에는 작은 항구가 하나 있었다.

　람펜이 항구에 정박한 크고 작은 범선을 가리켰다.

　"학생들이 항해 실습용으로 쓰는 범선이옵니다."

　"함포도 실습하나?"

　"고학년만 실시하고 있사옵니다."

　"앞으로도 계속 열심히 하게."

　"예, 전하."

항해학교를 떠나 창고 지구를 찾았다.

제물포항과 이어진 인천 해안에 곡물과 각종 자원을 저장하는 용도의 사일로 수백 개가 질서정연하게 건설되어 있었다.

만대에게 물었다.

"저 중에 초석이나 기름을 담아 둔 건 없겠지?"

"없사옵니다. 불이 붙을 위험이 있는 자원은 미리 다른 곳으로 빼놔 화재가 나도 피해를 줄일 수 있게 설계했사옵니다."

"잘했군."

"황공하옵니다."

마지막엔 새로 지은 거주 지구와 상업 지구를 방문했다.

역시 이곳에도 유럽풍 건물이 많았다.

"특색 있게 잘해 놨군."

"망극하옵니다."

"상, 하수도는 어떻게 했나?"

"희정당에 설치한 상, 하수도 양식을 이용했사옵니다."

"인천이 조선에서 처음으로 상, 하수도를 가진 도시가 되었군."

"그렇사옵니다."

"인천 공사는 언제쯤 끝날 거 같은가?"

"내년까지 보고 있사옵니다."

"내년 이후에는 어떻게 하기로 했나?"

"건설 사업부가 경평선을 건설할 때, 건축 사업부는 평양 서남 지역에 있는 남포로 들어가 그곳을 개발하기로 했사옵니다."

"왕눈이와 합이 잘 맞는군."

"과찬이시옵니다."

"암튼 지금처럼 둘이 힘을 합쳐 조선을 새롭게 만들어 보라고."

"예, 전하."

건축 사업부에 금일봉을 건네고 나서 도성으로 돌아갔다.

사실 이번 점검의 하이라이트는 마지막 일정에 있었다.

바로 화기 사업부와 화기 연구소다.

화기 연구소는 여전히 서유럽회사 본사 내에 있었지만, 화기 생산 시설은 도성에서 빼내 강남 동쪽 강변에 새로 지었다.

수력이 필요한 장비가 늘어 어쩔 수 없었다.

난 먼저 화기 연구소부터 들렀다.

소식을 들은 카시니가 바로 달려 나와 맞이했다.

카시니는 현재 화기 연구소 연구소장이다.

"오랜만에 걸음 하시는 거 같사옵니다."

역시 사람은 적응의 동물이다.

카시니의 우리말은 몰라보게 좋아져 있었다.

"그동안 잘 있었나?"

"전하께서 살펴 주신 덕분에 잘 지냈사옵니다."

"박 부장은 안 보이네?"

"보름 전부터 화기 사업부 공장에 가 있사옵니다."

"그렇군. 그러면 이제 좀 둘러볼까?"

"모시겠사옵니다."

카시니는 날 먼저 천둥을 연구하는 화포 연구부서로 데려 갔다.

부서 안에는 두 종류 화포가 있었다.

카시니가 먼저 왼쪽 화포를 가리켰다.

"천둥 1형이옵니다."

"1형의 용도는 뭐지?"

"야포와 요새포이옵니다."

"기존 천둥과는 어떤 차이가 있나?"

"구경을 넓히고 장약을 개량해 위력을 강화했사옵니다."

"그러면 옆에 있는 게 2형이겠군."

"그렇사옵니다."

"2형은 함포인가?"

"맞사옵니다. 수군에 납품하는 제품인데 해전에선 위력보다 얼마나 정확히 쏠 수 있는지가 중요해 포신의 길이를 늘이고 조준기도 얼마 전에 개발한 새 조준기로 교체했사옵니다."

해전에서도 당연히 함포의 구경이 클수록 좋다.

괜히 거함 거포주의가 나온 게 아니다.

예를 들어 나는 맞지 않은 거리에서 상대를 일방적으로 때릴 수 있으면 이론적으로 아군 피해가 전혀 없게 되는 거다.

하지만 더 멀리 날아가고, 더 큰 포탄을 쏠 수 있는 대구경 함포가 중요해지는 시기는 지금이 아니라, 나중의 일이다.

지금은 명중률을 높이는 쪽이 훨씬 중요하다.

육지에선 땅이 움직이지 않는다.

그러나 해전에선 바다가 계속 움직인다.

설사 그게 잔잔한 바다라도 말이다.

롤링과 피칭 때문에 흔들리는 군함 위에서 마찬가지로 롤링과 피칭에 따라 끊임없이 움직이는 적함을 정확히 맞히려면?

함포 포수들이 엄청나게 숙달해 있거나, 아니면 함포 자체의 명중률이 아주 뛰어나야 명중 가능성이 약간이나마 있다.

그래서 굳이 야전용과 해전용으로 나눠 놓은 거다.

물론, 가장 좋은 방법은 두 화포의 장점을 섞은 화포일 거다.

하지만 아직은 기술적으로 도달하기가 쉽지 않은 레벨이다.

그 외에 달라진 점은 보이지 않았다.

여전히 후장식에 주퇴복좌기를 설치한 천둥을 계승 중이다.

천둥이 너무 잘 나와서 그런 건 아니다. 다음 프로젝트인 우레에 필요한 기술 축적이 아직 부족해서다.

포탄과 장약도 큰 변화는 없었다.

여전히 포탄은 철환과 조란환 두 종류다.

그리고 장약은 화약의 폭발력만 약간 개선했을 뿐이다.

화포를 둘러본 뒤에 개인 무장으로 이동했다.

먼저 전력의 알파이자 오메가인 개인 화기를 확인했다.

화포 때는 약간 긴장해 있던 카시니가 자신 있게 설명했다.

"보라매의 후속 제식 화기인 참매이옵니다."

난 참매를 집어 총구부터 개머리판까지 세심하게 확인했다.

"후장식이군?"

"그렇사옵니다."

"격발 방식은 퍼커션 캡이고?"

"이게 뇌홍이 들어가 있는 퍼커션 캡이옵니다."

카시니가 총 옆에 있던 작은 구리 조각을 건넸다.

퍼커션 캡은 모자처럼 생겨 탈부착이 쉬웠다.

난 뇌홍을 넣지 않은 퍼커션 캡을 총에 끼웠다.

이어 사람이 없는 방향을 조준해 방아쇠를 당겼다.

뒤로 젖힌 해머가 딸각하는 소리를 내며 떨어져 캡을 때렸다.

지금은 퍼커션 캡에 뇌홍이 없어 폭발하지 않았지만, 실전에서는 캡이 폭발해 만든 불꽃이 약실에 있는 장약을 태운다.

그러면 장약이 만든 가스가 총알을 날려 보내는 거다.

참매를 내려놓은 뒤에 카시니에게 질문했다.

"선조 연구는 아직인가?"

"드릴을 개발 중이옵니다."

"으음."

사거리와 정확도를 높이기 위해선 반드시 선조가 필요했다.

하지만 단단한 총강에 선조를 뚫을 정도로 단단하면서도 섬세한 드릴을 개발하지 못해 아직 연구 단계에 머물러 있었다.

카시니가 분위기를 바꾸려는 듯 얼른 새 탄약을 건넸다.

"총알과 장약을 합친 일체형 종이 탄약이옵니다."

종이로 만들긴 했지만 일단 겉모양은 금속 탄피와 비슷했다.

난 종이 탄약을 받아 빛에 비춰 보았다.

"그냥 종이는 아니지?"

"예, 전하. 종이에 불이 빨리 붙을 수 있도록 처리했사옵니다."

"시험 사격 결과는 어땠어?"

"불발률이 보라매보다 현저히 줄었사옵니다."

난 참매와 종이 탄약을 홍귀남에게 주었다.

"귀남이 니가 직접 쏴 보거라."

"예, 전하."

곧 옆에 있는 사격 시험장으로 이동해 시험 사격에 들어갔다.

참매를 처음 쏴 보는 홍귀남을 위해 연구원 몇이 도와주었다.

홍귀남은 귀를 쫑긋 세우고 설명을 들었다.

설명을 듣고 나서 사대에 들어가 장전을 시작했다.

난 사대 뒤에 서서 지켜보았다.

사대 뒤에는 유리를 몇 겹으로 붙여 만든 강화 유리가 있었다.

흐릿하긴 해도 사대 안의 모습을 보는 데 지장을 주진 않았다.

홍귀남은 참매의 개머리판과 방아쇠 사이의 버튼을 눌렀다.

철컥하는 소리가 나며 약실이 밖으로 노출되었다.

신중한 손길로 종이 탄약을 탄입대 안에서 꺼냈다.

이어 종이 탄약을 약실에 천천히 장전했다.

약실이 종이 탄약 형태로 파여 있어 그냥 넣기만 하면 된다.

불발이 나지 않도록 엄지손가락으로 종이 탄약 위를 몇 번 꾹꾹 눌러 준 홍귀남은 다시 버튼을 눌러서 약실을 폐쇄했다.

여기까지가 장전의 1차 단계다.

홍귀남은 약실과 곧장 이어진 꼭지 위에 퍼커션 캡을 씌웠다.

그리곤 해머, 즉 공이를 뒤로 끝까지 젖혀 고정했다.

이렇게 하면 장전은 모두 끝난다.

확실히 보라매에 비해 절차가 훨씬 간편해졌다.

홍귀남은 장전을 완료한 참매를 단단히 견착한 뒤에 50미터 떨어진 위치에 서 있는 인간 모양의 허수아비를 겨누었다.

신중히 호흡을 고른 홍귀남이 방아쇠를 당겼다.

탕!

총성이 울리는 순간. 총구가 위로 들리며 불꽃이 번쩍였다.

허수아비의 왼쪽 가슴에 있던 지푸라기가 사방으로 튀었다.

홍귀남은 이제 좀 알았다는 듯 고개를 끄덕였다.

다시 좀 전의 과정을 되풀이해 재장전에 들어갔다.

장전하는 손길이 훨씬 과감하고 능숙해졌다.

재장전을 마친 홍귀남이 허수아비에 총을 쏘았다.

이번엔 심장 오른쪽에서 지푸라기가 튀었다.

미간을 찌푸린 홍귀남은 견착 자세를 몇 번 바꿔 가며 시험해 보더니 결국, 세 번째 총알을 허수아비의 미간에 맞혔다.

다들 그 모습을 보며 탄성을 터트렸다.

카시니도 마찬가지였다.

"저희가 참매를 연구하며 수백 발도 더 쏴 봤지만, 허수아비 미간에 정확히 맞힌 경우는 손에 꼽을 정도로 적었사옵니다."

"쟤는 저걸로 먹고사니까."

다시 연구실로 돌아갔을 때.

카시니가 배처럼 생긴 둥근 구체를 건넸다.

"비격진천뢰를 개량해 만든 개인용 수류탄이옵니다."

"이게 격발 장치인가 보군."

난 수류탄의 머리에 달린 고리를 가리켰다.

"그렇사옵니다."

"지연 신관은 몇 초로 설정해 놨어?"

"5초이옵니다."

"적당하군."

그 외에 뇌홍의 비율을 높여 놓은 폭탄 종류도 몇 가지 있었다.

카시니에게 고생했단 말을 해 준 뒤에 생산 공장을 방문했다.

박영준은 아예 이쪽으로 출근해서 공정을 감독하고 있었다.

"오셨사옵니까."

"참매와 수류탄은 얼마나 생산했어?"

"한 개 청을 무장시킬 양이옵니다."

"공장을 확장하든, 인력을 늘리든 해서 생산 속도를 더 높여."

"급한 것이옵니까?"

"아직은 몰라. 하지만 빨라서 나쁠 건 없겠지."

"바로 조치하겠사옵니다."

"상투적인 말이긴 하지만 박 부장의 어깨에 우리 조선의 운명이 달린 거나 마찬가지니까 힘들더라도 좀만 더 고생해 주게."

"알겠사옵니다."

공장까지 둘러본 뒤에 환궁했다.

이젠 왜적이 상륙할 시기와 방향을 알아낼 때였다.

최제문은 안가에 걸어 둔 왜국 전도를 보며 미간을 찌푸렸다.

몇 달째 노토반도 핵심 지역 잠입에 실패해서다.

고연내가 옆으로 다가와 물었다.

"노토반도에 잠입이 그렇게 어려운 겁니까?"

"노토반도에는 이미 열 명이 들어가 있습니다."

"그러면 어디가 힘든 겁니까?"

"노토반도 항구 같은 핵심 시설 잠입이 어려운 겁니다."

"막부군이 패전 위기에 직면한 탓에 경계가 심한 모양이군요."

"뭐 그렇죠."

3년간 벌어진 두 차례 회전에서 모두 승리한 삿초 동맹은 쇼군 도쿠가와 이에쓰나가 이끄는 막부군을 계속 몰아붙였다.

그 결과, 지금은 삿초 동맹이 간토까지 진출한 상태다.

지도의 노토반도를 손으로 짚어 보던 고연내가 물었다.

"내부 인사를 포섭하는 방법은 써 봤습니까?"

"모두 결정적인 순간에 실패했습니다."

"흠."

두 사람은 탁자로 자리를 옮겨 대화를 이어 나갔다.

이번엔 최제문이 먼저 물었다.

"마츠에카이는 요즘 어떻습니까?"

"불안해하는 상태입니다."

"조선과 거래하는 걸 삿초 동맹 쪽에 들킬까 봐서요?"

"삿초 동맹도 마츠에카이가 조선과 거래하는 건 압니다. 거래 대가가 이와미 은광의 은이란 사실은 모르는 것 같지만요."

"그러면 그들이 거래하는 조선의 상단이 알고 보니 전하가 주인인 서유럽회사였단 거를 들킬까 봐 불안해한단 말이군요."

"바로 그렇습니다."

"은 밀수량을 좀 더 높여 보죠."

"지금보다 더 말입니까?"

"이번 조선과 왜국의 두 번째 전쟁이 어떤 식으로 결말날지 알 수 없으니까 그전에 은을 최대한 많이 확보해 둬야 합니다."

고연내가 갑자기 의문을 표했다.

"정말 얼마 안 있어 또다시 두 나라 사이에 전쟁이 일어날까요?"

"전하도, 우리 용호군도 그 점에선 명확합니다."

"삿초 동맹이 막부군을 완벽히 타도하는 데 성공하더라도 막대한 손실을 볼 수밖에 없습니다. 그렇다면 삿초 동맹도 조선 침략을 준비하기 위해 정비할 시간이 꽤 필요하지 않을까요?"

최제문이 고개를 저었다.

"삿초 동맹은 그렇지 않은 거 같습니다. 얼마 전에 들어온 보고에 따르면 삿초 동맹 쪽에서 자객을 수백 명 보냈다는군요."

"흠, 그렇다면 과장님 말씀이 맞는 거 같군요. 가까운 시일 내에 전쟁할 게 아니라면 그런 결정을 쉽게 내릴 수 없을 테니까요. 막말로 조선이 화가 나 쳐들어오면 삿초 동맹은 동쪽과 서쪽에서 두 세력과 전쟁을 벌여야 하지 않겠습니까?"

"저희가 곧 전쟁이 날 거로 추측하는 이유도 바로 그겁니다."

"그래요?"

"삿초 동맹이 아무리 강해도 전선을 두 곳에 만들 순 없습니다. 즉, 그들이 조선을 도발했단 뜻은 가까운 시일 내에 막부군을 타도할 준비가 끝났고 그다음은 조선이란 거겠죠."

고연내가 다시 지도의 규슈와 주고쿠를 보며 물었다.

"삿초 동맹 쪽에는 몇 명이나 가 있습니까?"

"유연 요원이 12명을 데리고 나가 있습니다."

"그쪽은 막부군보다 활동하기 편한가 보군요."

"그렇습니다. 포섭도 대여섯 명해서 정보를 수집하는 중이죠."

"삿초 동맹은 지금 조선을 공격할 준비 중입니까?"

"2년 전부터는 확실히 총 같은 군수 물자 생산량이 늘었습니다. 세키부네와 아타케부네도 개량해 건조하기 시작했고요."

"그게 꼭 막부군 타도를 위해서만은 아니라는 생각이시군요?"

"그렇습니다. 일부는 조선 침략용일 테지요."

고연내의 시선이 지도의 노토반도로 다시 돌아갔다.

"그러면 노토반도에 있는 막부군은 신경 쓸 필요 없지 않습니까? 어차피 조선을 침략하는 군대는 삿초 동맹일 테니까요."

최제문이 고개를 저었다.

"그래서 더 궁금한 겁니다."

"무슨 뜻입니까?"

"막부군에게 뭔가 또 다른 꿍꿍이가 있지 않다면 노토반도 항구에서 그렇게 꽁꽁 싸매고 앉아 있는 이유가 없을 테니까요."

"그러면 막부군이 노토반도에서 준비 중인 어떤 결정적인 수를 사용해 삿초 동맹을 이길 수도 있다고 예상하시는 겁니까?"

"그럴 가능성도 있어 노토반도 항구 정찰이 꼭 필요한 겁니다. 우선 누가 우리의 적이 될지 아는 게 중요하니까요. 그리고 두 세력의 전쟁은 아직 완벽히 결판나지 않았고요."

그때, 날카로운 휘파람 소리가 길게 세 번 울렸다.

최제문이 벌떡 일어나 고연내에게 고개를 끄덕였다.

고연내도 그게 무슨 뜻인지 알고 바닥에 숨겨 둔 왜도를 꺼내 한 자루는 자기가 가지고 다른 한 자루는 최제문에게 던졌다.

왜도를 받은 최제문은 종이에 싼 환약을 꺼내 혀 밑에 넣었다.

고연내도 똑같이 따라 했다.

두 사람은 준비를 마친 뒤에 조용히 기다렸다.

그로부터 3분쯤 지났을 때.

이번엔 휘파람 소리가 짧게 두 차례 들려왔다.

그제야 두 사람은 긴장을 풀고 마음을 놓았다.

짧은 휘파람 소리 두 번은 용호군 요원이란 뜻이다.

실제로 1분쯤 지났을 때.

기모노 차림을 한 아름다운 여자가 한 명 들어왔다.

여자가 쓰고 있던 모자를 벗으며 방긋 웃었다.

"오랜만이네요, 두 분."

최제문도 인사했다.

"홍장미 요원도 오랜만이오."

세 사람은 인사를 나눈 뒤에 자리에 앉았다.

홍장미가 먼저 이곳을 찾은 용건부터 꺼냈다.

"노토반도 항구의 정보를 알아낼 방법을 찾아냈어요."

최제문이 반색하며 물었다.

"어떤 방법이오?"

"황실의 공가 중 한 명이 쇼군을 만나러 간단 정보를 접했
어요."

고연내가 급히 물었다.

"공가면 문신 귀족이지 않소?"

"맞아요."

"어떤 자요?"

"후미마로라는 잔데 천황이 아끼는 중신이더군요."

"그 후미마로의 동행인 척 속여 들어가겠단 거요?"

"결국, 그런 셈이죠."

이번엔 최제문이 물었다.

"후미마로에겐 어떻게 접근할 거요?"

"후미마로는 몇 달 전부터 게이샤 한 명에게 푹 빠져 있어요. 첩으로 들일 수만 있으면 간이고 쓸개고 다 빼 줄 기세죠."

"그 게이샤가 우리 요원이오?"

"맞아요."

"누구요?"

홍장미가 자조적인 미소를 지었다.

"바로 저예요."

최제문이 탄식했다.

"그건 당신에게 너무 잔인한 짓이구려……."

"노토반도 항구를 염탐해야지만 막부군의 향후 계획을 알아낼 수 있어요. 제 생각엔 방금 말한 이 방법이 최선이에요."

홍장미의 사정을 모르는 고연내가 다급히 물었다.

"당신이 첩으로 들어가 어떻게 하겠단 거요?"

"후미마로는 공가예요. 절대 혼자 갈 리 없어요."

"시중드는 사람 하나를 바꿔치기하겠단 거군."

"맞아요."

고연내가 고개를 돌려 최제문에게 물었다.

"후미마로를 시중드는 이로 위장해 동행하려면 배신하지 않으면서도 왜국 말에 아주 능통한 요원이 필요하지 않겠습니까?"

최제문이 한숨을 내쉬며 대답했다.

"그런 요원은 한 명뿐입니다."

"주고쿠에 있는 유연 요원을 말하는 겁니까?"

"맞습니다."

고연내가 미간을 찌푸렸다.

"주고쿠에서 여기 교토까진 거리가 먼데 제때 올 수 있을지……."

최제문도 같은 생각인 듯했다.

"맞습니다. 이 계획은 어차피 유연 요원이 없으면……."

그때, 홍장미가 고개를 저었다.

"유연 요원에겐 제가 전갈을 보내 놓았습니다. 아마 중간에 특별한 일이 없으면 2, 3일 안으로 교토에 당도할 것입니다."

고연내가 기뻐하며 말했다.

"그러면 가능성이 좀 있겠습니다. 그렇지 않습니까, 최 과장님?"

뭔갈 생각하던 최제문도 어쩔 수 없다는 듯 고개를 끄덕였다.

"이 방법밖에 없다면 그렇게 해야겠죠."

홍장미가 바로 일어나 모자를 다시 썼다.

"외출을 오래 하면 말이 나올 수 있어요."

최제문이 돌아가는 홍장미를 배웅하며 물었다.

"정말 괜찮은 거요?"

"뭐가요?"

"의녀로 있다가 대감 집의 첩으로 들어갔었다고 하지 않았소?"

"그랬죠."

"대감이 죽고 나서는 본처와 자식들에게 맨몸으로 쫓겨났고."

"그것도 사실이에요."

"한데 또 누군가의 첩으로 들어가려는 거요?"

"과장님."

"말하시오."

"전쟁에서 패하면 저와 같은 처지의 여인이 많이 생겨나겠죠?"

"음, 안타깝지만 사실일 거요."

"제가 희생한 덕에 우리에게 조금이라도 승산이 높아져 그런 여인들이 생기지 않는다면 전 이번 일을 후회하지 않아요."

착호군이 지키는 외곽 초소에 이르렀을 때.

홍장미가 꾸벅 인사했다.

"과장님은 이제 들어가 보세요."

최제문이 돌아서는 홍장미에게 물었다.

"유연은 당신을 많이 좋아하오. 알고 있소?"

홍장미가 하늘을 잠시 쳐다보다가 고개를 끄덕였다.

"알고 있어요."

"그래도 상관없소?"

"제 행복보단 나라의 안위가 더 중요해요."

"알겠소……."

"그럼."

인사한 홍장미는 산을 내려가 교토 시내로 들어갔다.

그로부터 이틀 후.

유연이 급히 주고쿠에서 돌아와 최제문을 만났다.

최제문의 설명을 듣고 난 유연은 멍하니 앉아 있다가 물었다.

"그녀가 정말 그렇게 얘기했습니까?"

"그렇네."

"다행입니다."

"뭐가 다행인가?"

"그녀가 행복보단 나라의 안위가 중요하다고 하지 않았습니까?"

"그게 어째서?"

"그건 그녀도 저를 좋아하고 있단 뜻이니까요."

"흐음."

"전 그녀를 좋아합니다. 하지만 이젠 존경하게 되었습니다. 그리고 그녀를 위해 이번 작전은 반드시 성공시킬 겁니다."

그러면서 천장을 본 유연이 중얼거렸다.

"제게 무슨 일이 있더라도 말입니다……."

다시 사흘 후.

홍장미 쪽에서 전갈이 와 유연은 후미마로 저택을 찾아갔다.

하인에게 안내받아 후원으로 갔을 때.

후미마로 옆에 찰싹 달라붙어 있는 홍장미가 보였다.

홍장미는 후미마로에게 안겨 갖은 아양을 떨었다.

유연은 무심한 표정으로 그런 그녀를 보다가 인사를 올렸다.

"아즈치에서 온 지로라고 합니다."

후미마로가 홍장미에게 물었다.

"저 볼품없는 더벅머리 놈이 네가 말한 그 고향 사촌 오빠

더냐?"

홍장미가 앵앵거리는 교토 말투로 대답했다.

"사촌 오빠라서 하는 말이 아니라, 정말 윗사람 비위를 얼마나 잘 맞추는지 입속의 혀처럼 군다니까요. 나리도 이번 여행에 지로를 데려가시면 불편한 일이 하나도 없을 거에요."

"하하, 그러면 유키코를 믿고 지로를 데려가마."

"감사해요, 나리."

유연도 바닥에 엎드려 머리를 깊이 조아렸다.

"감사합니다, 나리. 절대 실망하는 일이 없게 해 드리겠습니다."

"그래, 그래."

이미 홍장미에게 푹 빠진 후미마로가 껄껄 웃었다.

며칠 후, 유연은 지로로 위장해 후미마로의 여행에 따라나섰다.

유연은 성심을 다해 후미마로를 모셨다.

거기다 구사하는 간사이 사투리까지 아주 완벽해 후미마로는 자기가 데려가는 지로가 누군지 꿈에도 모르는 눈치다.

덕분에 유연은 금단의 영역이던 항구 안에 들어갈 수 있었다.

막부군도 천황이 보낸 사자인 후미마로의 시종을 붙잡아 마음대로 심문하기는 어려워 별다른 검색조차 받지 않았다.

물론, 후미마로를 따라 항구에 있는 요새까지 들어가진 못했다.

후미마로가 쇼군을 만나 천황의 친서를 전달하는 동안, 유연은 막부군의 이목을 피해 가며 항구 안의 사정을 염탐했다.

근데 놀랍게도 항구에는 별다른 움직임이 없었다.

돌아다니는 막부군이 많긴 하지만 그게 다다.

군함도 없고 무기나 군량을 싣고 오가는 수송선박도 없었다.

뭐지?

왜 이렇게 조용하지?

이상함을 느낀 유연은 방법을 바꾸었다.

항구를 염탐하는 대신에 막부군을 살피기로 한 거다.

확실히 이상하군.

막부군은 삿초 동맹과 벌인 두 차례 회전에서 전부 패해 이곳 가가 번이 있는 노토반도까지 물러난 절망적인 형세였다.

근데 막부군의 표정에선 절망감이 느껴지지 않았다.

아니, 절망감은커녕, 불안이나 초조함도 보이지 않았다.

그들은 군인이 아니라, 밭을 갈다가 끌려온 농부 같았다.

뭔가 잡힐 거 같으면서도 끝내 잡히지 않아 답답한 감정을 느낄 때, 친서를 전한 후미마로가 돌아와 귀환길에 올랐다.

유연은 고민했다.

여기서 모습을 감추고 항구를 더 염탐하는 게 좋지 않을까?

아니, 여기서 모습을 감추면 분명 홍장미도 의심받겠지.

유연이 이러지도, 저러지도 못할 때.

삿초 동맹과의 전투에서 패배한 거처럼 갑주조차 제대로 갖추지 않은 일단의 병력이 그들을 지나쳐 항구 안으로 들어갔다.

이 모습은 새로울 게 없었다.

노토반도를 감시하는 동안, 수없이 본 장면이다.

잠깐!

지금까지 노토반도로 도망친 막부군만 따져 봐도 7만 명은 넘을 텐데 어째서 항구에는 고작 1만여 명밖에 없었던 거지?

그 순간, 유연은 뭔가 머리를 내려친 듯한 강한 충격을 받았다.

혹시 이 모든 게 위장은 아닐까?

160장. 일리가 있는 의견이오.

유연은 요동치는 감정을 티 내지 않으려 노력했다.

지금은 머릿속의 복잡한 생각을 지우고 교토까지 몸 성히 돌아간 뒤에 최제문과 고연내를 만나 상의하는 게 우선이다.

노토반도를 중간쯤 내려와 막부군이 거의 보이지 않을 때다.

쉬익!

날카로운 파공음이 귓전을 스치는 순간.

일행이 가고 있던 길 위로 화살이 폭우처럼 쏟아졌다.

"어?"

후미마로를 호위하던 시종들이 입을 벌린 자세로 화살 비를 멍하니 쳐다보다가 화살에 얼굴과 가슴이 뚫려 쓰러졌다.

"으악!"

"적습이다!"

"나리를 안전한 곳으로 모셔라!"

살아남은 시종들이 그제야 고성을 지르며 야단법석을 떨었다.

그때, 또 한 번 화살 비가 쏟아져 살아남은 시종들을 덮쳤다.

"크악!"

"으아악!"

여기저기서 비명이 들리며 시종들이 쓰러졌다.

한편, 화살이 날아오는 소리를 듣기 무섭게 가마 밑으로 몸을 날려 목숨을 건진 유연은 반대 방향으로 빠르게 기어갔다.

반대 방향에는 낭떠러지가 있었다.

그리고 그 밑으로 계곡물이 흘렀다.

어떻게든 계곡까지만 가면 살 수 있을 거 같았다.

파파팟!

가마 기둥에 박힌 화살의 깃이 파르르 떨렸다.

지금까지만 보면 유민이나 도적은 아니었다.

정규 훈련을 받은 정예병이 분명했다.

타타닥!

발걸음 소리가 들린 뒤에 시종들이 연달아 쓰러졌다.

화살 공격을 퍼부은 적들이 직접 도살하기 시작한 거다.

"이, 이놈들!"

후미마로의 당황한 목소리가 들렸다.

그러나 습격한 쪽에서는 대꾸가 전혀 없었다.

후미마로가 다시 고함을 질렀다.

"불경한 놈들! 내가 누군지나 알고 이따위 짓을 벌이는 거냐!"

쉬익!

칼을 휘두르는 소리가 들렸다.

설마 놈들이 공가인 후미마로도 죽인 건가?

그때, 두 눈을 똑바로 뜨고 죽은 후미마로의 얼굴이 가마 밑에 몸을 웅크리고 숨어 있던 유연의 얼굴 앞에 뚝 떨어졌다.

유연은 본능적으로 튀어나오려는 비명을 억지로 눌러 삼켰다.

얼마 떨어지지 않은 장소에서 두런두런 말소리가 들려왔다.

유연은 정신을 집중해 보았으나 제대로 들리는 단어가 없었다.

잠시 후, 죽은 시종들의 시체를 모아다가 가마 위에 던져 버린 정체불명의 습격자들이 화약을 뿌리고 나서 불을 붙였다.

유연은 불길이 가마를 다 뒤덮기 전에 몸을 굴려 빠져나왔다.

"한 놈이 살아 있다!"

그 즉시, 유연을 발견한 적이 소리를 질렀다.

그다음은 사실 뻔했다.

"죽여!"

"오늘 일을 목격한 놈이 절대 살아 있어선 안 된다!"

"끝까지 쫓아가 반드시 죽여라!"

여기저기서 죽이라는 소리가 들리며 적들이 쫓아왔다.

유연은 계곡 쪽으로 달리면서 뒤를 힐끔 돌아보았다.

인자처럼 복면을 쓴 적들이 왜도를 들고 쫓아왔다.

유연은 소매치기와 위장술 방면에선 누구도 따라올 수 없는 대단한 실력을 지녔지만, 무예는 실력이 그저 그런 편이다.

다만, 그도 한 가지 잘하는 무예가 있었다.

바로 손기술을 살리는 단도 던지기다.

쉭쉭쉭!

단도가 날아가 맨 앞에서 쫓아오던 적들을 정확히 요격했다.

그래도 적은 여전히 많았다.

쉭쉭쉭쉭쉭!

숨 돌릴 틈을 주지 않고 날아간 단도가 전부 명중했다.

그제야 적도 주춤거리며 걸음이 느려졌다.

유연은 그 틈에 전력을 다해 낭떠러지로 몸을 날렸다.

이렇게 해도 산다는 보장을 못 한다.

그래도 이편이 고문받으며 죽는 거보단 훨씬 나으니까.

두 발이 땅을 박차는 순간.

쉬익!

짧고 날카로운 파공음이 울린 뒤에 어깨가 화끈거렸다.

고통을 참으며 낭떠러지를 구르다가 계곡으로 풍덩 빠졌다.

그때, 또다시 화살이 날아와 등과 허벅지에 박혔다.

유연은 화살을 피하려고 물속으로 더 깊이 잠수했다.

물속으로 화살 10여 개가 파고들어 왔다.

유연은 계곡 물살이 가장 강한 곳으로 미친 듯이 헤엄쳤다.

어느 순간, 몸이 저절로 움직였다.

급류에 휩쓸린 거다.

호랑이 굴에 들어가도 정신만 똑바로 차리면 산다는 속담을 떠올리며 어떻게든 의식만은 끝까지 놓지 않으려는 찰나.

퉁!

머리를 바위에 세게 부딪혀 의식을 잃었다.

◆ ◇ ◆

유연은 뜨거운 햇살이 눈을 내리쬐는 바람에 정신이 들었다.

눈을 감은 상태로 의식을 잃기 전에 무슨 일이 있었는지 필사적으로 떠올리던 유연은 갑자기 초조해져 벌떡 일어섰다.

그때, 익숙한 목소리가 들려왔다.

"상처가 깊으니까 좀 더 누워 있어요."

유연은 급히 주변을 둘러보았다.

그는 지금 소가 끄는 달구지에 누워 있었다.

그리고 달구지를 모는 이는 놀랍게도 홍장미, 그녀였다.

"아니, 당신이 어떻게?"

"며칠 전부터 왠지 불안한 느낌이 들어 노토반도 입구를 따라 북쪽으로 올라가다가 중간에서 이상한 흔적을 발견했어요."

"무슨 흔적 말이오?"

"놈들이 지우긴 했지만, 무언가를 태운 흔적이 남아 있더군요."

"그래서 날 찾아다닌 거요? 내가 살아 있는 걸 어떻게 알고?"

"천하의 유령이 그렇게 쉽게 죽을 리 있겠어요?"

"아!"

몸을 일으키려던 유연은 얼굴을 찌푸리며 다시 누웠다.

화살을 뽑아내고 붕대를 감아 두긴 했지만, 통증은 여전했다.

홍장미가 달구지를 끄는 소에게 채찍질하며 말했다.

"왠지 당신이라면 계곡 쪽으로 도망쳤을 거 같아 찾아봤는
데 현장에서 10리쯤 떨어진 어느 얕은 개울가에 기절해 있더
군요. 그래서 바로 치료하고 농가에 있던 달구지에 실었어요."

"암튼 당신 덕분에 살았소."

"무슨 일이 있었던 거예요?"

유연은 담담한 어조로 그동안 있었던 일을 설명했다.

다 듣고 난 홍장미가 고개를 살짝 저었다.

"놈들이 천황의 사자인 후미마로를 대로변에서 습격해 죽일
정도면 확실히 당신 말대로 이건 보통 일이 아닌 거 같군요."

"지금 어디로 가는 중이오?"

"최제문 과장이 있는 안가로 가고 있어요."

"역시 당신이라면 날 거기로 데려갈 줄 알았소."

두 사람은 잠시 각자 할 일에 집중하느라 말이 없었다.

유연은 누워서 기력을 회복하는 데 최선을 다했다.

그리고 홍장미는 느려 터진 소를 재촉하느라 여념이 없었다.

그날 저녁.

홍장미가 구해 온 주먹밥을 먹은 유연이 일어나 앉았다.

"이래선 너무 오래 걸리오."

"어쩌려고요?"

"소달구지를 말로 바꿔 타고 갑시다."

"괜찮겠어요?"

"당신이 만든 절호의 기회요. 절대 실패하게 놔둘 수는 없소."

홍장미는 곧 소달구지를 솜씨 좋게 군마 한 필로 바꿔 왔다.

잠시 후, 홍장미는 유연을 뒤에 태우고 말을 달렸다.

그래도 속도를 많이 올리지는 않았다.

유연의 상처가 덧날까 걱정해서다.

그녀가 자기를 배려하고 있음을 깨달은 유연이 말했다.

"난 괜찮소."

"그러면 당신도 내 허리를 좀 더 꽉 껴안아요."

"남녀가 유별한데 어찌……."

"지금 그딴 게 중요해요?"

"당신 말이 맞소."

유연은 홍장미의 허리를 힘껏 껴안았다.

"이랴!"

홍장미의 채찍질을 받은 말이 속도를 끌어 올렸다.

그렇게 밤을 새워 가며 한참을 달렸을 때.

홍장미가 불쑥 말했다.

"당신이 날 좋아한다고 들었어요."

유연도 부정하지 않았다.

"사실이오. 난 당신을 아주 많이 좋아하오."

"나도 실은 당신을 좋아해요."

"거참 반가운 소식이오."

"무슨 남 얘기하듯 하는군요."

"너무 기뻐서 내가 잠시 멍청해진 모양이오."

"하지만 난 부정한 여자예요."

"무슨 소리요? 당신이 왜 부정하단 거요?"

"난 남의 첩으로 두 번이나 들어갔던 부정한 여자예요."

"그게 어때서?"

"당신은 그래도 이런 나를 좋아할 수 있겠어요?"

"좀 전에 당신이 내게 했던 말을 그대로 돌려주고 싶군."

"내가 무슨 말을 했는데요?"

"당신이 날 좋아한다는 데 그딴 게 무슨 상관이겠소."

"그렇군요."

"그렇소."

"새벽에나 도착할 테니까 그동안 좀 자 둬요……."

"알겠소."

안가에 도착했을 때.

최제문과 고연내가 소식을 듣고 뛰어나왔다.

위험을 무릅쓰고 야밤에 길을 내달렸단 건 그만큼 중요한 정보를 얻었다는 뜻도 되어 두 사람은 흥분을 감추지 못했다.

먼저 말에서 내린 홍장미가 유연을 흔들었다.

"다 왔어요. 이제 정신 좀 차려요."

하지만 유연은 아무리 흔들어도 미동조차 없었다.

소스라치게 놀란 홍장미가 망연한 표정으로 중얼거렸다.

"당, 당신, 정말 이러기예요……. 난 큰 용기를 내서 당신에게 내 마음을 고백했는데……, 고백만 받고 이렇게 떠나다니요."

그때, 헛기침한 고연내가 다가와 말했다.

"저, 홍 요원."

"……."

"유 요원은 그냥 깊이 잠든 거뿐이오."

"예?"

"잘 들어 보시오. 유 요원이 코를 골고 있지 않소."

그제야 홍장미는 유연의 코 고는 소릴 듣고 얼굴이 빨개졌다.

유연의 허벅지를 세게 꼬집은 홍장미가 먼저 안가로 들어갔다.

"잘나신 유령 요원은 이제 과장님이 알아서 하세요."

"알, 알겠소."

고개를 절레절레 저은 최제문은 유연을 업어 침상으로 옮겼다.

잠시 후, 홍장미는 유연에게 들은 정보를 털어놓았다.

다 듣고 난 최제문이 벌떡 일어나 왜국 전도 앞으로 걸어갔다.

"노토반도로 들어간 막부군이 다 할복해서 죽었을 린 없겠지."

고연내가 옆으로 걸어오며 대꾸했다.

"틀림없습니다. 분명 병력 대부분을 어딘가로 빼돌린 걸 겁니다."

홍장미도 전도 앞으로 걸어와 물었다.

"막부군이 병력을 빼돌렸다면 어디로 빼돌렸을까요?"

혼슈 북쪽 해안을 손으로 훑어가던 최제문이 한 점을 찍었다.

"육지에 붙어 있는 항구는 아닐 거요."

"그건 노토반도에서 병력을 빼돌린 의미가 없으니까요?"

"그렇소. 노토반도 정찰에 그렇게 신경 쓰는 놈들이 육지에 있는 다른 항구로 병력을 옮기는 건 바보 같은 짓이니까."

"그래서 그 섬을 찍은 건가요?"

혼슈 주부에 있는 에치고 번 위엔 꽤 큰 섬이 하나 있었다.

바로 금광으로 이름난 사도섬이다.

"노토반도에서 가까우면서도 병사 수만 명을 감쪽같이 숨겨 둘 수 있는 섬은 바로 에치고 번에 속한 사도섬밖에 없소."

고연내가 물었다.

"놈들이 사도섬에 병력을 숨겨 둔 진짜 목적은 뭘까요?"

이번엔 홍장미가 대답했다.

"오면서 곰곰이 생각해 봤는데 두 가지 중 하나 같아요."

최제문이 그녀 쪽으로 고개를 돌렸다.

"경청하겠소."

"첫 번짼 삿초 동맹의 뒤통수를 치는 거예요. 세 번째 회전을 일으킨 뒤에 삿초 동맹 후방에 상륙해 기습을 가하는 거죠."

"으음."

"그러면 동쪽에 있는 막부군과 전투를 치르던 삿초 동맹은 앞뒤에서 막부군에게 협공받아 낭패를 볼 가능성이 높아요."

고연내가 고개를 끄덕였다.

"일리가 있는 의견이오."

최제문이 다시 물었다.

"그럼 두 번째는 무엇이오?"

홍장미는 손가락으로 사도섬을 먼저 찍은 뒤에 북서쪽으로 선을 길게 그어 가다가 조선의 강릉 지역을 가리키며 말했다.

"바로 우리 조선 후방에 대군을 상륙시키는 거죠."

고연내가 바로 고개를 저었다.

"그건 왜국 함대를 너무 과대평가한 거 같소."

"왜 그렇게 생각하시죠?"

"왜국 함대가 아무리 뛰어나도 이 먼 거리를 보급조차 받지 않고 단숨에 가기란 불가능하오. 홍 요원은 항해한 경험이 많이 없을 테지만 몇 년 동안 왜국과 중국을 오간 내 경험에 비춰 봤을 때, 군대든 함대든 무조건 보급이 중요하오."

홍장미도 자기 의견을 마냥 고집하진 않았다.

"고 과장님 의견도 일리가 있군요."

그때, 최제문이 말했다.

"난 두 사람 다 맞는 거 같소."

"무슨 소립니까?"

"홍 요원이 말한 두 가지 가능성 중에 삿초 동맹 후방에 상륙한단 가능성은 우리가 신경 쓸 이유가 없소. 두 세력이 좀 더 지지고 볶겠다면 우리로선 쌍수를 들고 환영할 일이지."

홍장미가 눈을 번득이며 물었다.

"그러면 우린 두 번째 가능성만 조심하면 되겠군요."

"그렇소."

고연내가 고개를 갸웃거렸다.

"좀 전엔 내 말도 맞다고 하지 않았습니까?"

"고 과장 말대로 보급 없이 가는 건 무리요. 하지만 방법이 아예 없진 않소. 우리가 잘 아는 마츠에 번 북쪽에는 오카노란 이름의 작지 않은 섬이 있소. 그렇다고 해도 오카노에서 강원도까지 직접 가는 건 너무 머오. 하지만 중간에 울릉도를 점령해 중간 보급 기지로 삼는다면 가능성이 있소."

홍장미가 전도를 보며 말했다.

"사도섬, 오카노섬, 그리고 울릉도를 지나 상륙한다는 거군요."

그때, 뒤에서 익숙한 목소리가 들렸다.

"하지만 그 방안에도 한 가지 간과한 점이 있습니다."

그 말에 다들 놀라 뒤를 돌아보았다.

어느새 일어났는지 유연이 창백한 표정으로 서 있었다.

홍장미는 얼른 유연을 의자에 앉힌 뒤에 물었다.

"이렇게 돌아다녀도 괜찮아요?"

"견딜 만하오."

최제문이 다가와 물었다.

"우리가 간과한 점이 뭔가?"

"막부군이 지금도 전쟁 중이란 사실입니다."

"아!"

탄성을 터트린 고연내가 서둘러 말했다.

"유연 요원의 조언이 맞습니다. 우리가 막부군이 조선을 곧 침략할 거란 생각에 너무 몰두한 나머지 막부군의 진짜 적이라 할 수 있는 삿초 동맹 진영을 약간 간과하고 있었습니다."

최제문이 거칠게 자란 수염을 쓰다듬으며 대꾸했다.

"그럼 우린 다시 두 가지 가능성을 더 고려해 봐야 하오."

유연에게 물을 떠다 준 홍장미가 고개를 돌렸다.

"어떤 상황이죠?"

"하나는 막부군에 삿초 동맹을 단숨에 거꾸러트릴 비장의 무기가 있어 조선 출병을 미리 같이 준비 중이라는 가능성이오."

고연내가 물었다.

"그러면 두 번째는 무엇입니까?"

최제문이 고연내를 바라보며 대답했다.

"이 전쟁이 거대한 사기극일 가능성입니다."

홍장미의 눈꼬리가 파르르 떨렸다.

"그, 그렇다면 설마?"

"홍 요원의 짐작이 맞소."

고연내가 답답하다는 듯 소리치며 물었다.

"그래서 그게 무엇입니까?"

대답은 유연이 하였다.

"삿초 동맹과 막부군이 이미 모종의 합의를 했을 가능성입니다."

고연내의 두 눈이 찢어질 듯 커졌다.

"그 말은 삿초 동맹과 막부군이 벌이는 이 전쟁이 실은 조선 출병을 위해 이목을 가릴 목적으로 꾸며 낸 거짓이란 겁니까?"

최제문이 무거운 표정으로 대답했다.

"물론, 처음부터 거짓은 아닐 겁니다."

홍장미도 그 부분에는 동의했다.

"두 세력이 맞붙은 첫 번째 회전은 제가 직접 참관했습니다. 그때 죽어 나간 병사만 3만이 넘었어요. 거짓은 아닐 겁니다."

최제문이 말을 받았다.

"그렇지만 두 번째 회전부터는 거짓일 가능성이 농후합니다. 두 번째 회전 땐 우리가 미처 도착하기도 전에 회전이 벌어져 막부군이 일방적으로 패배했단 소문을 들었으니까요."

유연이 정리했다.

"삿초 동맹과 막부군이 물밑에서 이미 협상을 마쳤다면 우리가 의심스럽다고 느낀 것들이 자연스럽게 다 같이 풀립니다."

고연내가 유연을 보며 물었다.

"어떤 의문을 말하는 거요?"

"삿초 동맹은 막부군을 노토반도란 좁은 장소에 몰아넣은 뒤에 왜 가만히 있는 걸까? 시간을 주면 줄수록 막부군만 좋을 텐데. 그리고 막부군은 기반을 굳힌 터전이 있는 에도가 아니라, 왜 군이 노토반도로 가서 저항에 들어간 걸까?"

그 말에 다들 무거운 표정으로 고개를 끄덕였다.

유연의 말대로 이제야 아귀가 좀 맞는단 느낌이 들어서였다.

홍장미가 가장 먼저 현실로 돌아왔다.

"삿초 동맹은 여전히 군비를 증강하고 있습니다. 그 말은 막부군과 함께 삿초 동맹도 조선 출병을 준비한다고 봐야 합니다."

최제문이 다시 왜국 전도로 돌아갔다.

"지금까지 모은 정보들을 종합해 생각해 보면 왜적은 두 군데서 출병할 가능성이 큽니다. 첫 번째는 임진왜란 때처럼 조선과 가까운 규슈와 주고쿠를 차지한 삿초 동맹이 규슈 최북단을 출발해 조선의 경상도, 혹은 전라도를 치는 겁니다."

홍장미가 지도의 사도섬을 가리켰다.

"두 번째는 막부군이 사도섬에 몰래 빼돌린 병력으로 오카노, 울릉도를 거쳐 강릉을 포함한 동해안에 상륙하는 거겠죠."

유연이 또다시 핵심을 찔렀다.

"이제 우리도 삿초 동맹, 막부군 둘 다 조선을 침탈할 야심이 있다는 걸 알았습니다. 그렇다면 이제 남은 가장 큰 문제는 그 두 세력이 정확히 어떤 식으로 움직이냐일 것입니다."

고연내가 심각한 표정으로 물었다.

"어디가 주공인지 알아내야 한단 뜻이오?"

유연은 고개를 저었다.

"두 곳 다 주공일 겁니다. 양동 공격이 아니라, 양면 공격이지요. 문제는 그들이 어떤 시점에 어떻게 움직이느냐입니다."

최제문도 동의했다.

"유 요원의 말이 맞습니다. 반드시 공격 시점을 알아내야 합니다. 막부군과 삿초 동맹이 같은 시각, 그게 어렵다면 비슷한 시기에 조선에 동시에 상륙하는 작전을 계획 중인 것일까?"

"……"

"그게 아니면 삿초 동맹이 먼저 쳐들어가서 조선군의 주력을 남해 쪽으로 끌어들인 뒤에 막부군이 기습 상륙할 것인가?"

"……."

"그것도 아니면 반대로 막부군이 동해 어딘가에 먼저 상륙 작전을 펼쳐 조선군 주력을 끌어들인 뒤에 남해에 삿초 동맹이 상륙해 임진왜란 때처럼 곧장 도성으로 올라갈 것인가?"

설명을 마친 최제문이 다른 이들을 둘러보며 물었다.

"여러분은 놈들이 어떤 작전을 짤 거라 봅니까?"

다들 골몰히 생각하느라 대답하지 못했다.

그때, 고연내가 한 가지 제안을 하였다.

"각각 1, 2, 3번으로 정하고 번호를 선택해 보는 게 어떻습니까?"

다들 그 의견에 동의했다.

먼저 최제문이 자기 의견을 피력했다.

"난 2번이 유력하다고 봅니다."

곧 홍장미, 유연, 고연내도 2번이라 대답했다.

홍장미는 자기가 2번을 택한 이유도 곁들였다.

"1번, 즉 동시 상륙은 불가능합니다. 함대가 먼 거리를 이동하면서 도중에 무슨 일이 생길지 모르는데 비슷한 시각에 동시 상륙한다는 계획은 멍청한 놈들이나 할 생각입니다."

고연내가 물었다.

"그러면 3번이 아니라고 생각한 이유는 뭐요?"

"놈들은 당시 임금님이 그들의 예상보다 빨리 중국과 국경을 접한 의주로 파천한 탓에 임진왜란에서 패했다고 느낄 겁니다. 그렇다면 경상도가 아니라, 도성과 가까운 강원도가 상류하기에 더 좋은 지점이라 생각할 공산이 아주 높습니다."

최제문이 유연과 고연내에게 물었다.

"난 홍 요원의 의견이 맞는 거 같은데 다른 분들은 어떻습니까?"

"저도 맞는 거 같습니다."

"같은 생각입니다."

최제문이 전도를 탁 치며 돌아섰다.

"그러면 지금까지 알아낸 정보부터 본국으로 보냅시다."

고연내가 약간 망설이며 물었다.

"아직은 전부 증거가 없는 추측일 뿐이지 않습니까? 한데 정보를 보냈다가 틀리면 다 우리 책임이 되는 거 아닙니까?"

최제문이 고개를 저었다.

"용호군에는 우리보다 더 똑똑한 이들이 모여 있습니다. 우리 사정을 충분히 이해하고 최상의 결과를 도출해 낼 겁니다."

고연내가 두 손을 들었다.

"용호군이 책임진다면 나도 더는 반대하지 않겠습니다."

"그러면 내친김에 고 과장님이 마츠에카이를 통해 지금까지 수집한 정보를 본국으로 보내 주십시오. 우리 세 사람은 우리 예상이 맞는지 삿초 동맹과 막부군을 염탐하겠습니다."

"빠를수록 좋을 테니 바로 출발하는 게 좋겠군요."

고연내는 최제문이 암호로 적은 서찰을 들고 바로 출발했다.

고연내가 떠난 후.

최제문이 홍장미에게 물었다.

"홍 요원은 어딜 맡겠소?"

홍장미는 아직 회복이 필요한 유연을 흘깃 보고 말했다.

"제가 사도섬으로 가죠."

유연이 바로 고개를 저었다.

"과장님, 사도섬은 제가 가겠습니다."

홍장미의 눈꼬리가 쭉 올라갔다.

"아니, 몸도 성치 않은 사람이 섬에는 어떻게 잠입하려고요?"

"그러면 당신은 아녀자 몸으로 어떻게 섬에 잠입하겠단 거요?"

"가 보면 방법이 있겠죠."

"헤엄은 내가 훨씬 잘 치니까 나한테 맡기시오."

두 사람이 언성을 높일 때.

최제문이 급히 그 사이에 끼어들어 중재했다.

"어차피 사도섬은 내가 맡을 생각이었소. 그러니까 두 사람
은 싸우지 말고 사이좋게 삿초 동맹 쪽을 같이 맡도록 하시오."

홍장미가 고개를 저었다.

"삿초 동맹 쪽엔 이미 우리 요원들이 많이 들어가 있어서
제가 해야 할 일이 그렇게 많진 않을 거예요. 그러니까 유령
요원은 최 과장님이랑 같이 사도섬을 정찰하는 게 좋겠어요."

홍장미의 의견이 제일 이치에 합당한 듯해 그들도 동의했다.

얼마 후.

홍장미는 사내로 변장해 삿초 동맹이 있는 서쪽으로 떠났다.

그리고 최제문, 유연은 유민으로 변장해 에치고 번으로 향
했다.

다행히 유연은 에치고로 가는 동안, 건강이 많이 회복되었다.

에치고에 도착한 두 사람은 어부로 변장해 사도섬을 찾았다.

물론, 사도섬으로 직접 가진 못했다.

사도섬에 있는 모든 항구가 이미 철저히 통제 중이라, 섬에서 남서쪽으로 1킬로미터 떨어진 작은 환초에 배를 대었다.

두 사람 다 용호군에 들어와서 혹독한 특수 훈련을 받은 터라, 1킬로미터 정도는 충분히 헤엄쳐서 건널 수 있는 거리다.

아직 체력이 완벽히 올라오지 않은 유연 때문에 예상보다 시간이 더 걸리긴 했지만 어쨌든 날이 밝기 전에 도착했다.

두 사람은 의심을 피하려고 낮에는 굴속에 들어가 휴식했다.

그리고 밤에 나와 밤 고양이처럼 사도섬을 정찰했다.

두 사람은 가장 먼저 사도섬의 가장 큰 항구를 찾았다.

근데 항구에 군함이 10척만 있었다.

이런 황량한 섬에 10척이 넘는 군함이 있단 사실 자체가 의심스럽긴 했으나 그들의 예상이 빗나간 숫자임엔 분명했다.

그들은 보급 선단을 빼도 전투함만 100척은 있을 거라 보았다.

근데 그들의 예상이 완전히 빗나간 거다.

그때, 최제문이 항구 옆에 세워진 성곽과 천수각을 가리켰다.

"저 천수각은 사도섬 같은 데에 세우기엔 너무 크군."

"과장님은 저기가 대본영이라 생각하시는 겁니까?"

"틀림없다고 본다."

"잠입이 쉽지 않을 텐데요."

"내가 가지. 대신, 넌 여기서 대기하고 있어라."

"너무 위험합니다, 과장님."

"지금은 내 안위보다 조국의 안위가 우선이다."

"과장님."

"내가 잘못될 거 같으면 넌 재빨리 환초로 달아나라."

"저보고 겁쟁이처럼 상관을 버리고 도망치란 겁니까?"

"유령."

"유령이라 불러 주시는 건 오랜만입니다."

"넌 겁쟁이가 될래? 민족의 반역자로 남을래?"

"크윽."

최제문이 유연의 어깨를 잡았다.

"혹시 몰라서 지금 미리 말해 두마. 그동안 너와 일할 수 있어 좋았다. 그리고 홍 요원은 좋은 여자니까 어떻게든 붙잡아."

"과장님……."

유연의 어깨를 두드려 준 최제문은 천천히 성곽으로 접근했다.

유연은 그런 최제문을 잠시 지켜보다가 결국 돌아섰다.

"저도 과장님과 함께해 좋았습니다……."

유연은 천수각이 잘 보이는 곳에 숨어서 최제문을 기다렸다.

최제문이 정확히 어떻게 했는진 모른다.

하지만 1시간쯤 지났을 때. 천수각 방향에서 소란이 일더니 사방에서 횃불이 타올랐다.

과장님이 성공했구나!

유연이 긴장해 눈을 부릅뜨고 지켜보는데 성문이 있는 성곽에서 갑자기 돌멩이 하나가 날아와 풀숲 사이에 떨어졌다.

뭔가 직감이 온 유연은 포복으로 접근했다.

그렇게 한참을 이동해 돌멩이가 떨어진 지점을 샅샅이 뒤졌다.

이거군.

유연은 주먹만 한 돌멩이를 집어 재빨리 확인했다.

돌멩이 밑에 종이 몇 장이 묶여 있었다.

유연은 즉시 종이를 풀어 달빛을 이용해 읽었다.

종이는 막부군이 작성한 일종의 작전 계획서였다.

과장님이 정말 해냈구나!

계획서에 따르면 막부군의 대규모 함대는 벌써 열흘 전에 사도섬을 출발해 보급을 받으려고 노토반도로 가고 있었다.

열흘이면 노토반도 항구도 이미 통과했겠군.

두 번째 장에는 함대의 대략적인 이동 경로가 적혀 있었다.

그들의 예측이 맞았다.

마츠에 위에 위치한 오카노섬에서 최종 보급을 받은 함대는 울릉도를 점령한 뒤에 강릉항을 최종 목적지로 삼고 있었다.

그리고 거기서 대규모 육군 부대가 상륙한 뒤에 두 갈래로 나뉘어 한 갈래는 도성으로 곧장 서진하고 다른 한 갈래는 평양으로 미리 간다는 대략적인 작전 계획이 세워져 있었다.

임금을 잡기 위한 포석이다.

유연은 재빨리 마지막 장을 확인했다.

아!

마지막 장에 적힌 정보는 그들의 예상을 빗나갔다.

삿초 동맹도 조선에 출병하는 건 맞았다.

그리고 경상도로 가는 것도 맞았다.

다만, 그 위치가 동래가 아니라, 포항으로 나와 있었다.

또, 쇼군 도쿠가와 이에쓰나가 삿초 동맹 수뇌부와 합의한 내용은 양동 공격도 아니고 그렇다고 양면 공격도 아니었다.

두 세력이 별개의 독립된 군으로 움직이며 상륙한 뒤에 각자가 차지한 땅만큼 조선을 나눠 먹기로 약속이 되어 있었다.

종이를 방수 가방에 넣어서 목에 건 유연이 고개를 들었다.

가까이서 들리던 왜군의 고함이 점점 멀어지고 있었다.

최제문이 유연을 살려 보내기 위해 적을 유인한단 뜻이었다.

피가 나올 정도로 이를 악문 유연은 주머니에서 독이 든 환을 꺼내 혀 밑에 집어넣은 뒤에 환초가 있는 쪽으로 달렸다.

도중에 붙잡히면 바로 자결할 생각이었다.

최제문도 붙잡히기 전에 분명 그렇게 할 테니까.

해안에 도착한 유연은 헤엄쳐서 환초로 돌아갔다.

그리고 환초에 매 둔 배에 올라 육지로 나아갔다.

그다음부터는 최대한 빠른 속도로 교토로 달렸다.

최제문이 입수한 정보를 제시간에 맞춰 조선에 보내야 했다.

162장. 만파식적을 발동해라!

훈련도감과 통제영이 작전 계획서를 만들어 올렸다.

거의 천 페이지 분량의 어마어마한 양이다.

세종대왕을 경배하라 독해 스킬로 스킵 없이 끝까지 다 읽었다.

읽고 나서 내린 결론은?

쓸데없이 디테일에 너무 치중한단 거였다.

군 수뇌부를 바로 불러들였다.

"계획서는 읽어 보았소. 근데 썩 마음에 드는 결과는 아니었소."

내 말에 군 수뇌부의 표정이 어두워졌다.

이건 교사가 학생들을 가르치는 일이 아니다.

수십, 수백만의 목숨이 달린 일이다.

어르고 달래 가며 할 시간이 없다.

"우선 전략 목표가 명확하게 제시되어 있지 않소. 대부분 이럴 때는 이렇게 한다, 그러다가 이러면 전략을 바꿔 저렇게 한다고 적혀 있는데 이래서는 현장에서 우왕좌왕만 할 뿐이오."

수뇌부가 일제히 고개를 조아렸다.

"황공하옵니다."

"전략 목표를 더 명확히 제시하시오. 이는 수군도 마찬가지요."

"바로 수정해서 보고드리겠사옵니다."

며칠 후, 군 수뇌부가 새로운 작전 계획서를 올렸다.

이번에는 페이지가 반으로 줄었다.

난 고개를 돌려 이완에게 물었다.

"훈련도감의 전략 목표는 무엇이오?"

"1차 목표는 왜군이 상륙한 곳을 포위해 격멸하는 것이옵니다."

"2차 목표는 무엇이오?"

"2차 목표는 상륙 지점을 포위하지 못했을 땐 대비해 일선 후퇴한 뒤에 각 요충지를 거점으로 방어에 나서는 것이옵니다."

"거기서도 방어에 실패한다면?"

"방어에 실패했을 땐 도성을 보호하기 위해 종심을 넓고 깊게 구축해 적 공세 종말점에 도달하게 유도할 것이옵니다."

"적이 공세 종말점에 도달하기 전에 도성이 먼저 함락된다면?"

"천도해 다시 2차부터 반복할 것이옵니다."

"3차 목표는?"

"공세로 돌아서서 왜군을 바다로 밀어내는 것이옵니다."

"4차 목표도 있소?"

"없사옵니다."

"괜히 전력을 아껴 두었다가 나중에 왜국 본토 진공에 쓰겠다는 말을 들었으면 과인은 도원수에게 크게 실망했을 거요."

"망극하옵니다."

이완이 안도의 숨을 내쉬며 앉았을 때.

이번엔 통제사 이여발이 일어나 보고했다.

"수군의 1차 목표는 광범위한 초계를 통해 적의 상륙 지점을 파악하는 것이옵니다. 만약, 초계에 실패한다면 이후 공세 작전을 위해 분산되어 있는 수군 전력을 결집할 것이옵니다."

"좋소. 다시 한번 말하지만, 축차 투입은 패전의 지름길이오."

"황공하옵니다."

"계속하시오."

"1차 목표를 달성해 초계에 성공했을 때는 결집한 수군 전력을 동원해 최대한 빨리 해상에서 적을 격멸할 것이옵니다. 성공한다면 가장 중요한 제해권을 찾아올 수 있사옵니다."

"격멸에 실패하면 어떻게 할 것이오?"

"재정비를 마친 연후에 적 해상 세력의 지원과 보급선을 차단하는 방식으로 움직여 적이 고사하도록 유도할 것이옵니다."

"고사에 성공하면?"

"전력이 약해진 적 해상 세력을 격멸할 것이옵니다."

"수군의 전략 목표도 좀 더 선명해진 거 같아 마음에 드는군."

"황공하옵니다."

"공격 부대의 전략 목표는 분명해졌지만, 아직 미흡한 부분이 많소. 바로 보급이오. 과인보다 장군들이 더 잘 알 테지만, 보급이 원활치 않으면 사실상 난군이나 다름없지 않겠소?"

수뇌부들이 고개를 조아렸다.

"지당하신 말씀이옵니다."

"근데 장군들이 올린 보급 계획은 전부 최상의 상태를 가정해 만든 거였소. 즉, 누가, 언제, 어디서, 얼마를 원하든 반드시 보급해 줄 수 있다는 희망하에서 작성한 것 같단 뜻이오."

보급을 담당하는 도제조 유혁연이 물었다.

"전하께선 복안이 있으시옵니까?"

"과인이 보기에 보급은 세 가지 요소가 중요하오."

"……."

"첫 번째는 안정적인 물자 생산이오. 하지만 이미 군수 물자는 충분히 생산해 두었으니까 이 점은 내 딱히 걱정 안 하오."

"……."

"두 번째는 자연환경이오. 전쟁하면서 하늘이 맑고 땅이 굳은 날만 골라 보급할 게 아니면 비가 오고 땅이 질척대서 보급 물자를 실은 수레가 움직이지 못할 때도 가정해야 하오."

"……."

"세 번째는 적이 후방 교란을 실시해 보급로를 차단했을 경우요. 물자도 충분하고 땅도 좋지만, 결정적으로 적이 보급로를 차단해 버리면 적은 보급 물자를 챙겨 좋고 반대로 우리는 보급받지 못해 그 피해가 두 배로 늘어날 위험이 있소."

"……"

"이렇게 지적만 해 대면 이건 생산성 없는 꼬투리 잡기에 불과하오. 악덕 상사가 되는 셈이지. 다들 그렇게 생각하지 않소?"

"예, 그런 거 같사옵니다."

이완이 그 말이 맞다는 듯 무심코 대답했을 때.

얼른 유혁연이 옆구리를 찔렀다.

그제야 정신을 차린 이완이 바닥에 바짝 엎드렸다.

"소장이 나이가 들어 말이 헛나왔사옵니다. 용서해 주시옵소서."

"하하하, 괜찮소……."

"황공하옵니다."

"하지만 회의 끝나고 도원수는 좀 남아야겠소."

"예, 전하……."

난 고개를 돌려 소리쳤다.

"두석아, 그거 갖고 와라!"

"예, 전하."

곧 왕두석이 등에 무언가를 지고 안으로 들어왔다.

"그거 잘 보이게 탁자 위에 세워 놓아라."

"예, 전하."

대답한 왕두석은 등에 지고 온 물건을 탁자 위에 올려놓았다.

난 수뇌부를 둘러보며 물었다.

"이거 모르는 사람 있소?"

그 말에 다들 고개를 저었다.

"그렇소. 바로 다들 아는 지게요. 인간이 짐을 옮기는 데 이 거보다 더 과학적인 구조를 가진 장비는 이제껏 보지 못했소."

"……."

"우리 조선 땅은 저주받았소. 온 팔도가 죄다 산이라서 농사 를 지을 땅도 부족한 실정이오. 당연히 길은 더 개차반이고."

"……."

"길이란 게 하나같이 계곡, 산을 거쳐야 하는지라, 마차 하 나, 수레 하나 시원하게 운영해 볼 수가 없단 말이오. 더욱이 강원도와 경상도 동북부는 그중에서도 최악 중 최악이고."

"……."

"단군 할아버지가 점찍은 곳은 만주라던데 왜 우린 이 좁 은 반도에 살고 있는지 모르겠소. 뭐 우리 후손이 유산을 탕 진해서 이리된 거긴 하지만 그래도 개 같은 건 사실이오."

"……."

"그러면 자원이 많긴 하나? 그건 또 아니란 말이지, 빌어먹 을. 어떻게 된 게 나라에 기름 한 방울 안 나는 건지, 원. 그나 마 많이 나는 자원이 석회석인 걸 보면 우리 민족은 어쩔 수 없이 노가다로 바짝 일어서야 하는 민족인 모양이오."

"허흠."

왕두석이 얼른 헛기침하였다.

난 고개를 돌려 왕두석을 노려보았다.

"왜? 고뿔 걸렸어?"

"아니옵니다."

"고뿔 걸렸으면 집에 가라. 괜히 옮기지 말고."

"전하, 지게 설명을 계속하시는 게 어떻겠사옵니까?"

"아, 그렇군. 지게를 설명하려고 했었지."

난 고개를 돌려 장군들을 보았다.

장군들은 눈을 동그랗게 뜬 채 석상처럼 굳어 있었다.

"아무튼 이 지게가 바로 우리 조선군의 수레이자 마차요. 물론, 보급 일선은 강을 이용하는 수로와 길을 이용하는 수레가 될 거요. 하지만 그 두 가지론 보급품을 일선 부대까지 빠르게 전달할 수 없소. 그때, 필요한 게 바로 지게요."

유혁연이 급히 물었다.

"보급 부대에 지게를 보급하잔 말씀이시옵니까?"

"보급 부대는 계획대로 보급하고 지게 쪽은 노무자를 고용하는 거요. 일종의 민간 지게 부대라고 할 수 있지. 그러면 보급이 양과 질, 두 가지를 전부 충족하여 전투에선 패할 수 있을지 몰라도 전쟁에서는 기필코 이길 수 있소. 내가 알기로 전쟁은 결국, 누가 더 보급을 잘하냐의 싸움이니까."

이완과 이여발이 동시에 머리를 조아렸다.

"어명대로 하겠사옵니다."

그날부터 조선에선 때아닌 지게 징발령이 내려졌다.

그 지게를 멜 노무자도 대거 고용했다.

노무자는 대부분 그 지역 지리를 잘 아는 현지인이다.

그래야 샛길, 지름길을 이용해 보급할 수 있으니까.

지게를 이용하는 보급 작전의 이름은 A-프레임으로 정해졌다. 지게가 알파벳 A를 닮았기 때문이다.

물론, 내 아이디어는 아니다.

나중에 미군의 누군가가 지게를 보고 붙인 이름이다.

내가 보급만큼이나 신경 쓴 건 통신, 보안, 그리고 스킬이다.

통신과 보안은 사실 한 몸이라 봐도 된다.

우선 통신부터 말해 보자면 전서구를 삼남 지역으로 확대했다.

이제 와 하는 얘기지만 전서구는 우리 군의 애물단지다.

이놈의 비둘기들이 당최 말을 들어야 말이지.

툭하면 이상한 데로 날아가서 안 돌아온다.

거기다 매 같은 맹금류에게 잡히기도 하고 악천후에 방향 감각을 상실하는 바람에 엉뚱한 곳을 헤매는 일도 다반사다.

아마 성공률을 따지면 10퍼센트쯤 되려나.

즉, 열 마리를 날리면 아홉 마리는 실패하는 셈이다.

그런데도 끝내 포기 못 하고 계속 운영하는 이유는 그나마 전서구는 그 10퍼센트라도 성공한단 결과가 있기 때문이다.

복불복인 봉화나, 느려 터진 파발마에 비하면 양반이지.

그리고 보안은 딴 거 없다.

모든 통신에 암호를 쓰는 거다.

그렇다고 너무 복잡하면 혼란만 가중될 위험이 있다.

그래서 가장 기본적인 암호인 난수표를 도입했다.

난수표는 특정 숫자와 단어를 매치해서 해독하는 방식이다.

물론, 코드북이 털리면 끝장이란 단점이 있긴 하지만 코드북을 자주 교체한다면 꽤 오래 쓸 수 있는 암호임엔 분명하다.

마지막으로 스킬은 공중 살포하는 방식으로 사용했다.

적을 막으러 가야 하는 병력이 있는데 스킬 걸어 준다고 나먼저 보고 가란 명을 내리면 그보다 멍청한 짓은 없을 거다.

그래서 아예 처음 출발하기 전에 미리 스킬을 걸어 두는 거다.

이렇게 하면 수명 소모가 어마어마하지만, 어차피 패하면 끝인 전쟁이라, 이거저거 따지지 않고 스킬을 팍팍 투자했다.

전시 체제로 전환한 지 한 달이 지났을 무렵.

좀 전에 말한 전서구로 서찰 하나가 용호군 본부로 날아왔다.

코드북으로 서찰의 암호를 해석하던 요원이 벌떡 일어났다.

"과장님!"

과장은 달려가서 요원이 건넨 전문을 얼른 받았다.

눈으로 빠르게 훑은 과장은 곧장 뛰쳐나가 안교안을 만났다.

"군장님!"

"뭐야?"

"마츠에카이에서 온 암호문을 해석한 전문입니다."

"줘 봐."

안교안은 전문을 받아 훑어본 뒤에 바로 소리쳤다.

"추룡군 분석과에 전문을 복사해 건네고 바로 분석에 들어가라고 해라. 그리고 대장님과 고 군장에게는 바로 입궐하라 전해라. 난 이 길로 대궐에 들어가 전하께 보고부터 하겠다."

"알겠습니다!"

과장이 떠난 뒤에 안교안은 바로 말을 타고 대궐로 달렸다.

난 안교안이 급히 알현을 청한단 소리에 심호흡을 길게 하였다. 올 게 온 모양이군.

안교안은 인사도 하기 전에 해독한 전문부터 건넸다.

난 재빨리 전문을 확인했다.

전문을 압축하면 이러했다.

삿초 동맹과 막부군의 전투는 조선 출병이란 목적을 숨기기 위한 위장일 가능성이 높음. 막부군은 사도섬을 거점으로 오카노와 울릉도를 거쳐 강원도에 상륙할 가능성이 높음. 삿초 동맹은 규슈 북단에서 이키, 대마도를 거쳐 경상도, 혹은 전라도에 상륙할 가능성이 높음. 현재 용호군 왜국 지부는 증거를 찾기 위해 각각 규슈와 사도섬으로 잠입 중임.

전문을 돌려준 뒤에 물었다.

"죄다 가능성이라고 적혀 있군?"

"오면서 생각해 보았사온데 꽤 타당한 추측으로 보였사옵니다."

"그렇게 생각한 이유는?"

"전문에 적힌 대로 모든 의문이 풀리기 때문이옵니다."

"막부군과 삿초 동맹이 갑자기 소강상태에 들어간 것과 막부군이 굳이 에도가 아니라, 노토 쪽으로 들어간 이유 말인가?"

"그렇사옵니다."

"그래도 가능성만 믿고 군을 움직일 순 없다."

"맞사옵니다."

"우선 추룡군에서 전문의 내용을 분석해라."

"바로 분석해서 보고하겠사옵니다."

이어 강대산과 고검도 들어와 전문을 돌려 보았다.

다음 날 새벽, 분석과가 분석한 내용을 가져왔다.

안교안이 약간 떨리는 목소리로 말했다.

"분석과의 분석 결과에 따르면 10의 9는 확실하다고 하옵니다."

난 벌떡 일어나 명령을 내렸다.

"용호군은 지금 즉시 전서구를 이용해 만파식적을 발동해라!"

"예!"

강대산 등이 대답하고 대궐을 뛰쳐나갔다.

만파식적은 군에게 곧 있을 적의 침략에 대비하란 명령이다.

마침내 전쟁의 불길이 코앞까지 닥쳐왔다.

난 용호군이 올린 프로필 세 장을 책상에 올려놓았다.

오른쪽엔 쇼군 도쿠가와 이에쓰나의 프로필을 두었다.

이건 일단 옆으로 치워 두고. 중간과 왼쪽에 나란히 놓인 삿초 동맹 번주의 프로필로 시선을 돌렸다.

우선 삿초의 삿에 해당하는 사쓰마 번 번주 시마즈 쓰나히사와 관련한 프로필을 읽으며 그가 어떤 자인지 되새겨 보았다.

쓰나히사는 올해 30대 중반이다.

아버지는 사쓰마 번의 2대 번주인 시마즈 미쓰히사이며, 조부는 사쓰마 번을 연 초대 번주 시마즈 이에히사.

왜 궁금하지도 않은 조상 얘기부터 하냐고?

증조부가 바로 그 시마즈 요시히로이기 때문이지.

시마즈 요시히로를 잘 모르는 사람도 많을 거다.

하지만 이렇게 부연하면 금방 이해도를 높일 수 있다.

임진왜란 말 노량해전에서 이순신 장군을 끝내 죽음으로 몰고 간 왜군의 지휘관이 바로 시마즈 요시히로다.

이를테면 사쓰마 번은 일찍부터 조선과 악연이 있는 셈이다.

그리고 우리에겐 구원(舊怨)이 있는 셈이고.

다시 쓰나히사로 돌아오면, 그는 현역 당주이자 번주였던 아버지 미츠히사를 강제로 은퇴시키고 번의 권력을 잡았다.

세간에선 그를 두고 무용이 뛰어나단 평가를 하였다.

물론, 그건 좋은 점이고 나쁜 점도 있었다.

화를 잘 내고 충동적이며 지나치게 공격적이란 평가가 있었다.

쓰나히사에게 빙의한 플레이어가 원래 그런 성격이었던 건지, 아니면 시마즈 가문의 가풍에 물든 건진 나도 잘 모른다.

어쨌든 뛰어난 무용과 공격적인 성향 덕분에 만만치 않은 주변 번을 전부 찍어 누르고 규슈 전체를 지배하기에 이르렀다.

지금은 규슈에서 왕과 같은 권세를 누린다고 한다.

쓰나히사 프로필을 치운 뒤에 두 번째 프로필을 집어 들었다.

현 모리 가문의 당주이며 삿초의 초에 해당하는 조슈 번의 2대 번주 모리 쓰나히로의 프로필이었다.

그의 조상도 조선과 관계가 깊다.

모리 가문은 조선을 침략한 왜군의 주력 부대를 담당했다.

해서 조상 대부분이 조선에서 싸운 경험이 있다고 봐도 된다.

모리 데루모토, 고바야카와 다카카게, 깃카와 히로이에 등 가문에서 유명한 영주들은 전부 조선 침략 전쟁에 앞장섰다.

반면 모리 쓰나히로 본인 자체는 평범한 편이다.

20대 중반의 나이에 외모, 성품, 무용, 학문 모두 평범해 어느 것 하나 내세울 게 없는 인물이란 평가가 지배적이다.

이런 사람이 평범한 가문에서 태어났다면 평범하게 살다가 죽었을 가능성이 높지만, 모리 쓰나히로는 그렇지 않았다.

그가 금수저 중의 금수저기 때문이다.

오다 노부나가와 왜국의 패권을 두고 겨루었던 집안답게 100년에 걸쳐 쌓은 재산과 인맥은 가히 따라올 데가 없었다.

특히, 가신단의 능력이 뛰어나 에도 막부에 내전이 일어날 낌새가 보이기 무섭게 영역을 확장해 주코쿠를 집어삼켰다.

난 다시 한번 모리 쓰나히로의 프로필을 정독하고 결론을 내렸다.

먼젓번에 나에게 자객을 보낸 건 모두 이 새끼의 소행이겠군.

시마즈 쓰나히사는 본인이 직접 군대를 이끌고 나가 싸우는 타입에 가깝다.

이와 정반대의 성격을 가진 이가 모리 쓰나히로다. 아마 가신단이 제안한 암살 작전을 별생각 없이 받아들였겠지.

가신단으로선 막대한 전쟁 비용이 필요한 원정보다 전국 시대처럼 자객을 보내 처리하는 쪽이 남는 장사라 봤을 거다.

어쨌든 시마즈와 모리, 두 번주의 성향이 다른 건 행운이군.

연합이란 원래 깨지기 위해 존재하는 거니까. 그렇다면 삿초 동맹보다는 막부군에 신경을 써야 한단 거겠지.

난 마지막으로 쇼군 도쿠가와 이에쓰나의 프로필을 확인했다. 공교롭게도 세 놈이 전부 쓰나라는 이름을 쓰는군.

3쓰나인가?

암튼 도쿠가와 이에쓰나는 그 도쿠가와 이에야스의 증손자다. 그리고 내가 가장 신경 써야 할 놈이지.

도쿠가와 가문에서 자신에게 반기를 들던 플레이어를 죽인 그는 곧장 주코쿠로 쳐들어가 삿초 동맹과 승부를 보았다.

그러나 그건 위장이었다.

삿초 동맹에 거짓으로 패한 척한 그는 노토반도로 들어가 막부군을 정찰이 불가능한 사도섬으로 조금씩 옮겨 놓았다.

그리고 사도섬에 묻혀 있는 막대한 금광을 개발해 군함을 건조하고 병기와 군량을 사들여 조선을 침략할 계획을 세운 것이다.

용호군도 파악 못 할 만큼 감탄이 나오는 기만전술이었다.

하지만 하이라이트는 그게 아니었다.

놈은 혼슈와 규슈 본토를 전혀 거치지 않고 조선을 침략하는, 이른바 '개구리 뜀뛰기' 형태의 전략을 세워 실행에 옮긴 것이다.

동남아시아엔 수많은 섬들이 널려 있다.

이를 일일이 점령해 가며 진격하기엔 많은 시간이 걸리고, 그에 따른 손실도 클 것은 당연한 일이었다.

하여 상대가 중요하게 여기는 몇 군데 교두보만 빠르게 점령한 뒤에 적국의 본토에 육해군을 상륙시키는 전략이 대두되었는데.

이것이 바로 2차 세계 대전 당시 맥아더와 니미츠가 태평양 전선 동남아시아 전역에서 일본제국을 상대했던 개구리 뜀뛰기 전략이다.

도쿠가와 이에쓰나는 이를 반면교사 삼아 사도섬과 오키노섬, 그리고 울릉도를 보급 거점으로 삼아 강원도 동해안에 상륙하는 전략을 세워 실행한 것이다.

물론, 규슈에서 최단 거리에 있는 부산, 그러니까 동래에 상륙하는 전략에 비하면 문제가 많은 전략임에는 분명했다.

일단 보급로가 너무 길다.

그리고 함대가 이동해야 하는 거리 역시 늘어남에 따라 중간에 자연재해를 만나면 상륙도 전에 패배할 위험이 있었다.

다만, 강원도에 상륙하면 두 가지 전략 목표를 이룰 수 있었다.

하나는 놈들의 진격이 순조로울 경우, 내가 선조처럼 평양으로 도망치기 전에 따라잡아 전쟁을 빨리 끝낼 수 있단 점이다.

두 번째는 왜국이 임진왜란에서 패배하는 데 결정적인 역할을 했다고 해도 과언이 아닌 조선 수군이 거의 없단 점이다.

조선 수군이야 경상도와 전라도 해안가를 지키는 일만도 벅찬 탓에 강원도까지 올라가 방어하기는 쉽지 않은 일이다.

이러한 점을 볼 때, 삿초 동맹보다는 막부군에 신경 써야

했다.

그리고 막부군에서도 플레이어인 이에쓰나를 조심해야 했다.

말처럼 그게 잘될지는 아직 미지수지만.

◆ ◈ ◆

강릉항에 설치한 30미터 높이의 목책을 지키는 견시병은 서유럽회사 망원경으로 먹구름이 낀 강릉 해안을 감시했다.

파도는 조금 센 편이지만 강풍이 불거나, 비는 내리지 않았다.

견시병은 망원경으로 사방을 감시하면서도 왼손으론 목에 메고 있는 비단 주머니를 만지작거리며 속으로 계속 기도했다.

"제발, 제발, 묵호항으로 가라."

비단 주머니 안에는 어머니가 근처의 영험한 승려한테서 무려 1,000원을 주고 사 왔다는 무사 기원 부적이 들어 있었다.

처음에는 피 같은 생돈을 들여서 그딴 부적은 왜 샀냐고 투정을 부렸지만, 지금은 부적이 제발 영험하기만을 빌었다.

막부군이 강원도로 오는 것은 확실했다.

하지만 그 위치까진 아직 알려지지 않은 상태였다.

그래서 훈련도감 수뇌부는 강원도에 있는 가장 큰 항구 세 군데를 감시 중이었는데 바로 강릉항, 묵호항, 주문진이었다.

물론, 가능성이 가장 큰 곳은 그가 있는 이 강릉항이었지만.

그때, 망원경에 무언가가 잡혔다.

처음엔 거리가 너무 멀어 구름이라 생각했다.

한데 얼마 지나지 않아 구름이 아니라, 함대란 게 드러났다.

아뿔싸!

적선의 수는 입이 떡 벌어질 정도로 엄청났다.

섬이 둥둥 떠서 육지로 다가오는 거 같았다.

망원경을 돌리는 곳마다 어김없이 적선이 떠 있었다.

"영험하긴 개뿔!"

목에 건 부적을 떼어 버리려다가 이내 고개를 저었다.

적이 강릉에 나타났다고 해서 꼭 그가 죽는단 뜻은 아니니까.

정신을 차린 견시병은 옆에 있는 종을 미친 듯이 후려쳤다.

뎅뎅뎅뎅뎅!

항구를 바삐 오가던 수백 명의 사람들이 동시에 멈춰서 견시병이 있는 감시탑을 쳐다보다가 갑자기 사방으로 뛰어갔다.

곧 강릉항 심처에서 전서구 수십 마리가 동시에 날아올랐다.

급한 일을 마친 견시병은 망원경으로 적의 규모를 확인했다.

"100, 200, 300, 400, 500, 600, 700……, 맙소사!"

일단 눈에 보이는 적선만 700척이 넘었다.

그 말은 적선의 수가 최소 그 이상이란 뜻.

게다가 임진왜란 때처럼 나뉘어 상륙하지 않았다.

한 번에 전 병력을 상륙시키기 위해 다가오고 있었다.

감시탑을 내려간 견시병은 용호군 막사 안으로 뛰어들었다.

"적선 700척 이상이 접근 중입니다!"

그 말에 막사 안이 얼음물을 뿌린 거처럼 조용해졌다.

그때, 용호군 통신 책임자가 소리쳤다.

"이 소식을 두 번째 전서구로 보내라!"

잠시 후, 통신 요원이 작성한 암호문을 다리에 매단 전서구 수십 마리가 다시 날아올라 서남북 세 방향으로 흩어졌다.

항구 안의 움직임도 갑자기 분주해졌다.

이미 항구에 있는 민간인은 대피를 마친 지 오래였다.

즉, 항구 안에 있는 이들은 전부 군이나 용호군 관계자였다.

용호군 통신 책임자가 소리쳤다.

"난수표는 챙기고 막사에 불을 질러 흔적을 없애라!"

"예, 과장님!"

견시병은 요원들이 철수하는 광경을 지켜보다가 밖으로 나왔다. 밖에서도 항구에 있는 건물에 불을 지르고 있었다.

곧 강릉항 전체가 시뻘건 불길에 휩싸여 미친 듯이 타올랐다.

동료들과 서쪽으로 달아나던 견시병은 뒤에서 덮쳐 오는 뜨거운 열기에 놀라 뛰다 말고 멈춰서 뒤쪽을 힐끔 바라보았다.

강릉항이 있던 자리는 이미 불길과 짙은 연기로 뒤덮여 있었다. 세상에 종말이 찾아온 거 같았다.

"인마, 어서 오지 않고 뭐 해!"

"예, 갑니다!"

상관이 부르는 소리에 견시병은 다시 서쪽으로 얼른 뛰어 갔다.

◆ ◆ ◆

원주 감영 관아.

전서구를 통해 왜적의 대군이 강릉으로 상륙 중이란 보고
를 받은 훈련도감 도원수 이완은 도제조 유혁연에게 물었다.

"배치는 다 끝났소?"

"예, 대감. 장용청과 총용청이 강릉에서 방어선 구축을 모두
끝냈습니다. 그리고 수어청이 예비 병력으로 대기 중이고요."

"금위청과 어영청은 어떻소?"

"가장 정예라 할 수 있는 금위청은 도성을 방어하는 중이
며, 어영청은 종심 방어를 위해 진지를 구축하고 있습니다."

"천둥 화포가 중요한데 배치는 모두 끝났소?"

"각 청에 100문씩 주어 화력으로 적을 압도하게 해 놨습니다."

"역시 도제조 대감답게 꼼꼼하게 잘 배치한 거 같소."

"과찬이십니다."

이완이 탁자에 펼쳐 둔 지도에서 고개를 돌리며 한숨을 쉬
었다.

"훈련도감 도원수로 이런 큰 전쟁을 두 번이나 치를 거라
곤 꿈에도 몰랐소. 계획대로 잘돼야 할 텐데 왠지 불안하군."

"소장도 같은 마음입니다. 다만, 임진년에 저들이 어떤 전
략을 펼쳤는지 알고 있으니 화력으로 압도할 수 있을 겁니다."

이완의 시선이 장용청과 총용청이 있는 방향으로 돌아갔다.

"이젠 그들에게 조선의 운명을 맡기는 수밖에 없겠군."

"역전의 맹장들입니다. 알아서 잘할 겁니다."

유혁연도 이완과 같은 곳을 바라보았다.

다만, 눈빛은 이완을 위로할 때와는 약간 달랐다.

그의 눈에도 약간의 불안감이 섞여 있었던 거다.

우리가 임진년 전쟁에서 배운 전훈이 있는 것처럼 왜적도 분로쿠 게이초의 역을 통해 배운 전훈이 틀림없이 있을 테니까.

◆ ◈ ◆

조선군은 두 곳에서 왜적을 기다리고 있었다.

우선 주공을 맡은 장용청은 성벽을 개축한 강릉읍성에 주둔지를 마련했고, 조공을 맡은 총융청은 읍성에서 5킬로미터가량 떨어진 야트막한 야산에 야전 진지를 개설해 주둔했다.

준비 과정에서 시간이 부족하진 않았다.

상륙 과정에서 별다른 피해를 보지 않고 강릉항에 도착한 왜적이 먼저 항구를 태우는 불길부터 잡는 데 집중한 덕분이었다.

또한 쉽사리 공격 부대를 강릉으로 진출시키지 않고 일단 최대한 많은 병력을 최대한 빨리 상륙시키는 데 중점을 두었기에 대비를 갖추기에 모자람은 없었다.

그렇게 왜군이 강릉항에 상륙한 지 엿새째가 되던 날 오후.

수백 개의 깃발을 위시한 대군이 조선군의 시야에 들어오기 시작했다.

양국의 대군이 마침내 전선을 형성해 대치에 들어간 것이다.

　장수마다 특기가 있기 마련이다.

　애초에 별다른 재주도 없이 아첨과 줄을 잘 서는 재주만으로 5청의 수장인 대장에 오르기란 정말 쉽지 않은 일이었으니까.

　훈련도감 5청의 대장 또한 저마다 다른 색채를 지니고 있었다. 이를테면 장용청 대장 윤준은 기병을 이용한 기동전이 특기다. 그리고 유격전과 농성에도 일가견이 있다.

　반면, 총융청 대장 조복양은 용병술과 상륙전, 그리고 야전 진지 구축 능력이 탁월했다.

　그 바람에 자연스럽게 윤준의 장용청은 농성이 쉬운 강릉 읍성을 주둔지로 삼았고 조복양이 이끄는 총융청은 강릉읍성에서 5킬로미터 떨어진 야산에 야전 진지를 구축해 주둔했다.

장용청과 총융청의 이러한 배치는 전형적인 순망치한, 즉 이가 없으면 잇몸이 시리다는 격언을 바탕으로 세운 배치다.

쉽게 말해 한 곳이 먼저 공격받으면 다른 쪽에서 지원을 가는 식으로 서로 보조해 방어선을 단단히 구축한 것이다.

하지만 불행히도 이 전략은 처음부터 실패로 끝났다.

왜군이 병력을 둘로 나누어 배치했기 때문이다.

그런데도 적의 숫자가 두 배, 혹은 세 배 더 많았다.

총융청 병사들이 참호에서 500미터 떨어진 들판에 새카맣게 모여 있는 적을 내려다보며 두려운 표정을 감추지 못한 것도 무리는 아니었다.

총융청은 7부 체재로 이루어져 있었다.

각각 본부, 1부, 2부, 3부, 5부, 6부, 포부 순이다.

행정, 보급, 통신을 맡은 본부는 사령부와 같은 역할을 수행한다.

나머지 1부부터 6부까지는 전부 보병 부대이며, 포부는 이름에서 알 수 있듯 포병 부대다.

보병 부대 또한 줄여서 보부라 불렀다.

본부와 포부의 숫자가 좀 들쑥날쑥하긴 하지만, 각 부를 2,000명으로 계산하면 완전 편제 시 14,000명이 넘는 대군이다.

원래는 8,000명이던 편제가 전쟁 때문에 14,000으로 늘어난 것이다.

그런데도 적이 그 두 배, 세 배의 병력을 동원했단 말은 이번에 쳐들어온 왜군의 1진 규모가 최소 10만은 된단 소리다.

수군과 치중 부대도 있을 테니까.

그때, 지휘부와 연결된 교통호 방향에서 장교 하나가 경고했다.

"대장님이 1부로 시찰 나오신다고 한다! 다들 복장을 정비해라!"

총융청 대장이 시찰하러 온다는 소리에 1부 병사들은 풀어놓았던 철모 끈을 묶고 벌어진 군복의 단추도 서둘러 채웠다.

중세의 전형적인 병농일치 군대에서 잘 벗어나지 못하던 조선군은 최근 몇 년 동안, 괄목할 만한 발전을 이루어 냈다.

그런 발전 중의 하나가 병사들의 복색이다.

턱끈이 달린 철모, 단추로 채우는 국방색의 군복 상하의, 가죽으로 만든 군화 등이 병사들에게 철마다 보급되었다.

거기에 보병 부대는 철판이 들어간 조끼를 받았는데 주머니가 많아 종이 탄약과 수류탄, 수통, 단도를 넣을 수 있었다.

얼마 지나지 않아 총융청 대장 조복양이 진지 가장 후방에 배치한 본부에서 교통호를 따라 내려왔다.

총융청이 구축한 참호는 크게 세 개로 나뉘는데, 편의상 1호, 2호, 3호라 칭하였다.

세 참호를 오가는 데 쓰는 교통호도 잘 구축되어 있었다.

조복양은 포대로 쌓은 방벽을 점검하며 1부 참호로 향했다.

1부 참호 지휘소 앞에는 1부장 구인철을 포함한 주요 장교와 부사관이 모두 나와 조복양의 도착을 기다리고 있었다.

조복양을 본 장교와 부사관이 경례했다.

"총융!"

"총융."

경례를 받은 조복양이 구인철의 손을 잡으며 위로했다.

"1부장, 네가 고생이 많다."

"아닙니다!"

조복양은 구인철을 포함한 장교와 부사관을 격려한 뒤에 1
부 병사들이 있는 참호로 몸을 숙이고 들어가 말을 걸었다.

"자네 이름이 김운청이었지? 계급이 군교였던가?"

"예, 맞습니다."

"전투에서 이기는 것도 중요하지만 살아서 고향으로 돌아가
는 것도 중요하다. 집에 아내와 토끼 같은 딸이 하나 있다 했나?"

"그, 그렇습니다."

"꼭 살아서 가족들을 만날 수 있길 이 대장이 기원하마."

"감, 감사합니다, 대장님."

조복양은 김운청의 어깨를 두드려 준 뒤에 다음 참호로 향
했다.

아무리 머리가 뛰어나다 한들 총융청 병사 전체의 이름을
일일이 기억할 순 없었다.

그럼에도 조복양은 적어도 고참급인 병사는 전부 새기려
고 노력했다.

또한 이름을 아는 병사를 만날 때마다 농을 걸어 긴장을 풀
어 주거나, 힘이 될 수 있는 말로 부하들의 사기를 높였다.

별거 아닌 거 같지만 의외로 실전에서 효과가 커 저번 정씨 왕국과의 전쟁에서도 총융청은 똘똘 뭉쳐 큰 전공을 세웠다.

그렇게 조복양이 떠나고 난 뒤, 김운청은 찔끔 흘러나온 눈물을 닦았다.

이어 옆에 있던 참매를 집어 총안으로 왜군 대군을 겨누었다.

대장을 만나고 나서부터 이상하게 용기가 샘솟아 조금 전까지 그를 두렵게 했던 왜군이 더는 무섭게 느껴지지 않았다.

한편, 시찰을 마치고 돌아온 조복양은 망원경으로 적진을 관찰했다.

그때, 참모장이 그릇에 김이 올라오는 죽을 가져왔다.

"드시지요."

망원경을 내려놓은 조복양이 그릇을 받으며 물었다.

"자넨 먹었나?"

"참모들과 같이 먹고 오는 길입니다."

"잘했군."

조복양은 그릇을 받아서 수저로 죽을 열심히 떠먹었다.

죽은 조선군이 도입한 전투 식량이었다.

말린 쌀에 역시 말린 고기와 채소를 듬뿍 넣어 봉한 뒤에 보관하다가 지금처럼 야전을 치를 때, 물을 넣어 끓여 먹었다.

거기다 적당히 소금 간도 되어 있어 호사로 느껴질 정도였다.

물론, 오래 보관하지는 못했다.

여름에는 한 달, 겨울에는 석 달 정도였는데 그래도 전에 먹던 형편없는 음식들과 비교하면 진수성찬이 따로 없었다.

조복양이 게 눈 감추듯 죽을 전부 비운 뒤에 물었다.

"병사들도 저녁을 먹었나?"

"지금쯤 오끼리 모여 먹고 있을 겁니다."

오는 조선군의 가장 작은 편제인데 25명으로 이루어져 있었다.

빈 죽그릇을 받아 든 참모장이 물었다.

"본격적인 전투는 내일 아침부터겠지요?"

"왜 그렇게 생각하나?"

"오전 내내 걸어왔을 테니 왜적도 많이 지쳐 있지 않겠습니까?"

조복양이 망원경으로 다시 적진을 살피며 대구했다.

"나도 그런 줄 알았는데 밥 짓는 연기가 전혀 올라오질 않는군."

참모장이 놀라 물었다.

"그러면 대장님께선 왜장 놈이 지쳐 있는 자기 병사들에게 저녁밥도 주지 않고 야간 공격을 지시할 거라고 보시는 겁니까?"

조복양은 고개를 저었다.

"아마 미리 점심을 든든하게 먹여 두었을 것이네. 그리고 점심을 먹으면서 많이 쉬었을 테지. 야간 공격을 위해서 말이야."

"그렇다면 왜적은 야간 공격 준비를 많이 해 왔겠군요."

"그렇지. 아, 놈들도 슬슬 움직일 생각인가 보군."

그 말에 참모장이 적진 쪽으로 시선을 돌렸다.

왜적이 북을 두드리고 나팔을 불면서 공격할 준비를 하였다.

참모장은 망원경으로 강릉읍성 쪽을 확인했다.

거긴 벌써 적이 성벽까지 진출해 있었다.

그때, 조복양이 지시했다.

"보부와 포부에 명하게. 발포 명령은 각 부의 부장에게 맡기겠지만 적이 포격 개시선에 들어오기 전까진 쏴선 안 된다고."

"예, 대장."

참모장은 통신 참모를 불러 지시했다.

그리고 통신 참모는 곧 전령 수십 명을 보부와 포부로 보냈다.

◆ ◈ ◆

김운청은 왜적 수천 명이 열을 지어 참호로 올라오는 모습을 지켜보면서 가지고 있는 무기를 다시 한번 더 점검했다.

개인 제식화기인 참매에 비격뢰라 불리는 수류탄 다섯 발, 그리고 단검과 야전삽이 그가 가지고 있는 무기 일체였다.

김운청은 고개를 들어 하늘을 보았다.

짙게 깔린 노을 뒤로 어둠이 빠르게 내려앉고 있었다.

얼마 안 있어 깜깜해질 게 분명했다.

주간에 하는 전투도 두렵지만 야간 전투에 비할 바 아니었다.

더욱이 야간 전투에서 벌이는 백병전은 소름이 끼칠 정도다.

김운청은 집에서 초조하게 그를 기다리고 있을 아내와 딸을 떠올리며 반드시 살아가겠다는 다짐을 또 하고 또 하였다.

그때, 열을 지어 전진하던 왜군 선두가 포격 개시선을 지났다.

김운청의 목이 본능적으로 뒤로 돌아갈 때.

펑펑펑펑펑!

땅이 흔들리는 진동에 이어 귀청을 찢는 포성이 울리더니 철환 수십 발이 윙 하는 굉음을 내며 그의 머리 위를 지났다.

마침내 포부의 천둥 1형이 포격을 개시한 거다.

김운청의 목이 재빨리 앞으로 돌아갔다.

그 순간, 포격 개시선 근방에 떨어친 철환 수십 발이 왜군 수십 명의 몸을 걸레쪽처럼 찢어발기며 뒤로 계속 굴러갔다.

철환은 물수제비처럼 땅을 몇 번 더 튕기면서 다시 수십 명이 넘는 왜군 부상자를 만들어 낸 뒤에 위력이 떨어졌다.

김운청은 욕지기가 치미는 걸 간신히 참았다.

팔과 다리, 심지어는 머리가 떨어져 나간 왜적의 시신이 노을빛 속에서 적나라하게 드러나 보는 이를 섬뜩하게 하였다.

선두의 왜적은 쇠로 만든 방패 전차 같은 걸 끌어와 포격을 막아 보려 했지만, 무시무시한 철환은 방패까지 같이 날렸다.

왜적은 그래도 용감했다.

동료들이 죽어 나가는 상황에서도 전진을 포기하지 않았다.

아니, 포격을 받은 뒤에는 함성을 지르며 달리기까지 하였다.

그 후에도 포성은 계속 이어졌다.

그럴 때마다 왜군 한 뭉텅이가 박살 나 사방으로 비산했다.

역시 화포는 전장의 신이란 생각이 들었다.

그때, 왜군이 마침내 사격 개시선을 돌파했다.

"1부 전원 사격하라!"

"1부 2사 사격!"

"1부 2사 2초 사격하라!"

자주 들어 익숙한 5사 7초 초장의 지시가 떨어지기 무섭게 사방에서 장교와 부사관이 고함을 지르며 명령을 전파했다.

김청운도 오 하나를 맡고 있는 오장이어서 명령을 복창했다.

"1부 2사 2초 3오 전원 사격!"

명령을 내린 김청운은 참매를 단단히 견착한 뒤에 적을 겨눴다.

해가 져서 조준이 어려웠지만 그만큼 적도 많았다.

김청운은 적이 올라오는 방향으로 방아쇠를 당겼다.

탕!

총성이 고막을 때리는 순간.

왜적을 독려하던 사무라이 하나가 벌렁 나자빠졌다.

김청운은 바로 조끼 탄입대서 종이 탄약을 꺼내 재장전했다.

수천 번을 반복한 일이지만 역시 실전의 압박감은 대단했다.

손이 주체할 수 없을 정도로 덜덜 떨리는 바람에 몇 번을 시도하고 나서야 다 쓴 캡을 버리고 새 캡을 끼울 수 있었다.

장전을 마친 김청운은 재빨리 두 번째 사격에 들어갔다.

그러나 이번엔 왜적이 끌고 온 방패 전차에 막혔다.

"제길!"

욕을 한 김청운은 정신없이 다섯 발을 발사했다.

그때, 왜군도 마침내 조총으로 사격을 시작했다.

왜군 조총은 확실히 참매보다는 성능이 떨어졌다.

유효 사격을 위해 80미터까지 들어온 뒤에야 사격을 가했다.

퍽퍽!

총알이 모래포대에 박히며 섬뜩한 소리를 내었다.

김청운은 3오가 담당하는 참호를 돌며 독려했다.

"그래, 잘하고 있다! 탄약이 떨어질 때까지 계속 쏴서 왜군을 한 놈이라도 더 죽여라! 우리가 뚫리면 저놈들은 언젠가 네 아버지의 코를 잘라 내고 네 딸을 겁탈하려 들 거다!"

"예, 오장님!"

그렇게 참호를 돌던 중 머리를 처박고 두려움에 떠는 신병을 발견했다.

"참호는 튼튼하니까 겁먹을 필요 없다. 계속 쏴!"

"오, 오장님."

김청운은 신병의 사기를 끌어올리기 위해 참호 밖으로 몸을 반쯤 내밀고 지향 사격으로 장전해 둔 총알을 왜군 쪽으로 발사했다.

그 모습을 보고 용기가 생긴 신병도 다시 사격을 개시했다.

안도한 김청운이 참호 밑으로 다시 내려왔을 때였다.

신병이 떨리는 목소리로 물었다.

"오, 오장님?"

"왜?"

"놈, 놈들이 왜 저러는 거죠?"

김청운이 고개를 돌리는 순간.

왜군이 방패 전차 앞을 막아 둔 쇠판을 치웠다.

뭐 하는 거지?

김청운이 의문을 드러낼 때.

전차 안에서 시커먼 화포 포신이 드러났다.

놈들도 포병이 있어?

임진왜란 땐 없었는데.

펑펑펑펑펑!

왜군 화포가 불을 뿜는 순간.

참호를 직격한 포탄이 1초쯤 지나서 굉음을 내며 폭발했다.

포탄 자체의 폭발력은 크지 않았다.

하지만 포탄이 박살 나면서 생긴 파편이 사방으로 날아갔다.

김청운도 파편에 맞아 붕 떠올랐다가 참호 뒷벽으로 떨어졌다.

전황이 갑자기 요동치기 시작했다.

165장. 잇몸이 없으면 이가 시린 법.

참호 1호에 왜군 화포 전차가 쏜 포탄이 떨어졌다.

망원경으로 살펴보던 참모장이 바닥을 쾅 쳤다.

"놈들도 예전과 다르게 포병을 동원한 모양입니다!"

"그것뿐만이 아닐세."

조복양은 만면에 쓴웃음을 지었다.

그러면서 포탄이 떨어진 자리를 가리켰다.

왜군 포탄이 떨어진 자리에서 폭발이 일며 주변을 휩쓸었다.

애초에 왜군이 전차에 탑재한 화포는 소구경이었다.

천둥 1형에 비하면 구경이 반도 안 되었다.

그래서 화포 전차로 쏜 포탄 역시 작아 피해가 크진 않았다.

하지만 포탄이 폭발하면서 생긴 파편이 문제였다.

파편은 거의 4, 5미터 넘게 날아가 주변을 휩쓸었다.

총융청 포병도 산탄 형식인 조란환이 있긴 하지만 왜군이 쏘는 포탄과 달리 고작 수십 미터밖에 날아가지 못한다.

반면, 왜군이 쏘는 포탄은 최소 200미터는 날아가 떨어졌다.

사거리에서 비교가 안 되는 거다.

참모장이 깜짝 놀라 소리쳤다.

"저, 저건?"

"우리 화기 연구소에서 연구 중인 유탄이 분명하네. 어떻게 된 일인진 모르겠지만 놈들의 포탄이 우리 거보단 낫단 거겠지."

"그러면 놈들의 포병 전력이 우리보다 더 강하겠군요."

"그렇겠지."

"큰일입니다. 그동안 포병만 믿고 있었는데……."

참모장이 전선을 살핀 뒤에 곧 안도의 한숨을 내쉬었다.

"그래도 적의 화포 전차가 10문이 채 되질 않아 다행입니다. 그리고 연사 속도도 우리 천둥 1형에 비해 빠르지 않고요."

참모장의 말을 왜장이 들었던 걸까.

적진에서 화포 전차 수십 문이 더 나타나 고지로 올라왔다.

왜군이 바퀴 달린 화포 전차를 밀면서 올라오고 있었는데 아군이 지닌 참매로는 쇠로 만든 전차를 관통하기 쉽지 않았다.

그 모습에 참모장은 아예 할 말을 잊은 듯 멍한 표정을 지었다.

"아뿔싸!"

전황을 살피던 조복양이 벌떡 일어났다.

참모장도 놀라 같이 일어섰다.

"왜 그러십니까?"

"내가 속았네."

"예에?"

"난 놈들이 우리 화포를 두려워해 야간 공격을 해 오는 줄 알았네. 야간에는 주간만큼 화포가 위력을 발휘하기 힘드니까."

"그게 아니었단 말입니까?"

"놈들은 단숨에 도성까지 치고 가기 위해 공격을 서두른 것이네."

"그, 그렇다면?"

"놈들은 저 신형 화포로 우릴 단숨에 궤멸시킬 작정인 거네."

"맙, 맙소사!"

전황을 냉정하게 살피던 조복양이 쓴웃음을 지었다.

"1호 참호를 포기하고 병사들을 2호로 후퇴시키게."

"바로 명을 내리겠습니다."

이미 날이 어두워진 터라, 신호 깃발은 소용없었다.

곧 퇴각을 알리는 고등 소리가 사방에서 울려 퍼졌다.

◆ ◈ ◆

김청운은 참호 방벽을 짚고 간신히 일어났다.

일단, 어떻게든 정신을 차리는 덴 성공했다.

하지만 여전히 가슴에서는 빠개질 거 같은 고통이 느껴졌다.

고개를 밑으로 내려 보았다.

심장이 있는 부위가 움푹 파여 있었다.

김청운은 그제야 어찌 된 일인지 알 거 같았다.

포탄에서 튀어나온 파편이 그의 심장 부위를 때린 거다.

다만, 그가 입고 있는 조끼에 강철판이 들어 있어 파편이 강철판은 우그러트렸지만, 심장을 직접 관통하는 덴 실패했다.

김청운은 천우신조에 감사했다.

그리고 강철판이 든 조끼의 끈을 더 강하게 조였다.

훈련할 때는 강철판이 든 조끼가 너무 무거워 욕을 한 게 한두 번이 아니었는데 결정적인 순간에 그의 목숨을 살렸다.

김청운은 고통을 참아 가며 참호를 둘러보았다.

포탄이 근거리에서 터지는 바람에 참호를 쌓는 데 쓴 모래 포대가 박살 나 있었고 그 위에 누군가의 팔이 나와 있었다.

"이봐, 괜찮아?"

놀란 김청운이 소리치며 팔을 잡아 끌어냈을 땐 이미 팔의 주인은 파편에 얼굴을 직격당해 피를 흘리며 죽어 있었다.

더욱이 팔의 주인은 바로 조금 전까지 같이 있던 신병이었다.

"젠장!"

욕을 한 김청운은 오를 돌아다니며 피해를 확인했다.

다행히 죽은 부하는 신병 하나였다.

그래도 서너 명은 피를 흘리며 상처를 치료받고 있었다.

"부상병을 본부 의무대로 이송해라!"

"예, 오장."

병사 몇 명이 부상병을 업고 교통로 쪽으로 달렸다.

김청운은 남은 부하들을 독려하며 사기를 북돋웠다.

곧 정신을 차린 부하들이 참매를 들고 다시 사격을 가했다.

이내 양측에서 참매와 조총을 이용한 치열한 사격전이 펼쳐졌다.

그때, 어둠이 내려앉은 적진에서 화포 전차가 또 앞으로 나왔다. 이미 한 차례 쓴맛을 본 터라 김청운은 바로 소리쳤다.

"모두 엎드려!"

펑펑펑펑!

다시 포성을 울린 뒤에 포탄이 참호 안으로 떨어졌다.

콰콰쾅!

포탄이 참호 안에서 폭발하는 바람에 파편이 주변을 휩쓸었다.

포연과 흙먼지가 가라앉은 뒤에 먼지를 털며 일어난 김청운은 부하 세 명이 더 상처 입은 것을 발견하고 이를 악물었다.

이래선 아군에 승산이 없었다. 전사자는 많지 않았지만, 그 대신에 부상자가 너무 많이 생겼다.

그때, 본부가 있는 고지 위쪽에서 고둥 소리가 들렸다.

뒤이어 장교들이 지시를 내렸다.

"1부 장병들은 모두 2호 참호로 철수해라!"

고개를 끄덕인 김청운도 부상병 하나를 어깨에 둘러멘 뒤에 부하들을 이끌고 교통로를 이용해서 2호 참호로 달아났다.

병사들이 어느 정도 빠져나갔을 때.

1호 참호에 마지막까지 남아 있던 공병이 움직였다.

그들은 진천탄을 주요 길목과 교통호에 매설한 뒤에 대기
했다.

총융청 병사들이 참호에서 퇴각한 것을 알아챈 왜군이 함성
을 지르거나, 수중의 조총을 발사하면서 참호로 뛰어들었다.

그 순간, 공병이 라이터로 도화선에 불을 붙인 뒤에 달아났다.

참호를 장악한 왜군이 한창 신나서 떠들 때.

치이이익!

불꽃을 내며 타들어 간 도화선이 진천탄을 점화시켰다.

콰콰콰콰쾅!

참호 여기저기서 폭음과 함께 흙먼지가 수 미터까지 치솟
았다.

진천탄은 쉽게 말해 비격뢰 수십 개를 모아 만든 폭탄이었다.

신관을 이루는 뇌홍과 화약으로 이루어져 있어 도화선으로
제대로 점화만 하면 교통로쯤은 단숨에 무너트릴 수 있었다.

왜적이 아군 교통로를 이용해 올라오는 것을 막기 위해서다.

◆　◆　◆

조복양은 좀 전 전투에서 피해가 큰 3부를 예비 병력으로
대기하던 6부로 교체한 뒤에 참모들을 불러 작전을 상의했다.

작전 참모가 자신 있게 설명했다.

"놈들은 화포 전차를 더는 쓰지 못할 겁니다."

참모장이 물었다.

"어찌 그런가?"

"참호 너비가 장정 한 사람 키 정도는 됩니다."

"그래서?"

"화포 전차가 쏘는 포탄이 매섭긴 하지만, 저들에겐 전차를 이동시켜야 한다는 문제가 남아 있습니다."

"2호 참호를 포격하기 위해선 놈들도 화포 전차를 옮겨야 하는데, 우리가 파 둔 참호를 건널 방법이 없을 거란 뜻이군요."

정보 참모의 부연 설명에 작전 참모가 고개를 끄덕였다.

"바로 그렇습니다."

묵묵히 듣고 있던 조복양이 불쑥 물었다.

"놈들이 쇠사다리 같은 걸 준비했다면 소용없는 게 아닌가?"

작전 참모는 이미 생각해 둔 방안이 있는 모양인지 즉각 대답했다.

"화포 전차를 옮길 때 화력을 집중하면 오히려 적에게 더 심대한 타격을 줄 수 있습니다. 전차 쪽만 겨냥하면 되니까요."

"흠, 괜찮은 생각이군."

참모장도 동의했다.

"화포 전차를 옮길 때 집중해서 공격하라고 하겠습니다."

그러나 그 작전은 적에게 큰 타격을 주지 못했다.

왜군이 전차를 분해한 뒤에 참호를 건너 다시 조립한 거다.

애초에 화포의 구경이 작은 만큼, 그리 어려운 일도 아니었다.

총융청 병력은 왜군이 전차를 조립할 때 집중 사격과 포격을 가했으나 왜군도 전차에 있던 방패로 손해를 최소화했다.

결국, 얼마 지나지 않아서 왜군은 2호 참호로 포격을 가했다.

동시에 총융청 쪽에서는 전보다 더 많은 부상병이 발생했다.

급기야 자정 무렵엔 왜군이 2호 참호로 백병 돌격을 감행했다.

비격뢰를 비처럼 쏟아부어 막아 냈으나 역시 백병전에서는 왜군이 조선군보다 앞선단 사실만 재차 확인했을 따름이다.

조복양은 참모들을 불러 엄숙한 얼굴로 지시했다.

"총융청은 고지에서 순차적으로 철수해 평창에서 재집결한다."

"장군!"

참모들이 놀라 소리쳤다.

참모장이 어두운 표정으로 말했다.

"이대로 철수하는 건 장군님뿐만 아니라 우리 총융청 전체의 불명예로 이어질 수 있습니다. 부디 재고해 주십시오."

"그러면 여기서 전멸이라도 당하잔 건가?"

"어쩌면 그게 나을 수도……."

"그게 무슨 바보 같은 소린가!"

거칠게 일갈한 조복양이 참모진을 둘러보며 단호히 말했다.

"다들 내 말 똑똑히 듣게! 전쟁은 기세 싸움이 아니라, 전술과 전략의 싸움일세. 그리고 우린 적의 전술에 패한 거네. 하지만 그게 전쟁에서 졌단 것을 의미하는 건 아니야. 지금 우리가 해야 할 일은 최대한 전력을 보존해 앞으로 있을 전투에 대비하는 걸세."

참모장이 분하단 표정을 지었지만 항명하진 않았다.

"알겠습니다. 바로 철수 작전을 지시하겠습니다."

참모장은 바로 철수 작전을 준비하기 위해 떠났다.

한숨을 내쉰 조복양은 통신 참모를 불러 지시했다.

"신호탄으로 강릉읍성 친구들에게 우리의 철수 사실을 알리게."

"예, 장군."

노란 불꽃을 단 화살 10여 발이 강릉읍성 방향으로 날아갔다.

이어 비격뢰와 진천탄으로 적의 진격을 지연한 뒤에 포병, 부상병, 비전투병, 보병 순으로 고지 반대편으로 철수했다.

철수를 얼마나 질서정연하고 신속하게 하는지만 봐도 그 부대 수준을 알 수 있다는데, 그 점에서 총융청은 최고였다.

총융청은 더는 쓸데없는 희생을 낳지 않고 안전히 퇴각했다.

이 모두 조복양의 뛰어난 용병술에 기인한 덕이 크다.

조복양은 마지막까지 남아 철수를 지휘한 뒤에 차갑게 명했다.

"본부가 있던 자리에 천라지망을 깔아라!"

"예, 장군!"

곧 본부 공병들이 가지고 있던 진천탄을 전부 매설한 뒤에 비격뢰 수백 개를 도화선으로 거미줄처럼 폭탄에 연결했다.

천라지망 설치를 마치고 나서 얼마 후. 본부가 있던 고지 정상을 함락한 왜군이 일제히 소리를 질렀다.

그 모습을 싸늘히 지켜보던 조복양이 팔을 밑으로 내렸다.

잠시 후, 불화살 수십 개가 본부에 쏟아졌다.

불화살을 보고 잠시 당황했던 왜군은 불화살 수십 개가 다인 것을 보고 그네들 말로 조선군의 비겁함을 욕했다.

그 순간, 땅 밑에서 거대한 폭발이 일어났다.

콰콰콰콰쾅!

폭발력이 어찌나 센지 주변에 있던 공기까지 빨려 들어갔다.

이어 폭발이 만든 화염이 도화선을 타고 비격뢰를 터트리면서 본부의 절반 이상이 불 폭풍에 휩싸여 아수라장이 되었다.

총융청 공병이 진천탄과 비격뢰를 독자적으로 연구해 만든 천라지망이 성공한 걸 보고 나서 조복양은 자리를 떠났다.

전투 마지막에 한 방 제대로 갚아 주긴 했지만 어쨌든 총융청은 수백 명이 넘는 사상자를 낸 채 패주의 길에 올랐다.

강릉읍성을 지키던 윤준의 장용청도 총융청의 사정과 별반 다르지 않았다.

성곽을 개축한 덕에 왜군 화포 전차의 포격을 받으면서도 초반에는 나름 잘 싸웠지만 열세를 면치 못한 것이다. 그러다가 총융청이 퇴각한단 신호를 본 윤준은 한숨을 쉬었다.

"잇몸이 없으면 이가 시린 법. 왜적이 우회해서 우리 퇴로마저 차단하기 전에 포부부터 장비를 들고 철수에 들어간다."

"예, 장군."

그러나 장용청은 총융청처럼 퇴각 작전에 능숙하지 못했다.

거의 1,000명이 넘는 전사자를 성에 남겨 두고 철수를 마쳤다. 그나마도 예비 병력으로 대기하던 수어청이 제때 도착해 적의 추격을 뿌리쳐 주지 않았으면 더 큰 피해가 날 수도 있었다.

◆ ◇ ◆

훈련도감 사령부가 위치한 원주 감영으로 급보가 날아들었다.

"왜군이 수레에 싣고 다니는 화포 전차를 동원해 아군 기습!"

"총융청, 조복양 대장의 자의적 판단에 따라 철수 결정!"

"장용청도 이어서 철수 시작!"

"장용청, 강릉읍성 내부에서 벌어진 시가전에서 대규모 피해!"

"수어청, 긴급히 장용청을 지원해 적 추격 차단!"

"총융청, 장용청, 수어청 모두 재집결 지점인 평창 지역에 도착!"

"왜군 평창으로 쾌속 진격 중!"

한동안 말없이 듣고 있던 이완이 갑자기 연달아 명을 내렸다.

"평창에는 수어청만 남겨 적을 막는다. 대신 적당히 적을 막다가 퇴각하라고 해라."

"예, 대감!"

"장용청, 총융청은 원주로 불러들여서 재정비에 나서라. 어영청 대장에게는 방어 준비를 서두르라고 해라."

"알겠습니다."

"평창이 뚫리면 우리는 이 원주에서 종심 방어에 들어가겠다. 팔장사 오효성 대장사에게 춘천 경로를 맡긴다고 전해라."

"바로 전하겠습니다!"

"마지막으로 지금까지의 전황을 상세히 적어서 도성으로 시급히 보내라."

"예, 대감!"

통신병 수십 명이 전서구로 보낼 암호문을 쓰는 동안.

이완은 옆에 있는 빈자리를 보며 입맛을 다셨다.

이럴 때 유혁연이 같이 있으면 좋으련만, 유혁연은 지금 종심 방어의 핵심 부대인 어영청을 직접 시찰하기 위해 떠났다.

이완은 구름에 가린 그믐달을 보며 한숨을 쉬었다.

왠지 이번 전쟁은 시작부터 불길하군.

도성 분위기는 살얼음판 위를 걷는 거나 마찬가지였다.

대궐, 도성 사대문 할 거 없이 경비가 삼엄했다.

왜적 암살자가 언제, 어디서 또 쳐들어올지 모르기에 포도청의 모든 포졸이 24시간 내내 도성의 주요 거리를 순찰했다.

당연히 그중에서도 대궐 경비가 가장 삼엄했다.

3,000명으로 늘어난 금군이 창덕궁의 문이란 문은 전부 단단히 걸어 잠근 뒤에 출입하는 자의 호패를 검사하고 있었다.

조정 관료도 금군과 별다를 바 없었다.

정1품 영의정부터 종9품 말단까지 며칠째 집에도 돌아가지 못하고 대궐 안 처소에서 숙식하며 전쟁 수행을 지원했다.

나 역시 오전에는 조회에 참석하고 오후에는 희정당에 머무르며 막부군이 상륙한 강원도 전선에서 소식이 오길 초조히 기다렸다.

　근데 소식이란 게 당연히 좋은 소식만 있지 않았다.

　급히 강대산이 보고한 소식이 그런 경우다.

　"총융청과 장용청이 패배해 평창으로 철수했다고?"

　강대산이 머리를 깊이 조아리며 대답했다.

　"황송하오나 훈련도감이 보내온 암호문에 따르면 그렇사옵니다."

　"철수한 다음에는?"

　"수어청이 평창에서 급히 적과 맞섰으나 또 왜적의 화포 전차에 당해 적지 않은 손해를 보고 원주로 물러났다고 하옵니다."

　"그렇다면 현재 전황은?"

　"왜적은 평창에서 두 갈래로 나뉘어 한 갈래는 춘천으로 그리고 다른 한 갈래는 원주로 향했사온데, 원주 방면의 길이 더 좋기에 3분의 2가 원주로 진격하는 중이라 하옵니다."

　"훈련도감의 대책은?"

　"전략대로 원주에서 종심 방어에 나선다고 들었사옵니다."

　"평창으로 간 왜놈들은?"

　"팔장사가 맡는다고 하옵니다."

　"용호군에서 화포 전차를 묘사한 그림을 가지고 있나?"

　"여기 있사옵니다."

　강대산이 안교안에게 그림을 받아 두 손으로 받쳤다.

난 그림 몇 장을 집어 들어 빠르게 훑어보았다.

바퀴 달린 철제 수레 내부에 소구경 화포를 고정한 형태다.

또, 앞과 뒤, 옆에 철판을 덧댄 방패를 붙여 방어를 강화했다.

말 그대로 전차, 즉 탱크였다.

물론, 엔진이 아니라 사람이 인력으로 끄는 형태였지만.

다른 그림에선 왜군이 화포 전차 뒤에 숨어 같이 진격하는 광경이 담겨 있었는데, 이를 통해 몇 가질 추측할 수 있었다.

첫 번째는 놈들의 화포가 후장식이란 점이다.

두 번째는 화포 총강에 선조를 새겼을 가능성이 높단 거다.

포탄이 참호를 정확히 때렸단 보고를 고려하면 거의 확실하다.

지금 이 시기의 화포는 대부분 몇 미터는 우습게 빗나간다.

총강에 선조가 없어 포탄이 안정적인 궤도를 유지하지 못하는 데다, 사격 통제 장치 역시 있을 리가 만무하기 때문이다.

근데 놈들의 화포는 탄착군의 오차가 크지 않았다.

총강에 선조를 새기지 않고선 불가능한 일이다.

세 번째는 이에쓰나란 놈이 전쟁을 꽤 안다는 점이다.

전차는 단순히 상대 전차를 때려 부수기 위해 만든 게 아니다.

원래는 보병을 엄호하며 방어선을 돌파하기 위해 만든 무기다.

왜군은 전차를 그런 현대식 교리에 맞게 운용 중이었다.

마지막 그림을 살핀 직후 나도 모르게 욕지기를 내뱉을 수밖에 없었다.

빌어먹을!

포탄이 떨어져 폭발하는 광경을 묘사한 그림이다.

이건 아무리 봐도 유탄이 분명했다.

철환은 그냥 쇳덩이를 쏴서 철환이 가진 질량과 속도로 적을 살상하는 전근대 방식의 포탄이지만 유탄은 전혀 다르다.

유탄은 안에 신관이 들어 있었다.

그래서 유탄을 포탄으로 쏘면 적진에 떨어져 폭발한다.

이를테면 비격뢰, 즉 수류탄을 포로 쏘는 거와 같다.

물론, 둘 사이에 차이는 있다.

더 먼 거리에서 쏘면서도 더 강력한 폭발력을 낸다.

더 큰 문제는 화포 전차의 수량까지 만만치 않다는 점이다.

지금까지 드러난 것만 봐도 최소 화포 전차 100문인데 전황에 따라 그 숫자가 200, 300으로 늘어날 수도 있는 일이다.

100문이란 뜻 자체가 이미 양산이 가능하단 거니까.

난 이를 악물었다.

유탄이 쉬운 기술이었으면 나도 바로 개발했을 거다.

우리도 신관에 쓰이는 뇌홍을 개발한 지 오래였으니까.

다만 다음 단계로 넘어가기 위한 과정은 결코 쉽지 않았다.

유탄 개발의 문제는 화포를 쏠 때 포구 압력으로 인해 안에 장착한 신관이 고장 나 불발 나거나, 아니면 예정보다 일찍 신관이 작동해 공중에서 폭발하는 경우가 많기 때문이다.

더러는 아예 쏠 때 폭발해 포병이 다칠 수도 있다.

왜군은 놀랍게도 이를 기술적으로 극복해 낸 거다.

난 인정할 수밖에 없었다.

내가 왜군, 아니 왜국을 은연중에 무시하고 있었음을.

왜국은 인구가 우리 세 배인 3,000만에 가깝다.

당연히 뛰어난 기술을 가진 장인들도 더 많을 수밖에 없다.

그들은 16세기에 이미 조총을 복제할 정도의 기술을 갖추었다. 그리고 전국시대를 거치며 금속 제련 기술도 크게 발전했다.

거기에 플레이어의 도움까지 더해졌다면 불가능한 일은 아니다. 우리도 오버테크에 가까운 암모니아 생성기를 만들었으니까.

그래, 실수는 인정하고 넘어가자.

지금은 지나간 일을 아쉬워할 때가 아니다.

대책을 찾아야 할 때다.

훈련도감과 통제영이 합계해 올린 전략은 단순하다.

1. 강원도로 오는 왜적은 훈련도감이 막는다.
2. 경상도로 오는 왜적은 통제영이 막는다.

물론, 양쪽 다 백업 대책은 마련되어 있다.

강원도 속초항에는 강원, 함경, 평안, 황해 수영의 네 함대가 모여 구성한 북해 연합 수영이 대기 중이다.

북해 연합 수영의 주요 임무는 훈련도감이 왜군을 바다로 밀어내는 데 성공해 적이 상륙선을 타고 울릉도로 도주하려 할 때, 적의 측면을 기습해 손해를 최대한 강제하는 거다.

그리고 보조 임무는 훈련도감이 육상 전투에서 대패해 전황이 어렵게 되었을 경우, 북해 연합 수영이 강릉의 왜군 함대를 전격 기습해 훈련도감에 재정비할 시간을 주는 거다.

통제영이 막기로 한 경상도 해안도 마찬가지다.

통제영이 동래에 삿초 동맹이 상륙하게 허용했을 땔 대비해 북쪽에 있는 김해에 훈련도감 지방군 병력을 집결시켜 두었다.

근데 훈련도감이 첫 전투에서 대패하며 전략 수정이 불가피해졌다.

속초에 대기 중인 북해 연합 수영이 강릉의 왜군 함대를 기습하는 동시에 김해에 있는 지방군을 강원도로 끌어올려 훈련도감 측면을 지원하면 어떨까?

그러나 곧 고개를 저었다.

그건 북해 연합 수영에 자살 공격을 지시하는 거나 같았다.

북해 연합 수영의 군함이 전부 낡았으며, 숫자도 경상, 전라, 충청 세 수영에 크게 못 미친다.

즉, 주 임무든 보조 임무든 성공할 확률이 아주 낮단 뜻이다.

김해의 지방군을 움직이는 것도 녹록지 않다.

그들은 주로 충청청, 황해청, 경기청에서 징발한 병력으로, 다 합쳐도 3만이 넘지 않아 큰 기대를 걸기가 어려운 실정이다.

게다가 경상, 전라 수영이 뚫린 상황에서 발목을 잡고 늘어져 줘야 하는 지방군이 빠져 버리면 삼남을 적에게 바치는 거나 마찬가지다.

그렇다면 이제 남은 대책은 경상, 전라, 충청 세 수영 중 하나를 강릉으로 보내 북해 연합 수영과 협공하는 것뿐인데.

어떻게 한다?

한참 고민 중일 때.

상선이 급히 아뢰었다.

"상감마마, 용호군에서 급한 전갈이 왔사옵니다."

"추룡군 안 군장에게 전해 주시오."

"예, 마마."

곧 상선이 들어와 기밀이라 적힌 문서를 안교안에게 건넸다.

안교안은 바로 문서를 받아 읽어 본 뒤에 보고했다.

"대마도에 잠입한 현지 요원이 보낸 전갈이온데……."

"무슨 내용인데 뜸을 들이는 거지?"

"대마도주 소 요리타카가 배신했다고 하옵니다."

"어떻게 배신했단 거야?"

"대마도에 삿초 동맹 대군이 들이닥친 지 닷새가 넘었음에도 소 요리타카가 대마도에서 어떤 배도 나가지 못하게 하는 바람에 우리 요원이 가까스로 전갈을 보낸 거라 하옵니다."

"흠, 그럼 삿초 동맹도 곧 쳐들어오겠군."

"그렇사옵니다……."

정말 중요한 정보였다.

만약, 대마도주에게서 연락이 없단 이유만으로 경상, 전라 두 수영 중 하나를 강릉으로 보냈으면 정말 큰일 날 뻔했다.

어쨌든 이제 내가 고려하던 방책은 다 물거품이 된 상황이다.

하지만 걱정하진 않았다.

나에겐 훌륭한 부하들이 있으니까.

난 이럴 때야말로 의지할 만한 인물인 안교안에게 질문했다.

"안 군장은 이 난국을 어떻게 타개해야 할 거 같나?"

"소관이 생각한 방안은 크게 세 가지이옵니다."

"말해 보게."

"우선 전선의 병력이 너무 적사옵니다. 도성 방위가 중요하긴 하지만 가장 정예면서도 병력이 많은 금위청을 추가로 투입해 일단 저들의 진격 속도를 늦출 필요가 있사옵니다."

"그러면 도성은 누가 지켜?"

"왜적이 다시 쳐들어왔단 소식을 접한 불교계에서 승병을 대대적으로 모집한단 첩보를 접했사옵니다. 또, 자원입대하겠단 청년 역시 수만 명이라 들었사옵니다. 급한 대로 그들을 이용해서 도성을 수비하게 하는 방안이 어떻겠사옵니까?"

"승병이?"

"그렇사옵니다."

"몇 명이나 모았다던가?"

"지금까지만 해도 3,000명은 된다고 들었사옵니다."

"이후로 얼마까지 늘어날 거로 예상하나?"

"최소 6, 7천은 되지 않겠사옵니까?"

"그 정도면 급한 대로 써먹을 순 있겠군."

"그러면 이 방안을 추진하시겠사옵니까?"

"조정에선 분명히 길길이 날뛸 거다. 용호군이 조용히 진행해."

강대산이 바로 머리를 조아렸다.

"그렇게 하겠사옵니다."

난 다시 시선을 안교안에게 돌리며 물었다.

"두 번째는?"

"두 번째는 용호군을 전장에 투입하는 것이옵니다."

난 눈을 크게 뜨며 물었다.

"용호군마저 전선으로 내보내잔 소리야?"

"전장이 아니라, 적들의 보급 근거지에 투입하는 것이옵니다."

"자세히 말해 봐."

"이번에 훈련도감이 예상치 못하게 초전부터 크게 패한 이유는 왜적이 투입한 신형 화포 전차 때문이라 생각하옵니다."

"그렇지."

"하지만 이 세상에 완벽한 물건은 없듯이 화포 전차 또한 운용하다 보면 망가져 수리가 필요할 일이 많을 것이옵니다."

"흠."

"또, 유탄이란 신형 포탄 역시 보관과 정비가 필요할 터이니 왜적은 분명 이를 위해 장인을 여럿 데려왔을 것이옵니다."

난 감탄하며 물었다.

"자네 얘기는 용호군을 보내서 그 장인들을 납치해 오잔 거군?"

"맞사옵니다. 그렇게 하면 두 가지 이득이 있사옵니다."

"말해 보게."

"첫 번째는 전차와 유탄을 관리할 장인이 부족해져 적이 신형 전차를 운용하는 데 애를 먹을 거라는 점이옵니다. 그리고 두 번째는 그 장인들을 구슬리면 서유럽회사 화기 연구소에서도 화포 전차와 유탄을 만들어 낼 수 있을 것이옵니다."

난 고개를 돌려 강대산에게 물었다.

"강 대장은 어떻게 생각해?"

"아주 좋은 의견 같사옵니다."

"강릉에 용호군 요원이 얼마나 들어가 있지?"

"착호군 고검 군장이 요원 300명을 데리고 잠복 중이옵니다."

"원래는 무슨 임무를 맡았었는데?"

"왜장들을 암살하거나, 적함에 불을 내려고 했사옵니다."

"고검에게 전서구로 장인들을 납치하라고 지시하게."

"바로 조치하겠사옵니다."

난 다시 고개를 돌려 안교안에게 물었다.

"마지막 세 번째 방책은 뭔가?"

"말씀드리기 전에 먼저 소관은 정보를 분석하는 재주만 있을 뿐이지, 군과 관련한 지식은 적단 점을 양해해 주시옵소서."

"알았으니까 말해 봐."

"적이 강릉에서 선보인 화포 전차와 유탄의 위력을 보건대 정면 승부는 여전히 불리하다는 것이 소관의 판단이옵니다."

"종심 방어 전략을 수정해야 한단 소리군."

"종심 방어를 이용해 적의 공세 종말점을 빠르게 유도한단 전략 자체는 훌륭하기에 성공할 수 있을 거라 생각하옵니다."

"그러면 뭐가 문제야?"

"훈련도감의 피해가 극심할 위험이 있사옵니다."

"왜적이 2차 상륙을 감행하면 막을 병력이 없다는 뜻이로군."

"그렇사옵니다."

"종심 방어를 포기하고 나서는 어떤 식으로 싸우는 게 좋을까?"

"적이 화포 전차를 가동하지 못하게 하면서 싸워야 하옵니다."

"흠, 유격전을 펼치잔 소린가?"

"맞사옵니다."

"알겠네. 첫 번째와 두 번째 방책은 용호군이 추진하게. 세 번째 방책은 훈련도감 수뇌부와 먼저 상의한 뒤에 결정하겠네."

"알겠사옵니다."

강대산과 안교안이 인사를 하고 나간 뒤에 난 잠시 고민했다.

흐음, 왜적이 기갑인 전차를 투입했다면 맞상대를 해 줘야지.

난 훈련도감 도원수 이완 장군에게 유격전과 관련한 내용을 전서구로 보낸 뒤에 서유럽회사 기술 연구소를 급히 찾았다.

167장. 충청 수사의 생각은 어떠한가?

한반도에 전운이 감돌수록 나 역시 초조해졌다.

어찌 됐든 EHS라는 게임의 플레이어긴 하지만, 이번 전쟁에서 패하면 내가 만든 캐릭터가 아니라 나 자신이 죽는다.

이 차이는 하늘과 땅만큼의 차이보다 더 크다.

그렇다면 죽지 않기 위해선 어떻게 해야 할까?

답은 간단하다.

전쟁에서 이겨 다른 플레이어를 먼저 죽이면 된다.

그렇다고 내가 무슨 영국의 사자심왕 리처드나 중국의 초패왕 항우처럼 병사들을 이끌고 적진으로 돌격할 순 없는 일이니까 다른 방법으로 전쟁에서 이길 방법을 찾아야 한다.

결국, 아무리 머리를 쥐어짜 봐도 좋은 무기를 개발해 병사 손에 쥐여 주는 거 외엔 다른 방법이 없다는 걸 깨달았다.

전쟁에서 이기기 위한 승리 공식으로 꼽히는 병력 숫자, 지형, 환경, 의지, 사기 등의 조건은 내가 어떻게 하기 힘들다.

하지만 도서관과 스킬 등에 수명을 투자해 적보다 뛰어난 무기를 만들어 낼 수만 있다면 이길 확률이 급격히 높아진다.

칼을 휘두르는 병사는 총을 든 병사를 이길 수 없다.

그리고 총을 든 병사는 전차의 진격을 막아 내지 못한다.

난 이런 이유에서 전쟁이 일어나기 얼마 전, 서유럽회사 기술 연구소를 방문해 그동안 구상만 하던 아이디어를 제공했다.

서유럽회사 화기 연구소에서 최석정을 만나 물었다.

"동생은?"

"동생은 공작 기계를 연구 중이옵니다."

"그러면 그 물건은 자네 혼자서 개발하는 중인가?"

"그렇사옵니다."

내 표정이 심각해진 것을 본 최석정이 놀라 물었다.

"어찌 그러시옵니까?"

"전선 상황이 안 좋네."

"하오면?"

"일단 그걸 완성할 때까지는 둘 다 이 프로젝트에 전념하게."

"그렇게 하겠사옵니다."

최석정을 따라 경비가 삼엄한 실험실 안으로 들어가며 물었다.

"그건 그렇고, 얼마나 완성했나?"

최석정이 바로 대답했다.

"화로와 바구니, 조향 장치는 얼추 완성되었사옵니다."

"연료는?"

"말씀하신 대로 석탄을 채굴해 준비해 두었사옵니다."

"그러면 이제 완성까지 뭐가 남은 건가?"

"풍선을 제작해서 조립한 뒤에 실험만 하면 되옵니다."

"흠, 비선에서 풍선이 제일 중요하긴 하지."

그렇다. 그간 심혈을 기울여 온 분야는 바로 공군이다!

지금이 17세기 후반이란 점을 고려하면 꽤 급진적이면서도 혁신적인 시도라 할 만하지만, 근거가 전혀 없지는 않다.

글라이더와 열기구는 이미 아주 오래전부터 연구되어 왔으니까.

심지어 조선에도 임진왜란 당시, 비거라는 이름의 글라이더를 제작해 연락 용도로 사용했다는 기록마저 있을 정도다.

그중에서 내가 주목한 건 열기구다.

글라이더는 산이나 절벽과 같은 지형 조건이 필요한 데다, 활공 시간도 짧아 열기구에 비해 그다지 효율적이지 않다.

반면 열기구는 지형 조건에 크게 구애받지 않는다.

그리고 연료만 충분하면 공중에 오래 떠 있을 수 있다.

무엇보다 어느 정도 조향이 가능하단 장점도 빼놓을 수 없다.

그렇게 탄생한 열기구 개발 프로젝트의 이름이 바로 비선이었다.

"풍선은 어떻게 만들고 있나?"

"직접 보시옵소서."

최석정이 실험실 탁자에 놓인 두꺼운 종이를 가리켰다.

난 종이를 집어 들어 자세히 살펴보았다.

정확히 말하면 한지 수십 장을 붙여 만든 특수 종이다.

풍선에 웬 종인가 싶겠지만 석유를 정제해 플라스틱을 만들 수 없는 지금은 종이보다 더 좋은 재료를 찾기 쉽지 않다.

근거도 있었다.

종이를 여러 장 붙여 열기구를 제작해 낸 예가 실제 있으니까.

특수 종이를 살펴본 뒤에 물었다.

"뭐가 안 되는 거지?"

"방수 도료 개발에 시간이 걸리고 있사옵니다."

"흐음."

종이는 가볍다.

덕분에 약간의 가스만으로도 부력을 충분히 얻을 수가 있다.

다만, 물에 젖으면 쉽게 찢어진단 점이 문제다.

비가 안 올 때만 비선을 띄우면 문제없을 거 같지만 지상과 공중은 또 달라서 습기가 지면보단 더 많을 수밖에 없다.

즉, 방수 도료를 개발하지 못하면 열기구 개발은 불가능하다.

"내가 알려 준 재료를 합성해도 안 되나?"

"재료들의 최적 합성 비율을 찾는 데 애를 먹고 있사옵니다."

난 잠시 고민한 뒤에 지시했다.

"우선 개발을 완료한 부품과 장비부터 대량으로 확보해 놓게.

방수 도료를 완성하는 즉시, 양산에 들어갈 수 있게 말이야."

"장현 사장에게 말해 준비해 놓겠사옵니다."

최석정과 고생하는 연구원들을 격려한 뒤에 대궐로 돌아갔다.

연구소를 떠나며 아무 말도 하지 않는 이유는 괜히 연구원들에게 쓸데없는 압박을 줬다간 될 일도 안 되기 때문이다.

며칠 후.

25,000명의 병력으로 이뤄진 금위청이 원주로 출발했다.

그리고 도성 방위는 급히 조직된 승병 부대가 맡았다.

난 승병 부대에 호국청이란 이름을 하사하고 승병을 격려했다.

조정에선 바로 난리가 났다. 조정 관료 대부분은 유생이다. 그리고 그 유생들은 불교라면 학을 뗀다.

고려가 망한 지 250년이 넘었지만, 불교가 민간에 퍼지면 조선도 고려처럼 부패해 망할 거란 생각을 가진 이들이 많다.

물론, 이건 표면적인 이유다.

그들이 불교를 꺼리는 이유는 250년 동안 유학이란 이데올로기로 민중을 지배하던 그들의 독점이 깨질 걸 우려해서다.

거기에 250년 동안 온갖 수단을 동원해 박해한 탓에 승병 부대가 유생에게 복수할지 모른다는 근원적 공포심이 더해졌다.

하지만 지금은 외적이 쳐들어온 전시 상황이다.

싫어도 받아들일 수밖에 없단 뜻이다.

도성이 승병으로 시끄러울 때.

훈련도감이 유격전과 관련한 의견을 보내왔다.

이완이 유혁연 등과 상의한 결과, 종심 방어의 규모를 축소하는 대신에 일부 병력을 유격전으로 돌리겠다는 답장이었다.

이제 전쟁은 또다시 새로운 국면으로 접어들고 있었다.

◆ ◈ ◆

통제영은 서해안과 동해안에 분영을 두었다.

그리고 수군에게 제일 중요한 남해안에는 본영과 분영을 하나씩 뒀는데 본영은 여수에, 분영은 동래에 각각 자리 잡았다.

다만 현재는 통제사 이여발을 포함한 주요 수군 수뇌부가 전부 동래 분영에 집결해 삿초 동맹을 막을 계획을 논의하고 있었다.

분영에도 전서구를 기르는 탑이 있어 속속 소식이 들어왔다.

한동안 심각한 표정으로 암호문을 읽던 이여발이 한숨을 푹 내쉬며 옆에 있는 경상 수사 이태보에게 전달했다.

이태보는 다 읽고 나서 암호문을 전라 수사 곽순에게 넘겼고, 곽순도 다 살핀 후엔 마지막으로 충청 수사 방오에게 건넸다.

방오가 암호문을 촛불에 태우고 나서 입을 열었다.

"훈련도감 쪽 전황이 많이 안 좋은 모양입니다."

곽순도 답답하단 표정으로 탁자를 두드리며 동의했다.

"그러게나 말이오."

뭔가를 골똘히 생각하던 이태보가 갑자기 이여발에게 물었다.

"장군, 곤경에 빠진 육군을 도와야 하지 않겠습니까?"

"어떻게 돕겠다는 건가?"

"소장이 경상 수영을 이끌고 강릉으로 올라가겠습니다."

"강릉항에 있는 왜군을 기습하겠다는 건가?"

"놈들도 동래에 집결해 있는 우리를 경계할 테니 무턱대고 강릉으로 올라갔다가는 오히려 역습당할지 모릅니다."

"하면 계책이 있는가?"

"북해 연합 수영에게 먼저 공격을 명한 뒤에 놈들의 시선이 그쪽으로 쏠린 틈을 타서 경상 수영이 뒤를 친다면 적지 않은 성과를 거둘 수 있을 것입니다. 그러면 자연히 강릉에 상륙해 내륙으로 이동 중인 왜군의 발길도 느려지겠지요."

곽순이 눈을 부릅떴다.

"북해 연합 수영을 미끼로 삼잔 거요?"

"나라고 그게 좋아서 통제사께 이런 제안을 하겠소? 이런 풍전등화 같은 상황에서는 희생이 어느 정도 필요한 법이오."

곽순은 이태보를 무시하고 이여발을 설득했다.

"장군, 낡은 군함으로 이뤄진 북해 연합 수영을 미끼로 쓰면 피해가 너무 클 겁니다. 더구나 삿초 동맹이 언제 들이닥칠지 모르는 상황에선 경상 수영을 더더욱 빼선 안 됩니다."

이태보도 쉽게 물러서지 않았다.

"저희 경상 수영은 고속 기동에 자신이 있습니다. 강릉항을 타격한 뒤에 바로 복귀한다면 때를 맞출 수 있을 것입니다."

이여발은 쉽게 결정을 내리지 못하고 고민에 빠졌다.

두 의견 모두 일리가 있기 때문이다.

훈련도감이 패해 임금이 왜적에게 잡히면 수군이 아무리 큰 활약을 펼쳐도 이번 전쟁은 패한 전쟁일 수밖에 없었다.

그렇다고 경상 수영을 빼서 강릉항을 기습했다가 혹시라도 전력에 공백이 생겨 삿초 동맹을 저지하는 임무에 실패한다면?

조선은 가장 중요한 곡창 지대인 삼남을 잃는다.

쉽게 결정을 내리지 못하던 이여발이 방오에게 물었다.

"충청 수사의 생각은 어떠한가?"

그 순간, 곽순과 이태보 둘 다 표정이 굳었다.

이여발이 평소에도 방오를 너무 편애한다고 생각하던 차였는데, 중요한 결정을 앞둔 시점에서 또다시 방오의 의견을 묻는 통제사의 행태에 불만을 표출한 거다.

방오는 곰곰이 생각하다가 대답했다.

"전서구 탑이 경주, 영덕, 울진, 삼척에도 있는 것으로 압니다."

"전서구 탑? 갑자기 그 얘긴 왜 꺼내는가?"

"이 수사의 장담처럼 고속 기동이 장점인 경상 수영 함대가 강릉으로 올라가면서 전서구 탑을 이용해 통제영과의 연락을 계속 유지할 수만 있다면 작전을 유연하게 펼칠 수 있습니다."

"좀 더 자세히 말해 보게."

"가령 경상 수영 함대가 경주까지 갔을 때, 전서구를 통해 삿초 동맹이 쳐들어온단 소식을 접하면 다시 내려오는 거지요."

"경주까지 갔는데도 삿초 동맹이 쳐들어오지 않으면?"

"영덕으로 올라가 다시 정보를 확인하면 됩니다. 만약에 삼척까지 갔을 때도 삿초 동맹이 쳐들어오지 않는다면 그때는 북부 연합 수영과 협조해 강릉항을 기습할 수 있을 것입니다."

이여발이 미간을 찌푸렸다.

"아무리 고속 기동이 장점이더라도 강릉과 동래는 거리가 너무 머네. 경상 수영이 때를 맞추기가 쉽지는 않을 것이야."

방오가 이태보를 힐끗 보고 나서 대답했다.

"그렇다면 경상 수영이 여해급과 이순신급 군함을 동래에 남겨 두고 속도가 빠른 장보고급만 가져가는 방법이 어떻겠습니까?"

"그건 절대 안 될 말이오! 경상 수영의 주력인 여해급과 이순신급 군함도 없이 어떻게 왜군 대함대를 상대하란 말이오?"

이태보가 즉각 반대하고 나서자 방오가 미소를 지었다.

"대신, 충청 수영이 가지고 있는 장보고급을 전부 내어 드리지요."

대화를 듣고 있던 이여발이 곽순에게 물었다.

"전라 수영도 장보고급 군함을 경상 수영에 내줄 용의가 있는가?"

곽순은 쓴웃음을 지으며 대답했다.

"통제사의 명이라면 따라야겠지요."

얼굴이 밝아진 이여발이 이태보에게 물었다.

"장보고급 70척으로 강릉에 있는 왜적을 기습할 수 있겠는가?"

이태보도 그 제안에는 혹한 듯 장고를 이어 갔다.

그러나 역시 안 되겠는지 고개를 저었다.

곧 이여발을 향해 머리를 숙였다.

"소장의 조금 전 제안은 잊어 주셨으면 좋겠습니다."

"흐음, 알겠네."

그때, 방오가 이여발에게 말했다.

"장군, 이 수사가 방금 한 제안이 좀 과격한 면이 있긴 하지만 잘만 써먹으면 곤경에 처한 육군의 숨통을 틔워 주면서도 통제영의 전력을 일정 수준까지 유지할 수 있을 것입니다."

"오, 어떻게 말인가?"

"장보고급 수십 척으로 강릉항을 친다는 건 사실 무리입니다."

"그러면?"

"대신, 울릉도에서 강릉으로 가는 선단을 쳐야 합니다."

"울릉도? 오, 그렇구만!"

"그렇습니다. 울릉도에서 강릉으로 넘어가는 후속 선단만 끊어 줘도 왜적은 보급에 차질을 빚어 곤란을 겪을 것입니다."

고개를 크게 끄덕인 이여발이 이태보에게 물었다.

"이 수사가 해 보겠나?"

흥분한 이태보가 벌떡 일어나 군례를 취했다.

"맡겨 주십시오!"

이태보는 바로 장보고급으로 함대를 개편하기 위해 나갔다.

곽순도 지지 않겠다는 듯 급히 대책 하나를 제안했다.

"막부군이 이번에 유탄을 쏘는 화포 전차를 동원했다는데, 삿초 동맹 수군 또한 같은 화포를 사용할지도 모르는 일입니다."

"그에 대한 방안이 있는가?"

"폭발하는 포탄인 유탄을 효과적으로 막기 위해서는 여해 급에만 일부 장착한 강철 방어벽을 확대할 필요가 있습니다."

"하지만 우린 지금 강철에 여유분이 없는 것으로 아는데."

"민간의 무쇠솥까지 모조리 동원한다면 적절한 수준까진 강화할 수 있을 겁니다."

"괜찮은 생각이군. 그 일은 곽 수사가 책임지게."

"바로 시작하겠습니다."

신이 나서 나가는 곽순을 보며 이여발이 미소를 지었다.

수사들 간의 이런 경쟁심이야말로 조선 수군의 강점이었다.

방오는 좋아하는 이여발을 보며 엷은 미소를 지었다.

통제영에는 세 개의 수영이 있다.

북해 연합 수영이 있긴 하지만 거긴 예비군 개념에 더 가깝다.

세 수영 중에 전라 수영과 경상 수영은 말 그대로 전라도와 경상도 해안을 지키는 영토 방어 목적으로 세워진 수영이다.

하지만 충청 수영은 다르다.

충청 수영은 좀 더 공격 쪽에 방점이 찍힌 함대다.

이를테면 국가 기동 함대에 속한다고 볼 수 있다.

근데 공교롭게도 세 수영을 이끄는 수사의 성격이 다 달랐다.

곽순은 뭔갈 지키려는 성향이 아주 강하다.

반대로 이태보는 일단 뛰쳐나가 바다를 활보하고 싶어 한다.

그래서 수군은 그 두 수사가 없는 자리에서 곽순은 수군이 아니라 땅을 지키는 육군에 더 어울리는 장군이라 평했다.

이태보는 군보단 해적이 더 어울릴 거라 수군거렸고.

끝으로 방오는 문무를 겸비한 장군이라며 입을 모아 칭찬했는데 이여발도 부하들의 그런 평가에 어느 정도 동의했다.

회의 바로 다음 날.

속전속결로 경상 수영을 재편한 이태보는 이여발에게 승인받고 나서 장보고급 70척을 이끌고 울릉도 해안을 급습했다.

이여발은 통제사로서 전략을 수정할 권한이 있었다.

물론, 훈련도감과 대궐에 각각 통보해 주는 것도 잊지 않았다.

이태보가 본인 특성에 맞는 해적질을 하러 떠났을 때.

곽순도 수군을 대거 경상도 남부에 풀어 관청, 시장, 민가를 가리지 않고 쇠붙이이란 쇠붙이는 전부 징발했다.

수군이 패하면 임진왜란과 같은 지옥이 펼쳐질 것임을 안 백성도 별다른 저항 없이 군의 징발 요구에 순순히 응했다.

녹인 쇠붙이는 쇠판으로 만들어 이순신급 선체에 부착했다.

여해급에 쓴 강철판보다는 약할 테지만 없는 것보단 나았다.

일을 얼추 마무리한 곽순도 분영으로 돌아와 이여발, 방오와 머리를 맞대고 곧 벌어질 삿초 동맹과의 회전을 준비했다.

회전 결과에 따라 전황이 크게 바뀔 게 틀림없었다.

이여발, 곽순, 방오 모두 한껏 신중한 표정으로 작전을 세웠다.

그렇게 이틀을 연달아 회의했을 때였다.

뎅뎅뎅뎅뎅!

분영 정문에서 급박한 징 소리가 들려왔다.

귀를 기울이던 이여발이 미간을 있는 대로 찌푸렸다.

"징 소리 다섯 번은 초계함이 왜적을 발견했단 신호인데……."

곽순이 문 쪽을 뚫어지라 주시하며 대꾸했다.

"곧 부하들이 들어와 보고할 터이니 기다려 보시지요."

얼마 후, 안색이 어두운 장교가 들어와 보고했다.

"동래에서 남동쪽으로 200여 리가량 떨어진 원해에서 근처를 초계하던 사후선 한 척이 적 함대를 발견했다고 합니다."

이여발이 급히 물었다.

"적함의 숫자는?"

"최소 700에서 800척은 될 거라 합니다."

이여발의 안색도 보고하는 장교처럼 어두워졌다.

"적함의 숫자가 우리 예상을 훨씬 뛰어넘는구나."

반면 방오는 침착함을 유지한 채 의견을 제시했다.

"막부군이 임진년과 달리, 함대를 1진, 2진으로 나누지 않고 상륙했을 때부터 어느 정도 예상했던 바이니 괜찮습니다."

"삿초 동맹도 막부군의 상륙 교리를 따를 거란 뜻인가?"

"그렇습니다. 놈들도 병력을 축차 투입해 전력을 소모하기보다는 한 번의 결전을 통해 전세를 장악하려는 것 같습니다."

곽순이 비장한 눈빛으로 말했다.

"놈들이 결전을 원한다면 그렇게 해 주면 됩니다."

이여발도 결정을 내린 듯 바로 지시를 내렸다.

"그러면 좀 전에 말한 대로 전라 수영이 모루를, 충청 수영이 망치를 맡아 한 번에 적 함대를 깨부수는 식으로 가야겠네."

곽순이 주먹을 불끈 쥐며 대꾸했다.

"이미 같은 작전을 써서 대만 해협을 주름잡던 정씨 왕국 수군을 상대로 승리한 경험이 있으니, 이번에도 기필코 왜적을 쳐부숴 임진년의 영광을 또다시 재현할 수 있을 겁니다."

방오도 동의해 전라 수영과 충청 수영에 출진 명령이 떨어졌다.

통제사 이여발은 몸소 항구까지 나와 두 수사에게 당부했다.

"난 분영에서 승전 소식을 학수고대하고 있겠네."

곽순이 군례를 취하며 대답했다.

"기필코 승리해 돌아오겠습니다."

그런데 그때, 분영 쪽에서 먼지가 뿌옇게 올라왔다.

"뭐지?"

이여발이 고개를 돌릴 때.

먼지 속에서 누군가를 태운 군마 한 필이 날듯이 달려왔다.

군마는 곧 이여발 앞에 멈춰 섰다.

이여발은 군마를 몰고 온 사내의 얼굴을 확인하고 놀라 물었다.

"자넨 용호군 통신 요원이 아닌가?"

날렵한 몸놀림으로 군마에서 훌쩍 뛰어내린 요원이 이여발에게 곧장 달려가 군례를 취한 뒤에 밀봉한 서찰을 바쳤다.

이여발이 서찰을 받으며 물었다.

"조정에서 온 건가?"

"아닙니다."

"그러면?"

"마츠에카이에서 도착한 암호문을 서둘러 해독한 서찰입니다. 출진 전에 읽어 보시는 편이 좋을 거 같아 서둘렀습니다."

"마츠에카이에서? 대마도주가 배신했단 말을 듣고 포기하고 있었는데 용케 보냈군. 알겠네. 읽어 볼 테니 자넨 돌아가게."

"예, 통제사 대감!"

요원이 돌아간 뒤에 이여발은 바로 봉인을 뜯어 서찰을 읽었다.

서찰을 읽는 동안, 이여발의 표정이 여러 번 바뀌었다.

놀라다가도 기뻐했고 마지막엔 고개를 저으며 한숨까지 쉬었다.

그 모습에 곽순과 방오도 놀라 서둘러 다가왔다.

"무슨 일인데 한숨을 다 내쉬십니까?"

서찰을 접어 라이터로 태운 이여발이 대답했다.

"용호군이 정말 중요한 일을 해 주었소."

곽순이 서둘러 물었다.

"무슨 내용인데 그러십니까?"

"삿초 동맹은 동래를 노리는 게 아니었네."

"하오면?"

"놈들은 포항으로 상륙할 작정이네."

"맙소사!"

곽순이 놀라 소리쳤고 방오도 적잖이 당황했다.

곽순이 서둘러 물었다.

"정말 포항이란 말입니까?"

"용호군 최제문 과장이 자길 희생하면서까지 알아낸 정보일세. 거의 틀림없다고 봐야겠지. 더구나 상륙 지점 자체로만 봐도 여기 동래보다는 포항의 넓은 백사장이 더 적당하네."

곽순이 한숨을 내쉬었다.

"최제문 과장은 저도 몇 번 본 적이 있는데……. 아까운 인재를 잃었습니다. 하지만 적의 기만책일지도 모르는 일입니다."

이여발이 눈을 빛내며 물었다.

"포항이라 우릴 속여 놓고 실제론 동래로 올지도 모른단 뜻인가?"

"그렇습니다."

그때, 묵묵히 듣기만 하던 방오가 처음으로 입을 열었다.

"놈들은 포항으로 올 겁니다."

"방 수사는 포항이라고 어찌 그리 단언하는 게요?"

곽순의 물음에 방오가 신중한 표정으로 대답했다.

"소장도 용호군에 벗이 몇 있는데 그들이 한결같이 하는 말이 왜군은 잘 싸우긴 하는데 임기응변이 부족하다는 거였지요."

이여발이 흥미로워하며 물었다.

"용호군은 그 이유를 뭐라 분석했는가?"

"왜군이 자랑하는 '사무라이 정신'을 그 이유로 꼽았습니다. 일단, 명령이 떨어지면 불복종을 절대 용납지 않는 사무라이의 습성 때문에 죽을 게 뻔한 작전에서마저 명예를 지키기 위해 자기 목숨을 헌신짝처럼 내던진다고 합니다."

이여발이 미간을 찌푸리며 대꾸했다.

"왜장들도 어쩔 수 없이 포항에 상륙할 수밖에 없다는 뜻이군."

"그렇지요."

뒷짐을 진 채 먼 바다를 바라보던 이여발이 고개를 돌렸다.

"두 수사도 알겠지만, 전하께선 조선군을 개편하실 때, 임무형 지휘 체계란 새로운 형태의 전략을 조선군에 도입하셨네."

곽순과 방오가 긴장한 표정으로 대꾸했다.

"소장들도 알고 있습니다."

이여발이 말을 이어 갔다.

"임무형 지휘 체계는 전장에선 무슨 일이 일어날지 아무도 모르기에 지휘관에게 자율권을 어느 정도 부여하는 전략이지."

"……."

"본관은 내게 주어진 자율권을 써서 전략을 대폭 수정할 것이네."

긴장한 곽순이 마른 입술에 침을 바르며 물었다.

"어떻게 수정할 생각이십니까?"

"두 수사도 알겠지만, 포항은 완벽한 만의 형태일세. 거의 항아리와 같다고 보면 되겠지. 그렇다면 우리가 이를 잘 이용할 경우, 왜적을 항아리에 가둬 놓을 수도 있단 뜻이네."

곽순이 바로 고개를 끄덕였다.

"독에 집어넣어 왜적을 일망타진하시겠단 뜻이군요."

"그렇지. 임란 때는 왜국으로 달아나려는 놈들을 충무공께서 본인의 목숨을 희생하시면서까지 붙잡고 늘어졌지만, 결국 왜군 영주 대부분은 고향으로 무사히 돌아가 잘 먹고 잘살았지. 하지만 이번엔 절대 그렇게 만들지 않을 것이네."

"통제사 대감의 말이 맞습니다. 반드시 본때를 보여 줘야 합니다."

곽순에 이어 방오도 동의하며 물었다.

"그래서 구체적으로 어떻게 하실 생각입니까?"

이여발이 곽순과 방오를 번갈아 보며 대답했다.

"두 수사의 장기를 살려야겠지. 곽 수사는 전라 수영과 함께 포항만에 들어가 항구를 사수해 주게. 알겠지만, 절대 뚫려서는 안 되네. 놈들을 상륙하게 두면 그땐 정말 끝장이니까."

곽순이 주먹을 꽉 쥐며 결연한 표정으로 대답했다.

"맡겨 주십시오. 반드시 놈들의 상륙을 저지하겠습니다."

믿는다는 듯 곽순의 어깨를 두드린 이여발이 방오에게 말했다.

"방 수사는 충청 수영을 이끌고 지금 즉시 포항만 위로 올라가 매복하게. 그러고 나서 왜군 대함대가 포항만으로 들어가면 그때 재빨리 뛰쳐나와 포항만 출구를 봉쇄하는 거네."

방오가 군례를 취했다.

"대감의 명대로 하겠습니다."

이여발이 곽순과 방오를 보며 마지막으로 당부했다.

"놈들이 포항만 안에 갇히면 모든 수단을 동원해 철저히 궤멸 시키게. 삿초 동맹을 통째로 포항만에 수장시켜 버리는 거네."

"예, 대감!"

"알겠습니다, 대감!"

명을 받은 두 수사는 서둘러 포항으로 이동했다.

이여발도 분영을 동래에서 포항으로 옮겨 결전에 대비했다.

당연히 김해에 있던 지방군도 같이 포항으로 이동했고.

그로부터 이틀 후.

마침내 왜군 대함대가 포항 인근에 나타났다.

용호군의 정보대로 삿초 동맹이 포항을 상륙지로 고른 거다.

포항만 안을 살펴본 곽순이 주먹으로 난간을 후려쳤다.

"하늘이 우릴 돕는구나!"

그 말대로 만 안엔 안개가 짙게 껴 있었다.

포항만 가장 깊숙한 지점에 매복한 곽순이 전 함대에 명했다.

"지금부터 전 함대는 은닉 작전에 돌입한다! 은닉을 마친 뒤에는 기도비닉을 철저히 유지하라! 만약, 조금이라도 소리 를 내는 장병이 있다면 본 수사가 직접 군법을 적용하겠다!"

곽순은 평소에도 성격이 깐깐해서 다들 어려워했다.

이태보가 자기 부하들을 너무 방만하게 관리해서 문제라 면 곽순은 부하들을 너무 쥐 잡듯이 잡아 문제가 되었으니까.

어쨌든 명이 떨어지기 무섭게 충청 수영 장병들은 미리 마련 해 둔 위장막으로 배를 가려 적의 정찰에 들키지 않게 하였다.

그리고 은닉을 마친 뒤에는 재채기조차 참아 가며 매복했다.

얼마 후, 삿초 동맹 대함대가 정찰선으로 보이는 작은 배 10여 척을 포항만으로 밀어 넣어 해안가 쪽 백사장을 수색했다.

당연히 해안에는 별다른 게 없었다.

낡은 어선 10여 척과 어부들이 지은 초가집과 움막이 다다.

그때, 삿초 동맹 정찰선 몇 척이 갑자기 본대에서 떨어져 나와 전라 수영 함대가 은닉해 숨어 있는 깊은 곳으로 접근했다.

구름이 끼고 안개가 짙어 견시로 발견하긴 어려울 테지만 몇십 미터 안으로 접근하면 전라 수영을 발견할 수밖에 없었다.

위장막이 투명 망토는 아닌 데다, 함대의 규모가 워낙 컸으니까.

모두가 숨죽여 왜군 정찰선을 감시할 때.

갑자기 큰 너울 하나가 안쪽으로 밀려 들어왔다.

정찰선은 너무 작은 탓에 너울을 이기지 못했다.

백사장까지 밀려났다가 간신히 균형을 잡고 선수를 돌렸다.

선수를 돌린 왜군 정찰선이 다시 돌아와 포항만 안쪽을 끝까지 수색할지도 몰라 다들 숨죽여 지켜보고 있을 때, 왜군 정찰선이 갑자기 포항만 출구로 곧장 노를 저어 사라졌다.

그제야 다들 안도의 숨을 깊게 내쉬었다.

그로부터 서너 시간이 지났을 무렵.

거대한 무언가가 포항만 출구 쪽에 나타나 진입을 시도했다.

마침내 삿초 동맹 대함대가 포항만으로 밀려들기 시작한 거다.

곽순은 왜군 대함대가 만으로 들어오는 모습을 보며 명했다.

"전 함대 출격!"

"출격하라!"

"출격하라!"

곳곳에서 복창하는 소리가 들렸다.

이어 군함을 위장하는 데 썼던 녹색 위장막을 걷은 전라 수영 함대가 곧장 적 함대의 선봉으로 물살을 가르며 나아갔다.

이여발도, 곽순도 간과한 점이 하나 있었다.

적함 수가 너무 많아 만으로 다 들어오지 못한단 점이었다.

지금도 3분의 1 이상이 만 바깥에 있었다.

이런 상황에서는 왜군 함대를 포항만 안으로 전부 밀어 넣은 뒤에 궤멸시킨다는 이여발의 전략을 사용할 수 없게 된다.

충청 수영 참모들 역시 당황하긴 마찬가지다.

"장군, 큰일이 아닙니까?"

"어째서?"

"작전대로 포항만 출구를 막다간 오히려 우리 충청 수영이 먼저 양쪽에서 왜적 함대에 협공당해 돈좌당할 위험이 큽니다!"

방오는 여전히 여유를 잃지 않았다.

"괜찮네."

"그, 그게 무슨 말씀이십니까?"

"항아리는 항아리보다 큰 물건을 넣으면 깨지지."

"그렇지요."

"하지만 포항만이 설마 항아리처럼 깨지기야 하겠는가."

"하오면?"

"우리가 동쪽으로 좀 더 우회하여 놈들의 퇴로를 막으면 되네."

"……."

"물론, 그렇게 하면 양옆으로 빠져나가려는 놈들이 있을 거네."

"그럴 것입니다."

"그 양쪽에 가져온 거북선을 전부 배치하게."

"거, 거북선을 말입니까?"

"거북선을 강철로 도배해 놔서 적함을 부수지는 못해도 물길을 막고 포위망을 빠져나가려는 놈들을 막을 순 있을 걸세."

"묘안이십니다!"

"전라 수영이 무너지기 전에 포진해야 하니 서두르게."

"예, 장군!"

방오는 곽순처럼 부하들을 쥐 잡듯 잡진 않았지만, 그가 직접 수영을 돌며 선발한 참모들은 모두 지닌 능력이 뛰어났다.

덕분에 갑작스러운 명령에도 금세 함대 포진을 바꿀 수 있었다.

그사이, 방오는 남서쪽을 주시했다.

섬과 해안에 막혀 보이진 않았지만, 포성은 들을 수 있었다.

천둥 치는 거 같은 포성이 끊임없이 들려왔다.

조금 묵직한 포성은 그도 너무 잘 아는 천둥 2형의 포성이다.

그리고 왠지 경박한 느낌의 가벼운 포성은 왜군 게 분명하다.

방오는 마음속으로 그와 충청 수영이 도착할 때까지 곽순이 '방어의 화신'이란 별명답게 꿋꿋하게 버텨 주기만을 빌었다.

그가 포항만 출구를 틀어막는 데 성공해도 왜군의 상륙을 저지하지 못하면 그 피해는 삼남 전역에 미칠 수밖에 없었다.

더구나 임진왜란 당시, 조명 연합군에 큰 손실을 입힌 전투 대부분이 왜군이 남해안에 쌓은 여러 왜성을 공략할 때 나왔다.

그런 점을 생각하면 거점을 잡게 놔두어서는 절대 안 된다.

적이 다다미를 뜯어 먹으며 몇 달을 버틸지도 모르는 일이니까.

◆ ◈ ◆

방오의 간절한 마음을 알기라도 하는 듯 곽순은 열정적으로 전라 수영을 지휘해 왜군 대함대의 가공할 공세를 버텨 냈다.

그는 우선 체급이 가장 큰 여해함 여덟 척을 전면에 내세워 방패로 삼은 뒤에 그 사이사이에 이순신급 전함을 배치했다.

원래 전라 수영에 배당된 여해함은 네 척이지만 경상 수영이 운용하던 여해함 네 척을 인계받아 지금은 여덟 척이 되었다.

여해함은 좌현을 왜군 함대로 돌린 뒤에 쉴 새 없이 포격했다.

여해함은 천둥 2형을 탑재한 선창만 세 개로 총 80문의 함포를 탑재했는데 그중 40문으로 왜군 함대를 포격하고 있었다.

왜군 함대도 임진년과는 달리 배를 붙여 백병전으로 끌고 가지 않고 일정 거리를 벌린 후에 함포로 맞상대를 해 왔다.

다만, 주력 군함은 여전히 아타케부네와 세키부네에서 벗어나지 못해 함포를 많이 탑재해 봐야 10문이 채 넘지 않았다.

그래도 함포 한 발 쏘고 그 반동 때문에 선체가 뒤틀리며 삐걱거리던 임진년과 달리, 이번에는 꽤 잘 버텨 내고 있었다.

전라 수영의 문제는 왜군의 군함이 많아도 너무 많단 점이다.

탑재한 함포는 다섯 문, 여섯 문을 벗어나지 못했지만 그런 군함 수십 척이 동시에 함포를 쏴 대니 무시하기 어려웠다.

그리고 가장 큰 문제는 역시 유탄이었다.

신형 화포와 유탄을 삿초 동맹과 막부군이 같이 연구해 개발한 듯 왜군 함대도 유탄을 발사하며 점점 거리를 좁혀 왔다.

마치 육군 전술을 모방한 듯한 움직임이다.

유탄의 폭발력을 믿고 전라 수영 함대를 불태우겠단 의도다.

펑펑펑!

왜군이 쏜 유탄이 전라 수영 군함의 뱃전에 떨어질 때마다 포탄이 폭발해 그 파편이 사방으로 날아가 수군을 휩쓸었다.

뱃전에 조선 수군의 피가 바닷물처럼 퍼져 나갔다.

그나마 천만다행은 미리 쇠판으로 선체를 일부 강화해 둔 덕에 유탄이 만든 폭발에 뱃전이 무너지진 않는단 점이었다.

그러나 그것도 포격전이 지속되며 쉽지 않아졌다.

유탄을 10여 발 넘게 얻어맞은 이순신급 군함 한 척이 선창으로 쏟아져 들어온 바닷물 무게 때문에 천천히 가라앉았다.

군함에 타고 있던 수군들이 비명을 지르며 바다로 뛰어들었다.

그 모습을 망원경으로 보던 곽순이 소리쳤다.

"당장 사후선을 내보내 바다에 떨어진 병사들을 건져 올려라!"

"예, 장군!"

곧 사후선 몇 척이 이순신급 뒤에서 노를 저으며 빠르게 나와 살려 달라고 소리치는 병사들을 장대로 건져 구해 냈다.

사후선이 병사들을 건져 내는 모습을 보며 전라 수영의 모든 장병의 사기가 끓어올라 더 격렬히 왜군 포격에 저항했다.

곽순이 부하들을 쥐 잡듯 잡기만 했으면 전라 수영이 지금처럼 몇 배에 달하는 적을 상대로 용감히 싸우지 못했을 거다.

다른 지휘관과 달리 그는 병사를 소모품으로 보지 않았다.

말단 수군마저 한 명의 인격체로 대우해 주었고 지금처럼 정신이 없는 와중에도 병사들의 안전을 꼼꼼히 챙겼다.

그때, 쾅 하는 폭음과 함께 여해함 한 척에서 불길이 치솟았다.

적의 일제사에 유탄 수십 발을 얻어맞은 탓에 선창 밑에 보관하던 장약에 불이 붙어 유폭이 일어난 것이 틀림없었다.

여해함 한 척, 한 척은 조선 수군의 보배와 같았다.

건조에 들어간 막대한 비용은 둘째 치고라도 여기서 여해함 한 척이 침몰해 빠져 버리면 방어선이 뚫릴 위험이 있었다.

"이순신급 세 척으로 여해함이 빠진 자리를 메워라!"

"예, 장군!"

참모들이 급히 포진을 바꾸려는 순간.

방어선에 구멍이 뚫린 것을 안 왜군이 그쪽을 날카롭게 찔렀다.

이순신급 세 척이 미처 틈을 틀어막기도 전에 왜군의 세키부네 10여 척이 돛을 펄럭이며 뛰어들어 와 틈을 더 벌렸다.

이어 거대한 아타케부네 몇 척이 틈 안으로 들어오려 하였다.

해안에 상륙하기 위해서는 아니었다.

뒤로 크게 돌아가 양쪽에서 전라 수영을 협공하려는 의도다.

이를 지켜본 참모들이 놀라 비명을 질렀다.

"장군, 우현은 쇠판으로 보강하지 못했습니다!"

"맞습니다. 적이 우리 우현을 공격하면 버티지 못할 겁니다!"

"나도 알고 있다!"

겨우 며칠 만에 군함을 쇠판으로 도배할 순 없는 일이었다.

더구나 그런 군함이 한두 척도 아니었고.

해서 곽순은 군함의 좌현만 쇠판으로 보강하기로 했다.

어차피 여해급이든, 이순신급이든 좌우현 중에 한쪽으로만 포를 쏠 수밖에 없어 당시엔 그게 타당한 이유로 보였다.

근데 협공당할 위기에 처한 지금은 상황이 달라졌다.

여해급이야 버틸 테지만 가장 많은 수를 차지하는 이순신급은 왜군이 쏘는 유탄에 맞아 큰 손해를 입을 게 자명했다.

　지휘봉을 부서지라 쥐고 고민하던 곽순이 돌연 고개를 들었다.

　"기함으로 벌어진 틈을 막는다!"

　"기, 기함으로 말입니까?"

　"기함은 다른 여해급보다 강철판을 더 조밀히 도배해 놔서 좀 더 버틸 수 있을 거다! 천추의 한을 남기기 전에 서둘러라!"

　"알겠습니다!"

　"우리가 떠난 자리는 거북선으로 틀어막는다!"

　"예, 장군!"

　참모들은 불안감을 드러냈지만 항명하진 못했다.

　곧 전열에서 이탈한 기함이 벌어진 틈으로 나아갔다.

　기함이 빠져나온 자리는 거북선이 다가와 막아섰다.

　거북선은 구조상 함포를 많이 싣지 못했다.

　그래서 지금은 이순신급보다 공격력이 떨어졌다.

　하지만 강철로 뱃전을 도배해 둔 터라, 방패 역할은 가능했다.

　애초에 그런 식으로 쓰려고 퇴역시키지 않은 거고.

　한편, 그사이 전열에서 이탈한 곽순의 기함은 주 돛을 모두 펼친 뒤에 세찬 조류의 흐름을 타고 점점 속도를 높였다.

　이제 왜적도 곽순의 의도를 간파했다.

　바로 세키부네를 내보내 충각을 시도했다.

　말이 충각이지, 그냥 선체로 들이받아 멈추겠단 의도다.

　참모를 포함해 기함의 모든 수군이 다가오는 왜선을 보며 두려움에 떨 때, 곽순만은 눈을 번득이며 차분함을 유지했다.

"전원 충돌 대비!"

"충돌 대비!"

"충돌 대비!"

그 순간, 세키부네 한 척이 기함 선수를 들이받았다.

그 바람에 세키부네는 선수가 완전 박살 났고 기함은 좌현 선수 측면이 움푹 들어가며 항로가 오른쪽으로 틀어졌다.

"아, 안 돼!"

조타수가 잡고 있던 키가 제멋대로 돌아가려는 순간.

수군 몇 명이 달라붙어 간신히 완전히 틀어지는 것은 막았다.

그때, 세키부네 두 척이 더 자살 공격을 감행했다.

쾅쾅!

기함 선체 중간 부분이 우그러지며 뱃전에 있던 수군 병사들이 우현까지 날아가 난간에 부딪히거나, 바다로 떨어졌다.

비틀거리다가 간신히 깃대를 잡고 버틴 곽순이 물었다.

"선체 상태는?"

참모가 갑판장 등을 불러 물어본 뒤에 대답했다.

"아직 침수는 없으나 배의 속도가 급격히 떨어지고 있습니다!"

곽순은 이를 악물었다.

적함의 자살 공격은 막아 냈지만, 세키부네 세 척이 기함과 엉키면서 조류의 흐름을 타고도 속도가 빠르게 줄고 있었다.

곽순이 이글이글 타오르는 눈빛으로 소리쳤다.

"좌현 함포 일제 발사!"

"일제 발사!"

"일제 발사!"

곧 망가진 함포를 제외한 함포 20여 문이 동시에 불을 뿜었다.

펑펑펑펑펑!

잠시 후, 철환에 구멍이 뚫린 세키부네가 선창에 물이 차면서 바다로 가라앉아 기함 속도가 다시 빨라지기 시작했다.

세키부네를 떼어 낸 기함은 틈이 벌어진 방향으로 질주했다.

그때, 견시병이 놀라 소리쳤다.

"전방에 아타케부네 두 척이 있습니다!"

참모가 놀라 곽순을 돌아볼 때.

곽순이 눈을 번득이며 씹어뱉듯 소리쳤다.

"속도를 더 높여 적함을 그대로 들이받는다!"

"그, 그러면 아무리 기함이라도 위험합니다, 장군!"

"나에게 생각이 있으니까 명을 전달해라!"

"알, 알겠습니다!"

기함은 돛과 조류의 힘으로 나아가 아타케부네를 앞에 두었다.

그 순간, 곽순이 벼락같은 고함을 내질렀다.

"우현 닻을 내려라!"

"우현 닻을 내려라!"

곧 복창하는 소리가 들리고 나서 굵은 쇠사슬이 뱃전을 긁는 소리가 들리다가 기함이 뭔가에 걸린 것처럼 덜컹거렸다.

그러나 그건 잠시뿐이었다.

오히려 회전 관성이 더해지면서 기함이 긴 호를 그리며 돌아가 앞에 있는 아타케부네 두 척을 뚫고 그 안으로 들어갔다.

곽순은 기다렸다는 듯 소리쳤다.

"양 현 함포 모두 발사하라!"

"양 현 함포 모두 발사!"

"양 현 함포 모두 발사!"

천둥 2호 역시 후장식에 주퇴복좌기가 있어 재장전이 빨랐다.

펑펑펑펑펑!

기함이 찌그러지는 것 같은 굉음을 내며 60문이 넘는 함포를 동시에 발사해 아타케부네 두 척에 포탄 세례를 퍼부었다.

철환 60여 발 중에서 20여 발을 근거리에서 맞은 아타케부네 두 척은 거의 반파 상태가 되어 전투 불능에 빠져 버렸다.

그러나 기함도 무사하진 못했다.

닻을 이용한 관성으로 아타케부네 두 척 사이를 뚫고 들어간 건 좋았지만, 그게 너무 과해 아예 해안 쪽으로 돌아갔다.

여해함은 배수량이 크기 때문에 흘수선 역시 깊다.

여기서 조금만 더 안으로 들어가면 배 바닥이 해저에 닿는다.

그때, 곽순이 또다시 고함을 질렀다.

"좌현 닻을 내려라!"

"좌현 닻을 내려라!"

복창 소리가 들린 뒤에 좌현에 있던 닻이 내려갔다.

그 순간, 기함이 덜컹거리더니 뱃전이 마구 뒤틀렸다.

결국엔 뱃전이 버티지 못하고 지진이 난 것처럼 균열이 생겼다.

균열은 점점 커져 함교마저 쪼개지기 직전이었다.

참모가 다가와 권했다.

"퇴함하셔야 합니다, 장군!"

"퇴함은 무슨! 지금부터 우린 바다에 떠 있는 요새다! 좌현 함포를 전부 가동해 왜놈들을 포항 앞바다에 수장시켜라!"

기함은 틈을 틀어막은 뒤에 요새포처럼 함포를 계속 쏘았다.

그 바람에 결국, 포항만의 차디찬 바다에 가라앉아야 했지만.

그래도 곽순의 기지와 기함의 분투 덕에 성과는 있었다.

몸이 단 왜군이 포항만으로 꾸역꾸역 군함을 집어넣은 거다.

말 그대로 물 반, 군함 반인 상황이다.

기함에서 사후선으로 옮겨 탄 곽순이 북동쪽 하늘을 보았다.

"난 할 만큼 했소, 방오 수사. 이제 당신 차례요."

중얼거린 곽순은 다른 여해함을 기함으로 삼고 지휘에 나섰다.

170장. 하늘이 우릴 돕는군.

"장군, 이제 출진하셔야 합니다."

참모들이 재촉했지만, 방오는 묵묵히 때를 기다렸다.

멀리서 들려오던 포성 소리가 점점 더 거세졌다.

심지어 뭔가 폭발하는 소리와 함께 연기까지 치솟았다.

그 모습을 본 참모들이 더는 참지 못하고 다시 권했다.

"장군, 때를 맞추지 못해 대업을 그르칠까 두렵습니다."

팔짱을 낀 방오는 다시 고개를 저었다.

"오히려 지금 나서는 거야말로 때를 맞추지 못하는 행동일세."

"그, 그렇습니까?"

"좀 더 기다려 보게."

참모들은 답답했지만 언제나처럼 방오를 믿었다.

그들에겐 방오야말로 임진년 충무공의 재림에 가까웠다.

그렇게 초조한 표정으로 30분을 더 기다렸을 때.

마침내 방오가 커다란 체구를 꼼지락거리며 일어났다.

"이제 때가 되었군."

"지휘봉을 받으십시오."

얼른 참모 하나가 지휘봉을 두 손으로 받쳤다.

지휘봉을 잡은 방오가 동면에서 깨어난 불곰처럼 소리쳤다.

"전군, 포항만으로 남하하라!"

"남하하라!"

"남하하라!"

복창하는 소리가 메아리처럼 바다를 울리며 멀리 퍼져 나갔다.

이미 포진을 마친 터라, 충청 수영 100여 척의 군함은 2열로 맞춘 뒤에 기다란 뱀처럼 머리를 들고 포항만으로 내려갔다.

방오는 기함 함교 위에 우뚝 서서 함대를 둘러보았다.

여해함 13척, 이순신급 60척, 거북선, 사후선, 보급선 등을 포함한 기타 군함 30여 척이 물살을 가르며 계속 나아갔다.

곽순과 이태보 두 수사가 이여발이 방오를 편애한다고 생각한 이유가 바로 충청 수영이 지닌 압도적인 전력에 있었다.

전라 수영, 경상 수영의 여해함을 다 합쳐 봐야 10척에 불과했다.

그나마 10척에서도 두 척은 고장 나서 선거에 들어가 있었다.

선거는 배를 건조하거나 수리하는 시설을 말한다.

근데 충청 수영 홀로 13척에 달하는 여해함을 운용 중이었으니까 곽순과 이태보가 방오에게 질투를 느끼는 게 당연했다.

물길을 확인하던 항해 참모가 돌아와 보고했다.

"포항만 부근에서 물길이 두 개로 나눠지고 있습니다, 장군."

"듣고 있네."

"첫 번째 물길은 포항만 안으로 세차게 흘러 해안 쪽으로 밀려가는 중이고 두 번째 물길은 울산으로 흘러가고 있습니다."

지휘봉으로 손바닥을 두드리던 방오가 눈을 번득이며 물었다.

"흠, 두 물길 사이에 틈이 있나?"

"잠시만 기다려 주십시오."

항해 참모는 이 근해에서 수십 년 동안 물고기를 잡아 누구보다 포항 앞바다를 잘 아는 어부들을 불러 정보를 모았다.

잠시 후, 돌아온 항해 참모가 기뻐하며 말했다.

"말씀하신 대로 틈이 있다고 합니다!"

"너비는?"

"함대가 충분히 들어갈 수 있는 너비입니다."

"하늘이 우릴 돕는군."

"수사께서 포항 어부들을 함대에 불러들이신 덕분일 겁니다."

"어부들에게 물길을 살피다가 때가 되면 알려 달라 하게."

"예, 장군."

항해 참모는 얼굴에 주름이 자글자글한 노인들에게 달려

갔다.

그들이 바로 포항에서 평생을 산 어부들이었다.

포항만으로 내려갈수록 포성은 점점 더 거세졌다.

심지어 짠 바닷바람 속에서 화약 냄새까지 맡아졌다.

망원경으로 바다를 살펴보던 견시병이 소리쳤다.

"전방에 왜군 함대가 보입니다!"

방오는 지체하지 않고 명을 내렸다.

"전원 전투태세!"

"전투태세!"

"전투태세!"

이어 전투태세를 알리는 뿔 나팔 소리가 함대에 퍼져 나갔다.

곧 장교와 병사, 가릴 거 없이 전부 맡고 있는 자리로 향했다.

왜군 함대도 충청 수영을 발견한 모양이다.

징, 나팔, 뿔 고동이 어지럽게 울리며 경고를 발했다.

그때, 항해 참모가 급히 달려와 아뢰었다.

"장군, 전방 1리 앞에 물길 사이의 틈이 있다고 합니다."

"수고했네."

고개를 끄덕인 방오는 직접 함대를 이끌고 틈으로 들어갔다.

거기다 햇빛의 방향과 뱀처럼 긴 횡대형을 이룬 충청 수영의 포진으로 인해 왜군은 충청 수영의 정확한 규모를 몰랐다.

그저 포항만에 갇힌 조선 수군을 급히 지원하기 위해 온 지원 함대인 줄 알고 세키부네 몇 척을 내보냈을 따름이다.

코웃음을 친 방오가 물길을 다시 확인했다.

과연 물길 사이에 틈이 있어 함대는 평온한 바다로 진입했다.

반대로 포항만에 있던 왜군 함대는 포항만 안으로 밀려드는 세찬 조류로 인해 마치 맴을 돌듯 왼쪽으로 계속 밀려났다.

그 바람에 세키부네 쪽에서 먼저 함포를 쏘았지만 대부분 빗나가고 그나마 명중한 몇 발은 별다른 피해를 주지 못했다.

방오가 지휘봉을 휘두르며 단호한 목소리로 명했다.

"학익진을 펼쳐서 만 밖으로 삐져나온 놈들까지 전부 포위해라!"

"예, 장군!"

곧 충청 수영은 물길 틈에서 반월형의 포진을 펼쳤다.

참모들의 주도로 신호기와 효시 등을 활용해 포진을 펼쳐 나갔지만, 방오도 쳐다만 보지 않고 몇 가지는 직접 처리했다.

방오는 섬세한 지휘로 유명했기에 얼마 지나지 않아 포항만과 외항을 차단하는 완벽하면서도 아름다운 포진이 펼쳐졌다.

왜놈들도 이젠 충청 수영의 전력을 제대로 파악한 모양이었다.

왜군 함대 전체가 소란스러워지더니 아타케부네와 세키부네 수십 척이 만 밖으로 나와 충청 수영을 상대하려고 들었다.

하지만 포항만 내부에 흐르는 세찬 조류 때문에 밖으로 나오지 못하고 마치 맴을 돌듯 만 안으로 다시 끌려 들어갈 뿐이었다.

이런 세찬 조류 속에서 벗어나기 위해선 강력한 동력을 이용하거나, 조류를 피해 육지와 가까운 곳으로 이동해야 했다.

하지만 왜군 군함이 가진 동력이야 뻔했다.

여전히 아타케부네, 세키부네에서 벗어나지 못한 상태였기에 돛의 능력은 형편없었고 노 역시 그렇게 쓸 만하지 않았다.

그래도 왜장 중에는 해전을 잘 아는 이가 있는 모양이었다.

급히 몇 척을 육지 쪽에 바짝 붙여 만을 빠져나가려 들었다.

"흥."

코웃음을 친 방오가 지휘봉을 올렸다가 힘차게 내렸다.

그 순간, 뒤에 숨어 있던 거북선 대여섯 척이 양 끝을 막았다.

놀란 왜군은 급히 함포를 발사했지만, 거북선은 진짜 거북처럼 강철로 만든 두꺼운 껍데기를 갖고 있어 별 피해가 없었다.

그래도 왜군은 집요하게 거북선만을 노렸다.

거북선이 있는 곳을 뚫지 못하면 다른 지역을 뚫어야 했는데, 하나는 전라 수영이 버틴 해안가 방향이고 다른 하나는 충청 수영이 엄청난 형세로 포진 중인 바다 한가운데였다.

둘 다 쉽게 뚫릴 거 같지 않아 거북선 쪽에 공세를 집중했다.

공세에 시달리던 거북선이 갑자기 용머리로 연기를 뿜었다.

용머리 연기가 어찌나 짙고 지독하던지 주변 수십 미터를 뒤덮어 크게 당황한 왜군은 잠시 공격을 늦출 수밖에 없었다.

그사이 거북선은 노를 이용해 호를 그리며 선회했다.

무슨 만화처럼 순식간에 돌아서진 못해도 공간만 충분하다면 범선처럼 방향을 바꾸는 데 한 세월이 걸리지는 않았다.

선회를 마친 거북선 함대가 포진을 마친 뒤에 함포를 쏘았다.

기껏해야 3, 40문에 불과하지만 어쨌든 반격하기엔 충분했다.

거북선 함대가 작전대로 적을 막아 주는 동안.

방오가 이끄는 충청 수영 주력 함대도 마침내 공격에 들어갔다.

펑펑펑펑펑!

철환이 매캐한 화약 연기 속에서 치솟아 왜군 함대를 덮쳤다.

콰콰콰콰쾅!

굉음이 울리며 뒤쪽에 있던 배들에 구멍이 뻥뻥 뚫렸다.

삿초 동맹이 아무리 돈이 많아도 700척이 넘는 숫자의 배를 전부 아타케부네와 세키부네 같은 군함으로 채울 순 없다.

즉, 그중 대부분은 일반적인 배로 병력과 보급품을 실은 배다.

그리고 그런 배들은 함포가 실려 있지 않았다.

말 그대로 충청 수영의 공격에 속수무책인 셈이다.

왜선은 침몰하면서 자기들끼리 엉키는 바람에 피해가 커졌다.

거기다 조류까지 해안가 쪽으로 흐르는 바람에 우왕좌왕하다가 충청 수영이 펼치는 막강한 화력전에 산산이 녹아내렸다.

만 밖에 있던 왜선을 얼추 정리한 방오가 지휘봉을 들었다.

"거북선을 제외한 모든 군함은 즉시 선회하여 만으로 진입한다!"

범선 선회는 말처럼 쉽지 않았다.

돛과 돛 줄을 정밀하게 조정해야 하는 데다가 선회에 필요한 공간도 넓어서 이런 만에서는 쉽게 하기 힘든 작전이다.

하지만 수사인 방오는 명령을 내렸고 충청 수영의 뛰어난 참모진은 수사의 명령을 이행하기 위해 최선의 노력을 다했다.

방오도 연달아 명을 내렸다.

"조류를 거스르지 말고 이용해라! 아군 군함끼린 부딪쳐도 된다! 오히려 충돌을 피하려다가 더 큰 사고가 날 수 있으니 각 함의 방호력을 믿고 움직여라!"

"예, 장군!"

"각 함의 포술장은 일제사를 준비하라! 선회를 마치면 왜적의 군함이 나타날 것이다! 포탄을 쓸데없이 낭비하지 마라! 병기장은 장약에 신경 써라! 유폭은 절대 일어나서 안 된다!"

"바로 조치하겠습니다!"

방오의 명령은 온갖 통신 수단을 통해 전 함대에 전파되었다.

방오는 통신 수단도 미리 여러 개를 준비해 두었기에 날씨와 시간에 관계없이 충청 수영 함대에 명령이 전파될 수 있었다.

그사이, 각 함의 선창을 지키는 포술장들도 바빠졌다.

지금까진 천둥 2형에 철환을 장전하고 나서 냅다 쏘기만 하면 되었지만 일제사를 위해서는 그런 식으로 하면 안 된다.

얼굴이 험상궂은 포술장이 소리쳤다.

"격벽을 더 열어젖혀라!"

"예!"

함포 포병들이 대답한 뒤에 포신을 가려 주는 격벽을 개방했다.

물론, 이렇게 하면 격벽이 없어 포병이 다칠 수 있지만 일제사를 위해선 포신을 좌우로 움직일 수 있는 공간이 필수다.

그때, 선창 문이 열리며 장교 한 명이 통보했다.

"우현 일제사 3번이오!"

고개를 끄덕인 포술장이 복창했다.

"우현 일제사 3번! 다들 들었지? 즉시 3번으로 포각을 조정해!"

"예, 박 진무님!"

각 함포를 맡은 포병은 포각의 위치를 각자 알아서 조종했다.

이렇게 해 두면 포탄을 좁은 구역에 집중해 발사할 수 있다.

그리고 이것이 바로 충청 수영만의 장기였다.

전라 수영, 경상 수영도 충청 수영의 일제사 전술을 보고 놀라 따라 하려 해 보았지만, 충청 수영만큼 자신 있게 하진 못했다.

잠시 후, 좀 전에 지시를 내렸던 장교가 선창 천장에서 외쳤다.

"포격하라!"

포술장은 즉시 선창이 떠나갈 정도로 복창했다.

"포격!"

그 순간, 장전을 마친 천둥 2형 함포가 동시에 불을 뿜었다.

방오는 함교 앞으로 나와 망원경으로 직접 확인했다.

포탄 수십 발이 막 앞으로 나온 아타케부네 측면에 쏟아졌다.

포탄이 떨어진 탄착군은 너비가 20여 미터가 넘었지만, 이 정도면 육지에선 저격총으로 왜장의 머리를 쏜 거나 같았다.

측면을 집중적으로 얻어맞은 아타케부네가 천천히 가라앉았다.

방오도 흡족해 중얼거렸다.

"역시 우리 포병은 실력이 뛰어나군."

참모들도 얼굴이 밝아졌다.

"정씨 왕국 수군과의 전투에서 얻은 전훈으로 도입한 전술인데 실전에서 써 보니까 효과가 기대보다 더 좋은 거 같습니다."

충청 수영은 일제사를 통해 달려드는 적함을 순식간에 분쇄하며 차근차근 포항만 안으로 파고들어 일대를 장악해 나갔다.

거기다 피해를 많이 입긴 했지만, 전라 수영도 끝까지 해역을 사수해 왜군은 양쪽에서 덤벼드는 조선 수군에 녹아내렸다.

마치 압축기에 함대를 집어넣고 쥐어짜는 거 같은 형세였다.

그 바람에 오히려 왜군 군함끼리 엉켜 충돌하는 때도 많았다.

오후부터 시작된 포격은 밤까지 이어졌다.

그리고 자정을 넘어가면서부터는 바다에 불화살까지 솟구쳤다.

물론, 전라 수영과 충청 수영이 쏘아 올린 화살이었다.

불화살은 찌그러져 침몰하는 왜선을 불태우기 시작했다.

아예 배까지 전부 태워 왜군을 절대 살려 두지 않겠단 의도다.

다음 날, 날이 밝았을 때.

충청 수영과 전라 수영은 합작해서 남아 저항하는 왜군 군함을 분쇄한 뒤에 바다에 떠 표류하는 왜군까지 전부 죽였다.

그렇게 죽은 왜군의 숫자만도 엄청나 포항만 안의 검푸른빛 바다가 순간적으로 붉게 물들어 바다색을 잃을 정도였다.

전투가 끝난 후에 긴 한숨을 내쉰 방오가 손짓했다.

"통제영에 대승했다고 보고하게."

"예, 장군!"

참모들이 나간 뒤에 방오는 붉게 충혈된 눈자위를 주물렀다.

하지만 눈빛은 여전히 형형했다.

전투는 끝났어도 전쟁은 아직 끝나지 않았다.

삿초 동맹 쪽은 처리했지만, 막부군 함대는 여전히 남아 있었다.

방오는 강릉이 있는 북쪽을 바라보면서 이를 바드득 갈았다.

"이번엔 기필코 한 놈도 살려 보내지 않겠다."

그런 방오의 머리 위로 포연과 피 냄새가 섞여 떠돌고 있었다.

조회에 참석해 대신들과 전황에 대해 논의했다.

대화가 오가던 중 형조판서 윤선도가 갑자기 권했다.

"왜적이 원주에 이르렀다고 들었사옵니다. 하여 이참에 평양
으로 파천하시어 왕실과 조정을 보전하심이 어떻겠사옵니까?"

허목, 윤휴도 파천을 주청했다.

남인은 파천으로 당론을 정한 모양이다.

난 고개를 돌려 우의정 송시열을 보았다.

원두표가 전쟁 초반에 병사하면서 송시열이 정승에 올랐다.

"우의정 대감의 의견은 어떻소?"

한 발 앞으로 나온 송시열이 읍을 하고 나서 대답했다.

"전서구 덕에 전장의 소식을 빨리 접할 수 있다 들었사옵니다. 하여 미리 평양으로 파천하시기보단 개성 행궁에 머무르시며 전황의 추이를 지켜보시는 편이 어떻겠사옵니까?"

이어 송준길, 김수항도 비슷한 의견을 내었다.

파천은 하되 개성까지만 가자는 게 서인의 당론인 모양이군.

난 이경석을 보았다.

원두표가 갑자기 병사하면서 고령인 이경석도 그렇게 될까 봐 걱정했는데, 그는 여전히 허리가 곧고 눈빛도 형형했다.

"영상 대감의 생각은 어떻소?"

"파천하더라도 사나흘 정도 준비한 연후에 결정하심이 옳을 줄 아옵니다. 임진년처럼 준비 없이 파천했다가는 동요한 도성 백성이 소요를 일으킬 위험이 있사옵니다."

"과인도 영상 대감의 의견에 동의하오."

"황공하옵니다."

"포도청과 호국청에 도성 백성을 피난시킬 준비를 하라 이르시오. 전황이 악화하면 백성부터 개성으로 피난시켜야겠소."

"자애하신 처사이옵니다!"

대신들이 일제히 머리를 조아렸다.

그러나 아직 끝난 것이 아니다.

"다만, 과인은 왕실 전체가 도성에 남을 필욘 없다고 보오."

좌의정 조경이 물었다.

"복안이 있으시옵니까?"

"국본을 고려해 세자가 중전과 윗전 두 분을 뫼시고 개성으로 먼저 출발했으면 싶은데, 경들은 이를 어찌 생각하시오?"

이경석이 대답했다.

"좋은 생각이시옵니다."

다른 대신들도 반대하지 않아 금군 일부가 동궁으로 떠났다.

난 대신들을 둘러보며 말했다.

"이제부턴 군을 지원하는 방안에 대해 논의하겠소."

이에 병조판서 민정중이 나와 아뢰었다.

"병조는 세 가지 방법으로 군을 지원하고 있사옵니다."

"첫 번째는 무엇이오?"

"서유럽회사가 생산한 전투 식량, 탄약, 포탄을 병조가 고용한
에이 프레임 부대를 동원해 차질 없이 보급하고 있사옵니다."

"에이 프레임 부대의 규모는 얼마나 되오?"

"5만 명을 고용하고 있사옵니다."

보급 문제를 해결하기 위해 마련한 것이 바로 에이 프레임
부대, 즉 지게꾼들이었다.

전쟁 개시 전에 내린 명령이 잘 수행되고 있다는 뜻이다.

"그렇군. 그럼 두 번째는 무엇이오?"

"관련 기관의 협조를 받아서 전선과 인접해 있는 고을의 백성
을 안전한 후방으로 피난시키는 작업을 주도하고 있사옵니다."

"피난민의 관리는 어찌 진행하고 있소?"

"숙소 제공과 더불어 식량, 의복과 같은 필수품을 지급해 지
내기에 불편하지 않도록 최선의 노력을 기울이고 있사옵니다."

"세 번쨴 무엇이오?"

"신병을 모집해 군사 훈련을 받게 하고 있사옵니다."

"그렇다면 지금까지 신병은 얼마나 모집했소?"

"6만 명이옵니다."

난 고개를 끄덕였다.

민정중이 다른 건 몰라도 일은 잘했다.

이어 이조, 형조, 공조 순으로 지원 방안을 논의할 때.

왕두석이 다급한 걸음으로 걸어와 비단 두루마리를 바쳤다.

"전하, 통제사 이여발 대감이 보낸 장계이옵니다."

"오, 어서 다오."

난 장계를 직접 건네받아 두루마리를 묶은 끈을 서둘러 풀
었다.

며칠 전, 최제문의 희생으로 삿초 동맹의 최종 상륙지가 포
항임을 알아낸 통제영이 분영을 급히 옮기겠다고 연락했었다.

근데 포항으로 옮긴 통제영에서 장계가 올라왔단 건?

삿초 동맹과 해전을 치른 결과가 안에 담겨 있을 공산이 크
겠지.

난 살짝 떨리는 손으로 장계를 펼쳐 읽어 나갔다.

중요한 장계임을 눈치챈 대신들도 숨을 죽이고 지켜보았다.

"휴우."

잠시 후, 난 긴 한숨을 내쉰 뒤에 장계를 김수항에게 건넸다.

"도승지가 대독하시오."

"예, 전하."

김수항은 돌아서서 이여발이 올린 장계를 대독했다.

장계 분량에 비해 내용은 간단했다.

포항에 상륙을 시도하던 삿초 동맹 대함대를 통제영이 해안과 만 바깥 양쪽에서 협공해 완벽히 궤멸시켰다는 내용이다.

대독이 끝나기가 무섭게 대신들의 얼굴에 웃음꽃이 피었다.

이경석이 가장 먼저 표정을 정리하고 읍을 하였다.

"앞날을 훤히 내다본 전하의 선견지명이 없었다면 이번 대첩은 절대 성공하지 못했을 것이옵니다. 감축드리옵니다, 전하!"

이에 다른 대신들도 일제히 읍을 하며 따라 외쳤다.

"감축드리옵니다, 전하!"

"감축드리옵니다, 전하."

난 손을 들어 답례했다.

"이번 승리를 어찌 과인 한 명의 공덕으로만 치부할 수 있겠소? 이는 모두 전장에서 열심히 싸워 준 장병들과 그 뒤를 든든하게 받쳐 준 조정 관원들, 그리고 각자의 자리에서 맡은 소임을 충실히 다해 준 우리 백성이 있었기에 가능한 승리였소."

"성은이 망극하옵니다!"

"성은이 망극하옵니다!"

"성은이 망극하옵니다!"

손을 들어 답례해 주긴 했으나, 저들처럼 들뜨지는 않았다.

샴페인을 터뜨리기엔 시기상조니까.

"축하는 강원도의 왜군을 마저 몰아내고 나서 해도 늦지 않소."

중요한 건 지금부터다.

이 여세를 몰아 완전한 승기를 거머쥐어야 한다.

"조정의 모든 대소 신료는 강원도에서 왜군을 막고 있는 훈련도감을 지원하는 일에 최선을 다해야 할 것이오!"

"명심하겠사옵니다!"

"임진년 전쟁에선 불행히도 조선에 쳐들어온 왜놈 수뇌부 상당수가 살아 돌아갔소. 하지만 이번 전쟁에서만큼은 절대 그런 일이 있어선 안 되오! 개미 새끼 한 마리 남기지 않고 기필코 섬멸하여 다신 야욕을 품지 못하게 해야 하오!"

"예, 전하!"

"또한, 세상 끝까지 쫓아가는 한이 있더라도 이 무도한 전쟁을 일으킨 자들을 반드시 찾아내 그 죄를 엄히 물어야 하오!"

"지당하신 말씀이옵니다!"

포항대첩으로 나사가 슬금슬금 풀어지려는 대신들을 조여주고 나서 원주와 춘천에 있는 왜군을 막는 문제로 넘어갔다.

팔장사는 전쟁 전에 규모를 크게 확충했다.

예비 병력까지 900여 명 규모이던 걸 1만 명까지 확대한 거다.

그 바람에 팔장사의 전체적인 역량은 비교할 수 없을 정도로 떨어졌지만 어쨌든 규모가 늘며 단독 작전이 가능해졌다.

지난 전쟁에서의 공로로 3급 훈장을 받은 조지웅은 장사 수백 명을 지휘하는 부장사로 진급해 작전에 임하고 있었다.

그는 나무가 울창한 숲에 숨어 정면을 보았다.

300미터쯤 떨어진 곳에서 왜군 정찰 부대가 수십 명 단위로 이동하며 본대가 통과 중인 계곡 길 주위를 수색하고 있었다.

"왜장이 아주 멍청한 새끼는 아니군."

왜군 본대가 지금 지나가고 있는 계곡 길은 여기서 춘천으로 이어지는 유일한 길이나 다름없어 반드시 지나야 했다.

다른 길이 없느냐면, 그건 또 아니다.

다만, 나무가 울창한 산을 가로지르는 오솔길이 대부분이라, 화포와 포탄, 군량을 옮겨야 하는 왜군으로선 방법이 없었다.

그 때문에 이 계곡을 진격로로 삼은 것인데.

저들도 이곳이 매복하기 좋다는 걸 아는 모양이다.

수천 명이 넘는 정찰 부대를 내보내 주변을 샅샅이 수색했다.

하지만 그들이 간과한 게 있었으니.

왜군이 워낙 대병력이란 점이 문제였다.

최대한 밀집해서 이동함에도 행렬이 뱀처럼 길게 이어졌다.

즉, 워낙 넓게 퍼져 있어 팔장사가 머리와 꼬리 둘 중 하나를 치면 재정비해서 반격하는 데까지 시간이 걸린단 뜻이다.

왜군 행렬 끄트머리가 보일 때쯤.

조지웅은 미리 약속해 둔 수신호로 지시를 내렸다.

곧 나무나 바위 뒤에 숨어 매복해 있던 장사 수백 명이 기도비닉을 유지하며 가파른 비탈을 내려가 길 쪽으로 접근했다.

이어 왜군 정찰 부대를 100미터쯤 남겨 두고 나서 몸을 숨겼다.

부하들이 매복을 마치길 기다린 조지웅은 참매를 견착했다.

왜도로 수풀을 헤치며 걸어가는 왜군 사무라이가 목표였다.

조지웅은 신중히 겨냥한 뒤에 방아쇠를 당겼다.

탕!

화려한 갑옷을 입은 사무라이가 비명을 지르며 주저앉았다.

조지웅의 참매에서 터진 총성은 공격을 의미하는 신호였다.

곧 장사들이 왜군 머리 쪽으로 총알을 우박처럼 쏟아부었다.

물론, 빽빽한 나무와 수풀이 천연 엄폐물 효과를 내 주어 수백 발의 탄환 중에서 명중한 탄환은 30발이 채 넘지 않았다.

그래도 기습의 효과는 대단했다.

곧 왜군 쪽에서 뿔 나팔 소리가 들려왔다.

이어 천 명이 넘는 왜군이 함성을 지르며 팔장사를 공격했다.

조지웅은 그 모습을 보면서 재빨리 다음 지시를 내렸다.

곧 장사들이 미리 준비한 화살에 불을 붙여 앞으로 쏘았다.

갑자기 날아든 불화살에 놀란 왜군이 나무 뒤로 숨는 순간.

불화살은 나무에 매달아 둔 진천탄에 명중했다.

치이익!

연기가 피어오른다 싶은 순간, 진천탄이 굉음을 내며 폭발했다.

콰콰콰콰쾅!

진천탄 수십 개가 폭발하며 불 폭풍이 숲을 휩쓸었다.

거기다 나무마저 여기저기서 쓰러지며 아비규환이 따로 없었다.

비명을 지르는 왜군을 냉정한 시선으로 지켜보던 조지웅은 퇴각을 의미하는 수신호를 보내고 산 정상으로 달려갔다.

왜군은 뒤늦게 추격대를 편성해 팔장사 뒤를 쫓았지만, 정상에 도착했을 때는 이미 개미 새끼 한 마리 보이지 않았다.

팔장사는 그런 식으로 매복해 기습하는 작전을 계속 시도했다.

규모가 큰 작전만 따져도 무려 일곱 차례나 되었다.

물론, 작전이 전부 성공하진 않았다.

조지웅의 부대는 완벽히 성공했지만, 마지막 두 차례 기습은 오히려 왜군 함정에 당해 팔장사 수십 명만 죽고 다쳤다.

그래도 하난 확실했다.

바로 꼭지가 돌 정도로 왜군을 화나게 했단 사실이다.

일곱 차례나 기습당하며 화가 머리 꼭대기까지 치솟은 왜군은 상처 입은 멧돼지처럼 어디 들이받을 데가 없나 찾아다녔다.

그런 그들에게 춘천읍성에 주둔해 저항하는 오효성 휘하의 팔장사 본대 수천 명은 적당히 들이받기 딱 좋은 상대였다.

조지웅의 부대도 본대와 합류해 시가전을 치렀다.

"투척!"

조지웅의 지시가 떨어지는 순간.

초가집을 수색하던 왜군 머리로 비격뢰가 날아들어 폭발했다.

펑펑펑!

비격뢰가 폭발하며 왜군 10여 명이 피를 뿌리며 나가떨어졌다.

조지웅의 부대는 그런 식으로 비격뢰를 이용한 공격을 연달아 펼쳐 분노한 왜군을 춘천읍성 깊숙한 곳까지 끌어들였다.

그러나 왜군도 당하고만 있진 않았다.

곧 왜군 대부대가 조지웅의 부대를 사방에서 포위해 들어왔다.

"이쯤 하면 됐겠지. 다들 철수해라."

"예, 부장사!"

조지웅은 부하들을 미리 파 놓은 땅굴로 철수시켰다.

마지막까지 남아 지휘하던 조지웅이 장사 하나를 불러 말했다.

"그걸 터트리고 우리도 빠져나간다."

"예, 부장사."

장사는 곧 라이터로 거미줄처럼 얽힌 도화선에 불을 붙였다.

조지웅은 도화선이 제대로 타는지 확인한 뒤에 폭파 주특기를 맡고 있는 장사를 데리고 좁은 땅굴을 기어서 달아났다.

잠시 후.

콰아아앙!

엄청난 폭음과 함께 거센 진동이 땅굴까지 전해졌다.

조지웅은 흙이 비처럼 쏟아지는 땅굴 천장을 보고 긴장했다.

다행히 엄청난 충격에도 땅굴은 끝내 무너지지 않고 버텼다.

조지웅은 땅굴 출구로 나와 조금 전까지 있던 곳을 돌아봤다.

먼지가 수십 미터까지 치솟아 구름을 이루고 있었다.

"진전탄 100개를 한 번에 터트린 위력이 어마어마하군."

다른 장사들도 먼지구름을 지켜보며 탄성을 터트렸다.

그때, 조지웅이 앞장서서 읍성 서문으로 달려갔다.

"서둘러라! 머뭇거리다간 우리까지 물귀신이 된다!"

"예, 부장사!"

부하들을 데리고 춘천읍성 서문으로 빠져나온 조지웅은 읍성 부근에서 가장 지대가 높은 산 정상으로 서둘러 올라갔다.

조지웅의 부대만 그런 게 아니었다.

거의 수천 명이 춘천읍성에서 빠져나와 사방으로 달아났다.

그 시각.

춘천호에선 팔장사 장사들이 수문에 진천탄을 설치하고 있었다.

춘천호 작전을 맡은 김지웅은 춘천읍성 쪽을 지긋이 보았다.

그때, 불꽃을 매단 효시 10여 발이 하늘을 갈랐다.

김지웅은 바로 들고 있던 깃발을 밑으로 내렸다.

치이이익!

사방에서 도화선이 타는 냄새가 진동했다.

이어 귀청을 찢는 꽝음이 울리며 진천탄이 연달아 폭발했다.

진천탄 수백 개가 동시에 터지며 만들어 낸 어마어마한 폭발력이 춘천호의 물길을 가두고 있던 거대한 수문을 터트렸다.

콸콸콸콸콸!

곧 황토색 물기둥이 성난 군마처럼 춘천읍성으로 질주했다.

김지웅을 비롯해 고지대에서 그 광경을 유심히 지켜보던 장사들은 자연의 위대함에 압도되어 숙연한 표정을 지었다.

성난 군마처럼 질주한 황토색 물기둥은 성벽을 부수며 쏟아져 들어가 읍성 전체를 순식간에 물바다로 만들었다.

이런 재해 앞에서 살아남을 수 있는 이는 거의 없었다.

착호군 군장 고검은 투구를 고쳐 쓰며 부하에게 물었다.

"고명아, 어떠냐? 진짜 왜놈처럼 보이냐?"

"예, 진짜 아시가루 같습니다."

"아시가루?"

"왜놈들이 말단 병사를 아시가루라고 부른답니다."

"고명이 넌 아는 게 많아 좋겠다."

"군장님도 그래서 제 이름을 고명으로 지어 주시지 않았습니까?"

"요즘 들어 네 이름을 고명으로 지은 걸 살짝 후회하는 중이다."

"저도 제 이름이 썩 좋은 건 아니라서……."

"암튼 진짜 왜놈처럼 보인다 이거지?"

"예……."

잠시 후, 고검은 화려한 갑옷을 걸친 고명을 훑어보며 물었다.

"한데 넌 왜 나랑 복장이 다르냐?"

"그새 잊으셨습니까?"

"뭘?"

"전 사무라이로 위장한다고 말씀드리지 않았습니까?"

"아, 그랬지. 한데 사무라이가 아시가루보다 높은 놈 아니냐?"

"맞습니다. 사무라이의 지위가 더 높죠."

"그러면 앞으론 내가 널 모셔야 하는 거냐?"

"잠입해서는 그래야 하지 않겠습니까?"

"흐음, 그건 별로 마음에 안 드는군. 우리 바꿀까?"

"군장님은 왜놈 말을 모르시지 않습니까?"

"흠, 생각해 보니까 네 말이 옳은 거 같다."

고검이 고명을 붙잡고 시시덕거릴 때.

아시가루 복장을 한 중년 사내가 올라왔다.

얼른 자리에 앉은 고검이 목소리를 깔며 물었다.

"임 과장이냐?"

"예, 군장님."

"무슨 일이야?"

"왜군 진영에 잠입한 남상헌 과장이 화포와 포탄을 다룰 줄 아는 왜인 대장장이가 기거하고 있는 곳을 알아냈다고 합니다."

고검의 눈빛이 확 달라졌다.

"어디라던가?"

임 과장이 곧장 지도를 바닥에 펼쳤다.

그곳엔 왜군 군영이 자세히 묘사되어 있었다.

"이쪽과 이쪽, 두 군데라 합니다."

고검이 거칠게 자란 수염을 쓸어내리며 중얼거렸다.

"거처가 왜군 진영 깊숙한 곳에 있구나."

"놈들도 대장장이의 가치를 아는 거겠지요."

"그래, 그렇겠지."

잠시 고민하던 고검이 지도의 한 지점을 가리켰다.

"우린 이곳으로 간다."

"그러면 다른 한 곳은 버리는 겁니까?"

"그래야겠지. 두 곳을 다 노리다가 전력이 부족해 어느 한 곳
도 성공 못 할 바엔 차라리 한쪽에 집중하는 편이 나으니까."

"맞는 말씀이십니다."

고개를 끄덕인 임 과장이 물었다.

"잠입 인원은 어떻게 구성하시겠습니까?"

고검이 옆에 있는 고명을 힐끗 보고 나서 대답했다.

"인원이 너무 많으면 움직이기가 불편하다. 나와 고명이만
잠입해서 남 과장과 합류한 뒤에 대장장이를 납치하겠다. 임
과장은 퇴로 구축과 적의 추격을 막는 데 전력해라."

"알겠습니다."

잠입 방법을 점검하고 나서 임 과장이 다시 물었다.

"잠입 시기는 언제로 하시겠습니까?"

"오늘 새벽이다."

고명이 머리를 긁적이며 고검을 불렀다.

"저 군장님?"

"왜?"

"오늘은 이미 새벽이 지났습니다."

"그래서?"

"그러니까 내일 새벽이란 말씀이시지요?"

고검이 고명을 슬쩍 째려보고 나서 대꾸했다.

"넌 아는 게 많아 좋겠다."

"그건 많이 아는 거랑 크게 상관이 없는……."

고검은 고명을 무시하고 임 과장에게 말했다.

"아무튼 내일 새벽에 작전에 들어간다."

"알겠습니다."

대답한 임 과장은 바로 부하들에게 명을 전하러 떠났다.

다음 날 새벽.

고명은 코를 골며 자는 고검을 흔들어 깨웠다.

"군장님, 이제 일어나셔야 합니다."

"벌써 새벽인가?"

"그렇습니다."

"쪽잠을 자서 그런지 몸이 찌뿌둥하군."

"어젯밤엔 평소보다 배 가까이 주무셨습니다."

"흠, 그런가?"

벌떡 일어난 고검은 옆에 있는 투구를 가져와 덮어썼다.

고명이 한숨을 내쉬었다.

"그건 제 투구입니다, 군장님."

"어쩐지 어제 거보다 무겁더라니."

투구를 바꿔 쓴 고검은 고명을 데리고 안가를 떠났다.

어둠이 깔린 시내와 수풀, 그리고 언덕 하나를 넘어 40리쯤 갔을 때, 짠 바다 냄새가 코끝을 훅 찔러 왔다.

고검은 고개를 들어 어둠에 잠긴 밤바다를 훑었다.

잔잔한 바다가 희미한 달빛 속에서 푸른빛을 뿜어냈다.

고검은 시선을 해안으로 휙 돌렸다.

그곳엔 한눈에 담기조차 쉽지 않은 엄청난 규모의 군사 기지 하나가 똬리를 튼 구렁이처럼 어둠 속에 웅크리고 있었다.

다름 아닌 왜군이 강릉항에 마련한 상륙 거점이었다.

고검이 군영을 에워싼 10미터 높이의 목책 한 곳을 가리켰다.

"남상헌 과장과 접촉하기로 한 지점이 저긴가?"

"저기는 왜영의 정문입니다. 경비가 가장 삼엄한 지역이지요."

"그렇군."

"절 따라오시지요."

고검은 밤눈이 밝은 고명을 따라 목책으로 천천히 접근했다.

목책에 망루가 있어 두 사람은 포복을 통해 접근해야 했다.

달빛이 약해 들키진 않을 테지만 조심해서 나쁠 건 없었다.

목책에 도착했을 때.

주위를 둘러본 고명이 목책 바닥을 네 번 두드렸다.

곧 목책 바닥에 있던 더러운 덤불이 사라졌다.

대신에 어른 한 명이 간신히 오갈 수 있는 개구멍이 드러났다.

그때, 목책 안쪽에서 잔뜩 쉰 목소리가 들려왔다.

"고검은?"

"흐음, 의리 있고 멋진 사나이."

"고명인가?"

"예, 남 과장님. 군장님과 같이 왔습니다."

"순찰병이 없으니까 바로 들어오게."

낯 뜨거운 암구호를 읊은 고명이 고개를 돌려 고검을 보았다.

고검이 누런 이를 전부 드러내며 활짝 웃었다.

고개를 절레절레 저은 고명이 먼저 안으로 들어갔다.

이어 고검도 고명을 따라 안으로 들어갔다.

근데 고검의 덩치가 워낙 커서 개구멍에 배가 살짝 끼었다.

쓴웃음을 지은 고명과 남상헌이 고검의 두 팔을 잡고 한참
용을 쓴 뒤에야 고검의 거대한 덩치가 개구멍을 빠져나왔다.

몸에 묻은 흙을 털고 일어선 고검이 남상헌의 어깨를 쳤다.

"고생 많았다, 남 과장."

"순찰병이 곧 돌아올 겁니다. 서두르시죠."

"앞장서게."

"저만 따라오시면 됩니다."

남상헌은 고검과 고명을 데리고 막사와 막사 사이로 들어
갔다.

횃불을 들고 야간 순찰하는 왜군이 꽤 있었다.

하지만 그들은 힐끔 보기만 할 뿐 가던 길을 계속 갔다.

누구도 다가와 검문하거나, 수색하지 않았다.

당연한 일이었다.

워낙 여러 번에서 모아 온 병력이라 서로 잘 모를 뿐만 아니라, 심지어 사투리가 심한 지역은 말도 잘 통하지 않았다.

덕분에 고검 일행은 삼엄한 경비를 뚫고 왜군 군영 깊숙한 곳에 자리한 거대한 대장간에 무사히 도착했다.

대장간은 전시 상황이라 밤낮이 따로 없었다.

지금도 대장장이 수십 명이 큰 화로에 불을 피워 놓고 화포를 땜질하거나, 주물을 부어 화포 포탄을 생산하고 있었다.

고검은 남상헌의 옆구리를 툭 치며 물었다.

"저들 중에 누구야?"

"저기 코가 주정뱅이처럼 붉은 중년 사내가 보이십니까?"

"보인다."

"이름이 한조라는 솜씨 좋은 대장장이인데, 숨어서 며칠 지켜보니까 저자가 중요한 일을 도맡아서 처리하고 있었습니다."

"틀림없겠지?"

"틀림없습니다."

"좋아. 네가 가서 다른 이들이 의심하지 않게 몰래 데려와라."

"예, 군장님."

남상헌은 대장간 안으로 들어가서 바로 한조에게 접근했다.

작업을 멈춘 한조가 고개를 들고 남상헌과 이야기를 나누었다.

그때, 대장간 경비를 맡은 왜군 하나가 그쪽으로 걸음을 옮겼다. 아마 남상헌에게 무슨 일이냐고 물어보려는 듯했다.

고검이 고명의 등을 슬쩍 밀며 속삭였다.

"니가 잘하는 왜국말을 써먹을 때가 온 거 같다."

고검에게 등을 떠밀린 고명은 속으로 한숨을 푹 내쉬더니 터벅터벅 걸어가 남상헌 쪽으로 접근하는 왜군 앞을 막았다.

왜군은 이 새낀 또 뭐야? 하는 눈빛으로 고명을 쳐다보았다.

하지만 고명이 입을 기가 막히게 털었는지 고개를 갑자기 몇 번 주억거린 왜군이 자기가 원래 있던 장소로 돌아갔다.

그사이, 남상헌 쪽도 성과가 있었다.

남상헌이 어리둥절해하는 한조를 데리고 나온 거다.

그때였다. 대장간과 붙어 있는 막사 문이 벌컥 열리며 사무라이가 나왔다.

사무라이는 곧장 한조와 같이 있는 고검 일행의 얼굴과 복색을 훑어보다가 경비를 서던 왜군에게 뭐라 묻기 시작했다.

눈을 가늘게 뜬 모습이 고검 일행을 의심하는 게 틀림없었다.

고검이 남상헌에게 속삭였다.

"너흰 먼저 한조란 놈을 데리고 여길 빠져나가라."

"군장님은 어쩌시려고요?"

"난 너희가 빠져나갈 시간을 벌어야지."

남상헌이 깜짝 놀라 물었다.

"혼자서 말입니까? 괜찮으시겠습니까?"

"내가 누구냐?"

"의리 있고 멋진 사나이시죠."

"알면 됐다. 어서 가."

"꼭 무사히 돌아오셔야 합니다."

남상헌 일행을 보낸 고검은 허리춤에 찬 왜도의 손잡이에 팔을 올리고 나서 형형한 눈빛으로 사무라이를 노려보았다.

곧 사무라이와 왜군이 달려와 고검에게 왜국말로 뭐라 물었다.

고검은 귀를 한번 판 뒤에 히죽 웃었다.

"조선 땅에 왔으면 조선말을 해야지, 이 시발놈들아."

고검의 정체를 파악한 사무라이가 칼을 뽑으려는 순간.

고검이 먼저 번개같이 왜도를 뽑아 횡으로 그었다.

사무라이와 왜군의 머리 두 개가 허공으로 두둥실 떠올랐다.

힘과 기술이 조화를 이루지 못하면 하기 쉽지 않은 일이었다.

고검은 바로 돌아서서 달아났다.

물론, 남상헌 일행이 도망친 방향과 정반대였다. 그래야 남상헌 일행에게 조금이라도 시간을 벌어 줄 수 있었다.

사무라이와 왜군이 자기들 눈앞에서 갑자기 머리가 잘려 죽는 모습을 본 왜국 대장장이들이 고래고래 소리를 질러 댔다.

곧 사방에서 왜군이 횃불을 들고 몰려나와 고검의 뒤를 쫓았다.

◆ ◆ ◆

목책 개구멍에 도착한 고명이 초조한 표정으로 뒤를 보았다.

"군장님은 무사하시겠죠?"

"지금은 한조를 무사히 빼내는 게 시급하다. 서둘러."

"예."

고명이 먼저 개구멍으로 빠져나갔다.

이어 남상헌이 한조를 개구멍으로 밀어 넣으려는 순간.

한조가 갑자기 난동을 피우며 소리를 고래고래 질렀다.

"이 새끼는 왜 다 와서 지랄이야."

욕을 한 남상헌은 칼등으로 한조의 머리를 후려쳤다.

눈이 뒤집힌 한조가 입에 거품을 물며 기절했다.

남상헌은 기절한 한조를 개구멍으로 밀어 넣었다.

눈치 빠른 고명이 밖에서 그런 한조를 끌어당겼다.

그때, 한조가 지르는 소리를 들은 것인지 왜군이 웅성거리며 다가왔다.

남상헌은 주머니에서 진천탄 하나를 꺼내 목책에 부착했다.

이어 라이터로 불을 붙인 뒤에 자기도 개구멍을 빠져나갔다.

남상헌이 개구멍을 빠져나왔을 땐 이미 한조를 어깨에 짊어진 고명이 퇴로로 정해 둔 방향 쪽으로 전력 질주하고 있었다.

남상헌도 재빨리 그런 고명의 뒤를 쫓아갔다.

그 순간, 쾅 하는 폭음이 울리면서 불꽃이 사방으로 튀었다.

잠시 후, 군영 정문에서 왜군 기병 수십 명이 달려 나와 근처 언덕으로 달아나는 남상헌의 뒤를 추격해 들어왔다.

남상헌은 숨이 턱에 찰 때까지 죽어라 달렸다.

하지만 사람이 말의 속도를 이기기란 애초에 불가능한 일이다.

쫓기는 자와 쫓는 자의 간격이 빠르게 좁혀졌다.

남상헌이 왜군 기병에게 거의 따라잡혔을 때.

언덕 위에서 총알과 비격뢰가 빗발치듯 날아들었다.

퇴로 확보를 맡은 착호군 요원들이 엄호 사격을 개시한 거다.

남상헌은 그 틈에 추격을 따돌리고 언덕에 도착했다.

언덕에는 요원들이 가져다 놓은 군마가 있었다.

몸이 날렵한 고명은 기절한 한조를 군마 안장 뒤에 부려 놓은 뒤에 자기도 군마에 올라타 출발할 준비를 마친 상태였다.

남상헌도 얼른 다른 군마에 올라타 등자로 말 배를 후려쳤다.

풀을 뜯던 군마가 놀라 홰를 크게 치더니 앞으로 질주했다.

엄호하던 착호군 요원들은 남상헌과 고명이 떠난 뒤에 자기들도 말을 타고 사방으로 달아나 적의 추격을 분산시켰다.

왜군은 포기하지 않고 추격을 계속했다.

하지만 한조 쪽으로 접근할 때마다 착호군 요원이 이동 지점에 미리 설치해 둔 진천탄의 폭발에 휩쓸려 계속 방해받았다.

그렇게 이틀이 지났을 때.

착호군은 산속 깊은 곳으로 숨어 추격을 뿌리쳤다.

남상헌은 그새 한조를 제대로 구슬린 듯했다.

한조는 구운 고구마를 먹으며 남상헌의 얘기에 귀를 기울였다. 한조의 표정으로 봐선 거의 다 넘어온 거나 같았다.

반면 고명은 약초꾼이 쓰던 움막을 돌며 수상한 점이 있나 살폈다.

이내 이상이 없음을 확인한 고명은 움막과 이어진 가파른 오솔길을 바라보며 눈을 가늘게 뜨고 올라오는 이가 있나 확인했다.

길 주변에 착호군 요원들이 숨어서 주변을 경계하는 중이었다.

고명은 오솔길을 한참 보다가 머리를 넘기며 한숨을 쉬었다.

오늘까지 고검이 도착하지 않으면 그들은 용호군 수뇌부에 착호군 군장이 왜군 군영에서 실종되었다고 보고해야 했다.

그리고 실종은 사실상 전사를 의미했다.

그렇게 한 시진 넘게 서서 묵묵히 오솔길 방향만 쳐다보던 고명이 마침내 포기하고 남상헌 쪽으로 걸어가려 할 때였다.

산 밑에서 날카로운 휘파람 소리가 들려왔다.

"설마?"

잠시 후, 몹시 피곤해 보이는 표정을 한 고검이 한쪽 다리를 절룩이며 날이 다 빠진 왜도를 지팡이처럼 짚고 올라왔다.

착호군 요원이 옆에서 부축해 주려 할 때마다 고검이 소리쳤다.

"나 아직 쌩쌩해, 인마!"

고명은 중상을 입었음에도 전혀 변함없는 고검의 모습을 보면서 뭔가가 속에서 북받쳐 오르는 바람에 코끝이 시큰했다.

강원도의 선선한 바람이 오늘따라 유독 시원했다.

늦은 밤. 난 희정당에서 금군 대장 이상립의 보고를 받았다.

"조금 전, 세자 저하와 두 분 대비마마, 그리고 중전마마께서 개성에 무사히 도착해 숙소에 드셨다는 전갈을 받았사옵니다."

"세자가 놀라진 않았소?"

"듣기론 세자 저하가 아주 의연하게 대처하시어 중전마마 뿐만 아니라 두 분 대비마마까지도 감탄하였다고 하옵니다."

"하하. 그놈 참, 누굴 닮아 그리 용감한지."

"그야 전하를 닮아 그렇지 않겠사옵니까?"

"하하하, 그렇겠지?"

"분명하옵니다."

내 얼굴에 스스로 열심히 금칠하고 있을 때.

왕두석이 희정당 안으로 들어왔다.

"전하, 방금 용호군에서 연락이 왔사옵니다."

"뭐래?"

"팔장사가 수문을 터트려 왜적 3만 명을 수몰했다고 하옵니다."

"오오오!"

"현재는 물난리에서 살아남은 왜적을 소탕하고 있사온데, 소탕을 마치는 대로 남하해 훈련도감과 합류할 거라 하옵니다."

난 손뼉을 치며 일어섰다.

"역시 팔장사야! 어려운 작전을 완벽히 성공시켰어!"

이상립과 왕두석이 얼른 머리를 조아렸다.

"대승을 감축드리옵니다."

"대승을 감축드리옵니다."

하지만 기쁨도 잠시.

난 의자에 앉아 잠시 고민하다가 한 가지 지시를 내렸다.

"두석이 넌 지금 당장 통제사 이여발 대감에게 암호문을 보내라."

"암호문에 뭐라고 적을까요?"

"전라 수영 하나만 방어에 남겨 두고 충청 수영과 경상 수영은 강릉으로 이동해 왜적의 상륙 선단을 공격하라고 해라. 왜놈을 살려 보내 줄 순 있어도 군함만은 절대 안 된다!"

"바로 보내겠사옵니다!"

왕두석은 즉시 용호군 통신탑으로 달려갔다.

대궐에도 당연히 전서구를 키우는 용호군 통신탑이 있었다.

통신탑을 대궐에 설치한다고 했을 때, 반발이 만만치 않았다.

비둘기 냄새와 대소변 때문이다.

하지만 난 안보를 위해 그 정도 불편은 감수할 용의가 있었다.

다음 날 늦은 새벽. 전황을 표기한 조선 전도를 보며 고민할 때. 야간 당직인 홍귀남이 들어와 낭보를 전했다.

"착호군이 왜군 대장장이를 납치하는 데 성공했다고 하옵니다."

"그래? 넌 착호군에 즉시 과인의 명을 전해라."

"하명하시옵소서."

"생포한 대장장이를 서유럽회사 화기 연구소에 인계하여 왜적이 쓰는 유탄을 우리 공장에서도 생산할 수 있게 하라 전해라."

"바로 알리겠사옵니다."

홍귀남이 통신탑으로 달려가고 나서. 난 어느 정도 마음이 놓여 잠깐 눈을 붙이려 했다. 전쟁 기간 내내, 두 시간 이상 눈을 붙여 본 적이 없었다. 이젠 졸린 수준을 넘어 머리가 아예 멍했다.

그러나 멍석을 깔아 주면 오히려 못 한단 말이 맞았다.

아무리 눈을 감고 잠을 청해도 도통 잠이 오질 않았다.

더 최악은 눈을 감으니까 나쁜 생각만 계속 떠오른단 거다.

젠장!

"후우."

결국, 한숨을 내쉬며 침상에서 내려와 상선을 불렀다.

"상선."

"벌써 기침하셨사옵니까?"

"잠이 안 오는군."

"억지로라도 좀 주무셔야 하옵니다."

"잠이야 전쟁이 끝나면 원 없이 잘 수 있겠지."

상선은 어쩔 수 없다는 듯 궁녀들을 들여보냈다.

난 궁녀들이 가져온 물로 세안한 뒤에 죽으로 아침을 때웠다.

"잠깐 걸으면서 소화 좀 시켜야겠소."

"준비하겠사옵니다."

잠시 후, 난 금군의 삼엄한 경호를 받으며 후원을 산책했다.

왜군이 자객을 보낼 가능성이 아예 없다곤 할 수 없어 대궐에서 돌아다닐 때도 항시 금군의 철통같은 경호를 받았다.

춘당대를 거쳐 존덕정에서 잠시 숨을 돌릴 때다.

이상립이 중후하게 생긴 사내를 데려와 소개했다.

"이번에 열린 금군 무예 경연대회에서 우승한 이옵니다."

"처음 인사드리옵니다! 소장 최걸이라 하옵니다!"

난 절도 있기 군례를 취하며 머리를 조아리는 사내를 훑어보며 물었다.

"특기가 뭔가?"

"창술과 사격이옵니다."

"과인이 자넬 믿어도 되겠는가?"

"믿어 주시옵소서. 충심을 다할 것이옵니다."

외양으로는 충분히 믿을 만한 인사다. 다만, 그러기엔 지금껏 겪어 온 일들이 너무 많지 않나. 난 스킬을 발동해 최걸의 말이 진실인지 확인하며 다시 물었다.

"왕실과 국가가 서로 대립한다면 어떻게 할 건가?"

"소장은 금군으로 20년 넘게 복무했사옵니다."

"그래서?"

"꼭 하나를 택해야 한다면 소장에겐 왕실이 먼저일 것이옵니다."

"거짓말은 아니군."

"소장의 대답에 거짓이 조금이라도 섞여 있다면 끔찍한 천벌을 받아 죽는다고 해도 소장은 전혀 불평하지 않겠사옵니다."

난 일어나서 이상립에게 손을 내밀었다.

"준비한 걸 주시오."

"여기 있사옵니다."

이상립은 품 안에서 미리 작성해 둔 교지를 꺼내 두 손으로 바쳤다. 난 교지를 받아 최걸에게 하사했다.

"지금 이 자리에서 최걸 장군을 금군 우별장으로 정식 제수하겠소. 앞으로 왕실을 수호하는 데 성심을 다해야 할 것이오."

"성은이 망극하옵니다!"

절을 올린 최걸이 떨리는 손으로 교지를 받아 품에 넣었다.

난 이상립, 최걸을 데리고 희정당으로 돌아가며 명했다.

"과인은 곧 훈련도감과 통제영을 크게 확충할 계획이오. 아마 육, 수군 합쳐 30만쯤 되겠지."

"……!"

그 말에 이상립과 최걸이 놀란 표정을 숨기지 못했다.

아무리 많이 확충해 봐야 20만은 넘지 않을 거로 생각하던 두 사람에게 그보다 10만이 많은 30만은 충격을 주었다.

난 모르는 척 말을 이어 갔다.

"그렇게 되면 군부의 힘이 자연히 강해질 수밖에 없소."

"……."

내밀한 이야기임을 직감한 둘은 숨소리조차 크게 내지 못했다.

"물론, 내가 이완 장군이나 이여발 장군을 믿지 못한단 뜻은 아니오. 그들은 다시없을 충신이니. 하지만 그 두 사람이 언제까지고 현역으로 있을 수는 없지 않겠소? 그래서 과인은 미리 대비해 두려는 거요."

이상립이 눈을 번득이며 물었다.

"금군에 따로 명하실 일이 있으시옵니까?"

"금군 수를 단계적으로 늘려 5만 명까지 확충하시오. 또한 금위청과 나눠 맡던 도성 방위는 앞으론 금군이 전담하시오."

이상립은 최걸과 눈빛을 신중하게 교환하고 나서 대답했다.

"바로 조치하겠사옵니다."

"좋소."

난 희정당 앞에 멈춰 서서 고개를 돌렸다.

"여기서 원주까지 얼마나 걸리오?"

"말을 타고 전속력으로 달리면 사흘쯤 걸리옵니다."

이상립의 대답을 들고 나서 방향을 바꿔 마구간으로 걸어

갔다.

"그러면 잠깐 들르기로 하지."

이상립이 식겁해 되물었다.

"어디를 들르신단 말씀이옵니까?"

"어디겠소? 당연히 원주지."

"아니 되옵니다, 전하!"

"총 들고 싸우러 가는 것도 아닌데 뭘 그리 기겁하는 거요?"

"전하, 우선 의정부와 논의한 연후에 출타하심이……."

"금군 대장은 과인을 겁쟁이로 만들 생각이오?"

"그, 그게 무슨 말씀이시옵니까?"

"과인이 이번 전쟁 내내 안전한 도성에만 머물러 있으면 후세의 역사가들이 과인을 뭐라 평가하겠소? 과인이 죽음이 두려운 나머지 거북이처럼 꼭꼭 숨어 있었다고 평하지 않겠소?"

"그게 무슨 말도 안 되는……."

"지금 과인의 어명을 개소리로 치부한 거요?"

"아, 아니옵니다……."

"이해한 것 같으니까 이제 출발만 하면 되겠군."

역시 말문을 틀어막는 덴 탈룰라만 한 게 없지.

난 금군이 급히 끌고 온 어마를 쓰다듬으며 최걸에게 명했다.

"이번 원주행 호위는 실력도 볼 겸, 최 장군이 맡으면 되겠군."

최걸이 감격한 표정으로 바로 군례를 취했다.

"맡겨 주시옵소서!"

난 어마에 올라타고 나서 이상립에게 넌지시 분부했다.

"과인이 출발하고 반나절쯤 지나 의정부에 통보하시오."

"정승들이 출타하신 이유를 물어보면 어찌 대답해야 하옵니까?"

"전쟁을 끝내러 간다고 하시오."

이상립에게 대답할 말을 알려 주고 나서 바로 원주로 출발했다.

최걸은 금군 1,000여 명으로 그런 내 주위를 에워싸 왜적은커녕, 물 한 방울 새어 들어오지 못하게 철저히 방비했다.

덕분에 원주로 가는 동안, 별일 없었다.

왜군도 우리 후방에 정보 수집과 각종 공작을 위해 그들이 자랑하는 닌자, 즉 인자를 대거 뿌려 뒀을 테지만 금군 1,000명이 지키는 어가 행렬을 건드릴 만큼 담이 크진 않았다.

소식을 들었는지 훈련도감에서 마중을 나왔다.

도원수 이완이 직접 왔으면 전선 사령관이 전투와 별 상관없는 문제로 전선을 이탈한 것을 문제 삼아 한마디 하려 했다.

근데 다행히 우리 장군들은 그런 거에 철저했다.

훈련도감에선 유혁연을 보내 맞이했으니까.

덕분에 시어머니처럼 잔소리하는 일도 없었다.

유혁연이 옆에서 같이 말을 달리며 물었다.

"사령부가 있는 원주 감영으로 먼저 가시겠사옵니까?"

"감영으로?"

"지금쯤 참모들이 전하께 보고할 준비를 마쳤을 것이옵니다."

임금이 직접 행차했으니 당연한 일이겠지.

사단장이 방문할지 모른다는 썰만 들려도 쓸고 닦고 난리도 아니지 않던가. 그렇기에 내가 할 말은 정해져 있었다.

"감영으로는 가지 않겠소."

"이유를 여쭤봐도 되겠사옵니까?"

"과인이 원주 감영에 가서 임금이라고 거들먹거리면 훈련도감의 지휘관들이 어찌 마음 놓고 이번 전투를 지휘하겠소? 하여 안 가느니만 못하기에 감영으론 가지 않겠소."

"하오면?"

"전선을 살펴봐야겠소. 여기서 전선까지 얼마나 되오?"

"전하께서 직접 행차하시기엔 너무 위험하옵니다."

"가지 말라는 이유가 무엇이오?"

"전선에 가셨다가 혹여라도 옥체에 불경한 일이라도 생기면 소장이 어찌 얼굴을 들고 하늘을 올려다볼 수 있겠사옵니까?"

"도제조 대감의 말이 타당하오. 다만 이 또한 직접 찾아가 보겠다는 뜻이 아니오. 전선 상황을 한눈에 볼 수 있는 장소가 근처에 있소?"

　잠시 고민하던 유혁연이 같이 온 별장 하나를 불러 지시했다.

"병력을 데려가 오룡봉 남쪽 언덕에 임시 진지를 구축해 놓거라."

"예, 대감!"

　대답한 별장은 병력을 인솔해 남서쪽으로 달려갔다.

"전하, 신이 안내하겠사옵니다."

　유혁연의 안내를 받으며 별장이 달려간 방향으로 이동했다.

그로부터 얼마 지나지 않아, 어가는 오룡봉 초입에 도착했다.

근데 정말 전장과 상당히 가까워진 듯했다.

초입을 지나 위로 올라갈수록 좀 전까진 은은하게 들려오던 포성이 점점 커지더니 언덕에 도착했을 땐 고막까지 울렸다.

언덕 주위엔 참매로 무장한 병력 수백 명이 경계를 서고 있었고 언덕 끝 벼랑 쪽에는 위장용 그늘막이 설치되어 있었다.

"이쪽으로 오시옵소서."

유혁연을 따라 그늘막 안으로 들어가는 순간. 포연이 자욱한 거대한 전장이 파노라마처럼 눈앞에 펼쳐졌다.

회전이 벌어지는 대규모 전장을 가까이서 보는 건 처음이었다. 한동안은 광경에 압도되어 말을 제대로 잇지 못했다.

"망원경으로 보시옵소서."

유혁연이 건넨 망원경으로 훈련도감 전선 상황부터 확인했다. 훈련도감은 방벽을 세 개 쌓아 농성 중이었다.

각 방벽은 시멘트와 철근으로 만들었는데, 너비만 1미터에 달해 왜군이 화포 전차 대신에 미사일을 쏴도 안전할 듯했다.

방벽 위에는 철조망이 두껍게 설치되어 있었다.

가장 안쪽에는 콘크리트로 만든 포대가 자리했다.

거리가 멀어서 정확히 보이진 않지만, 천둥 1형 200문 정도가 연신 불을 뿜으며 진격해 오는 왜군을 분쇄하고 있었다.

난 망원경 방향을 동쪽 끝으로 돌렸다.

그곳엔 막사 수천 개로 만든 왜군의 야전 주둔지가 있었다.

왜군은 주둔지 주위에 대형 깃발 수백 개를 꽂아 두었다.

바람이 불 때마다 깃발이 나부끼는 모습이 꽤 웅장해 보였다.

마지막으로 전투가 벌어지는 전선 상황을 확인했다.

왜군은 놀랍게도 훈련도감이 건설한 방벽 두 개를 차례로 점령한 상태에서 마지막 방벽을 미친 듯이 공략하는 중이었다.

물론, 왜군도 방벽을 손쉽게 점령하진 못했다.

첫 번째와 두 번째 방벽은 원래 회색에 가까웠다.

한데 지금은 피로 덧칠한 거처럼 검붉은색으로 물들어 있었다. 얼마나 많은 병력을 갈아 넣어야 저렇게 되는 거지?

전선을 확인하며 유혁연에게 물었다.

"지금은 어떤 부대가 막고 있소?"

"금위청과 총융청이옵니다."

"장용청, 수어청, 어영청은 휴식 중이오?"

"어영청은 며칠 전 왜적의 대공세를 막다가 피해를 크게 입어 재정비 중이옵고, 장용청과 수어청은 엊그제까지 전선에서 왜적을 막다가 지금은 마지노선 측면을 막고 있사옵니다."

마지노선은 저 방벽들을 가리키는 암호명이다.

당연히 이 이름은 내가 지은 것이다.

마지노선은 도성으로 가기 위해 꼭 뚫어야 하는 목진지에 설치되어 있었는데, 그 양쪽으로 소규모 부대가 이동할 수 있는 소로가 몇 개 있어 미리 병력을 보내 단단히 틀어막았다.

그렇지 않으면 측면이 뚫려 망한 프랑스 꼴이 난다.

그렇게 한 시간쯤 지켜봤을 때. 왜군이 엄청난 출혈을 감수해 가며 세 번째 방벽 일부를 뚫었다.

나도 모르게 망원경을 잡은 손에 힘이 들어갔다.

세 번째 방벽에 구멍이 뚫리는 순간. 왜군은 내장 냄새를 맡은 하이에나처럼 그쪽으로 몰려들었다.

그 수가 얼마나 많은지 무슨 물고기 떼가 모여드는 기분이다.

"저거 위험한 거 아니오?"

망원경으로 같은 곳을 주시하던 유혁연이 평온한 얼굴로 대답했다.

"훈련도감 포병은 세계 최강의 실력을 지녔사옵니다."

그 말이 끝나기도 전에 훈련도감 포병이 일제 포격을 가했다.

곧 철환 수십 발이 구멍 난 지점에 폭풍처럼 쏟아졌다.

철환은 말 그대로 쇳덩이다.

사람을 부수는 게 아니라, 아예 고깃덩이로 만든다.

왜군 역시 그런 전철을 피하지 못했다.

피와 살점이 사방으로 튀어 붉은 구름처럼 변했다.

난 올라오는 욕지기를 가까스로 내리눌렀다.

이제야 방벽 색깔이 검붉게 변한 이유를 알 거 같았다.

처음에는 단순히 피를 너무 많이 흘려서 그런 건 줄 알았다.

근데 그게 아니었다.

철환이 아예 사람을 문자 그대로 방벽 위에서 믹서기처럼 갈아 대는 바람에 방벽 색깔이 저런 검붉은색으로 변한 거다.

그럼에도 왜군은 철환에 갈려 나가면서도 끝까지 방벽을 뚫으려 들었다.

난 그 모습을 보며 소름이 끼쳤다.

왜군의 인명 경시 풍조는 이때도 이미 있었던 거다.

조상 놈들부터 저랬으니까 뤼순 203고지 전투나 반자이 돌격, 가미카제 같은 괴상한 짓거리를 할 수 있었던 거겠지.

왜군도 야포를 쓰긴 했다.

그들이 점령한 두 번째 방벽 위에서 왜군이 자랑하는 화포 전차 100여 문이 세 번째 방벽으로 유탄을 계속 쏘았다.

하지만 효과가 거의 없었다.

첫 번째 방벽보다 두 번째 방벽이 두 배 높았다.

그리고 두 번째 방벽보단 세 번째 방벽이 두 배 높았다.

두 번째 방벽에서 아무리 화포로 유탄을 쏴 봐야 세 번째 방벽을 넘어 그 뒤에 숨어 있는 조선군을 타격할 방법이 없다.

곡사가 가능하다면 또 모를까.

하지만 왜군이 쓰는 소구경 화포론 쉽지 않다.

물론, 억지로 포구 각도를 높여 쏠 순 있다.

그렇게 하면 지연신관을 사용하는 유탄이 공중에 머무르는 시간이 너무 길어져 효과적인 피해를 주지 못하는 게 문제지.

그때, 내 눈을 의심할 만한 광경이 펼쳐졌다.

저 악랄한 새끼들!

왜군이 동료의 시체를 쌓아 토성을 만들기 시작한 거다.

그나마 뭔가 효과라도 있으면 의미를 찾을 수 있을 텐데 훈련도감 포병의 집중 포격을 맞고 토성도 곧 허물어져 버렸다.

그래도 왜군은 끝까지 포기하지 않았다.

오히려 막는 훈련도감 병력이 먼저 지칠 정도였다.

이완은 마지노선 측면을 방어하던 장용청과 수어청을 금위청, 총융청과 교대시켜 끊임없이 밀려드는 왜군을 막았다.

해가 기울어 노을이 지고 있음에도 전투는 끝날 기미가 없었다.

그야말로 피비린내가 물씬 나는 혈전이었다.

이곳 오룡봉에까지 화약 냄새와 비릿한 피 냄새가 풍겨 왔다.

가끔 바람마저 불지 않을 땐 흑색 화약이 만든 연기가 구름처럼 전장을 온통 뒤엎었는데 그래도 전투는 중단되지 않았다.

포성과 총성, 함성과 악다구니가 연기를 뚫고 들려왔다.

충혈된 눈자위를 주무르고 나서 유혁연에게 물었다.

"왜군은 매일 이런 방식으로 싸워 왔던 거요?"

유혁연이 심각한 얼굴로 고개를 저었다.

"오늘이 특히 심한 것 같사옵니다. 아무래도……."

"아무래도?"

"저희가 기다리던 공세 종말점이 찾아온 듯하옵니다."

"그렇소?"

"통제영 경상 수영이 속도가 빠른 이순신급을 모아 울릉도 근해에서 왜군 보급선을 약탈한다고 들었사옵니다. 거기다 강릉항에서 이곳 원주가 그리 가까운 거리도 아니지 않사옵니까? 아마 보급에 차질을 빚은 지 꽤 되었을 것이옵니다."

"도제조 대감의 말처럼 되었으면 좋겠군."

"물론, 아직은 소장의 추측일 따름이옵니다."

"그러면 그거 외에 다른 이유가 있을지도 모른단 거요?"

"한 가지 있사옵니다."

"무엇이오?"

유혁연은 차분한 얼굴로 의견을 꺼내 들었다.

"왜군이 양동 공격을 계획하는 중일 수도 있사옵니다."

"이 시점에 그런 여력이 있을 거라 보시오?"

"마지막 한 방울까지 쥐어짠다면 얼추 흉내는 낼 것이옵니다."

"양동 공격이라……. 그렇다면 왜군이 오늘 유독 악착같이 나오는 이유는 우리가 방벽에만 집중하길 바라서란 뜻이겠군."

"그렇사옵니다."

"양동 공격의 주공은 어디라 보시오?"

유혁연은 극비라 적힌 전장 지도를 꺼내 설명했다.

"남쪽은 경사가 가파르고 험해 양동 공격의 의미가 없사옵니다."

"그렇게 생각하는 이유가 있겠지."

"양동 공격의 목표는 도성을 치는 것이 아니기 때문이옵니다."

"그러면 저들이 노리는 진짜 목표는 무엇이오?"

유혁연이 손으로 반원을 그린 뒤에 훈련도감 본진을 찍었다.

"전선을 돌파해 훈련도감 본진의 후방을 기습하는 것이옵니다. 이를 성공적으로 수행하기 위해서는 병력을 찔끔찔끔 보내선 안 되옵니다. 축차 소모할 가능성이 크기 때문이옵니다."

"그렇겠지. 우리 본진도 자체 방어를 하고 있을 테니까."

"해서 본진 기습에 성공하기 위해선 한 번에 대규모 병력을 투사해야 하는데, 남쪽과 같은 환경에서는 불가능하옵니다."

"남쪽이 힘들다면 북쪽은 어떻소?"

"북쪽은 그나마 가능성이 있사옵니다. 나무와 관목이 빽빽하게 자라 있긴 하지만, 지대가 평평해 보병만 보낸다면 짧은 시간에 대군을 우회시킬 수 있사옵니다."

"그럼 북쪽을 지키는 병력은 있소? 아까 도제조 대감은 훈련도감 병력 일부로 측면을 방어한다고 하지 않았소?"

"병력에 한계가 있어 이 지점까지 방어하는 건 무리이옵니다."

난 말을 멈추고 유혁연의 표정을 관찰했다.

훈련도감을 이끄는 최고 수뇌부인 그가 이번 포진이 가진 약점을 임금에게 설명하면서도 전혀 걱정하는 기색이 없었다.

그렇다면 그 말은?

"이미 대비책이 있는 거로군."

"그렇사옵니다. 이곳에는 이미 팔장사가 들어가 있사옵니다."

"아, 그래. 팔장사가 있었지."

"춘천에서 왜적을 소탕하고 산을 넘어온 팔장사를 여기 투입해 혹시 있을지 모르는 양동 공격에 대비하고 있사옵니다."

역시 프로는 다르군.

나 같은 아마추어랑 다르게 몇 수 앞을 내다보고 있어.

난 어둠에 잠긴 북쪽 숲 쪽으로 시선을 돌렸다.

◆ ◈ ◆

조지웅은 참호에 들어가 정면을 응시했다.

숲은 이미 한참 전에 어두워져 시계가 불량했다.

다행히 2, 30분이 지났을 때는 눈도 점차 어둠에 익숙해졌다.

그렇다고 대낮처럼 볼 수 있단 말은 아니다.

적이 눈앞에 있어도 모를 정도는 아니란 소리다.

조지웅은 특수전학교에서 배운 내용을 떠올렸다.

교관은 이럴 때 눈보단 귀를 활용하라고 했다.

인간의 청력이 짐승보다 못하긴 해도 꽤 쓸 만한 건 사실이다.

그렇게 3, 40분을 기다렸을 무렵.

바스락!

갑자기 낙엽 밟는 소리가 아스라이 들려왔다.

팔장사가 내는 소리는 절대 아니었다.

대장사 오효성이 참호에 똥오줌을 싸는 한이 있더라도 절대 밖으로 나와선 안 된단 지시를 장사 전원에게 내린 상태다.

그렇다면 저 소리는 두 가지 중 하나일 거다.

짐승, 아니면 왜군.

바스락거리는 소리는 이제 사방에서 들려왔다.

그리고 시간이 지날수록 점점 커졌다.

왜군이 틀림없었다.

조지웅은 장전한 참매를 참호 밖으로 내밀었다.

그렇게 1분을 더 기다렸을 때. 마침내 어둠 속에서 진격해 오는 왜군이 육안으로도 보였다.

조지웅은 고개를 들어 하늘을 보았다.

아직인가?

막 그런 생각을 하는데 불화살 수십 발이 숲을 가로질렀다.

"지금이다!"

부하들에게 소리친 조지웅은 참매의 방아쇠를 당겼다.

타타타타타탕!

참호마다 총구 불꽃이 번쩍이는 게 무슨 축제를 보는 듯했다.

조지웅은 이어 비격뢰를 있는 대로 던졌다.

펑펑펑펑펑!

여기저기서 비격뢰가 폭발하며 섬광이 불꽃처럼 피었다.

그때, 왜군 쪽에서 엄청난 함성이 울렸다.

흠칫한 조지웅은 급히 소리쳤다.

"놈들이 백병전을 시도한다! 모두 준비하라!"

그 말이 끝나기 무섭게 왜군이 칼과 창을 들고 덤벼들었다.

조지웅은 환도를 뽑아 왜군을 베어 넘겼다.

핏물이 얼굴에 튀어 앞이 잘 안 보였지만 급히 몸을 날렸다.

왜군이 찌른 창이 참호 뒷벽을 뚫고 들어갔다.

조지웅은 왼손으로 창대를 잡고 오른손으로 환도를 내리쳤다.

얼굴이 반으로 잘린 왜군이 괴성을 지르며 쓰러졌다.

"별것 아니다! 침착하게 대응하라!"

팔장사가 보병이었다면 왜군의 돌격이 통했을 수도 있었다.

무시무시한 흉기를 손에 쥐고 악에 받쳐 달려드는 왜군을 지켜보며 두려움을 느끼지 않을 병사는 거의 없기 때문이다.

하지만 팔장사는 백병전 훈련을 평소에도 많이 했다.

거의 사격 훈련 다음이라 봐도 무방하다.

덕분에 긴장은 할 수 있어도 겁을 먹진 않았다.

왜군은 1파가 분쇄되기 무섭게 2파를 투입했다.

이를 막아 내는 조지웅은 숨이 턱에 차고 팔이 부들부들 떨렸다.

하지만 참호를 포기하고 달아나진 않았다.

다른 장사들도 마찬가지였다.

팔장사가 최후의 보루임을 알고 전선을 피로 사수했다.

2파를 가까스로 막아 냈을 때.

조지웅은 숨을 몰아쉬며 전방을 노려보았다.

이젠 왜군도 더는 투입할 병력이 없을 거라 믿었다.

그러나 역시 섣부른 기대는 하지 말아야 했다.

왜군은 기어코 3파를 출격시켰다.

조지웅은 환도 손잡이에 묻은 피를 옷에 닦았다.

피와 땀에 젖어 있어 이대로 휘두르면 환도를 놓칠 수도 있었다.

그렇게 마음을 다잡으며 곧이어 밀어닥칠 공세를 기다리고 있을 때. 이내 모습을 드러낸 3파를 보고 조지웅은 경악할 수밖에 없었다.

10대 초중반 애들과 머리카락이 센 노인들이었기 때문이다.

그러나 놀람도 잠시. 금세 냉정함을 되찾은 조지웅은 달려드는 적들을 향해 환도를 휘둘렀다.

그들이 불쌍하단 생각은 들지 않았다.

오히려 저런 이들까지 병사로 내몬 왜장에 대한 분노가 컸다.

여러 감정이 교차하는 와중에도 그의 손은 결코 쉬지 않았다.

결국, 왜군의 양동 공격은 처참한 실패로 끝났다.

기진맥진한 조지웅은 고개를 돌려 남쪽을 보였다.

나무에 가려 보이진 않지만, 훈련도감 전선의 상황에 따라 이번 전쟁도 슬슬 결판이 날 것 같다는 느낌을 받아서였다.

그런 조지웅의 직감은 정확히 맞아떨어졌다.

◆ ◈ ◆

야간에도 공격을 이어 가던 왜군이 갑자기 썰물처럼 빠졌다.

전령과 얘기하던 유혁연이 돌아와 보고했다.

"전하, 예상대로 왜적이 양동 공격을 감행했사옵니다."

"놈들이 퇴각하는 걸 보니까 실패한 모양이군."

"그렇사옵니다. 팔장사가 완벽히 막아 냈다고 하옵니다."

난 달빛 속에서 어슴푸레하게 빛나는 왜군 군영을 보며 말했다.

"한 놈도 살려 보내지 말라고 전군에 전하시오."

"예, 전하.."

그때부터 왜군은 일패도지했다.

훈련도감은 왜군을 추격하며 적을 학살했다.

강릉항까지 살아 돌아간 왜군은 고작 6,000여 명에 불과했다.

그러나 살아남은 이들에게도 희망 따윈 존재하지 않았다.

왜국으로 도망칠 수 있는 길은 없었으니까.

포항에서 올라온 통제영 수군이 강릉항에 정박해 있던 왜군 대함대를 박살 내 왜군이 타고 갈 수송함마저 모조리 수장시켜 버린 것이다.

그 시각, 대궐로 돌아와 전황 보고를 기다릴 때였다.

갑자기 눈앞에 문자가 떠올랐다.

오노 이시카와 플레이어 사망!

남은 수명: 10,224일

패시브 스킬: 미카와의 가신

액티브 스킬: 아메노 마히토쓰노의 칼

이건 또 뭐야?

설마 도쿠가와 이에쓰나가 친정했던 건가?

어찌 되었든 나로선 행운이군.

뭐 그래도 왜국을 정벌하겠다는 생각엔 변함없지만 말이야.

이에쓰나는 죽었어도 삿초 동맹 놈들은 아직 본토에 있으
니까.

어쩌면 이번 전쟁의 난관은 지금부터일지도 모르겠군.

이완은 말을 타고 강릉항의 왜군 주둔지로 들어섰다.

물비늘이 반짝이는 바다에선 아직도 포성과 연기가 올라왔다.

수군이 왜군 수군 잔당을 소탕 중인 듯했다.

이완은 그 모습을 보고 고개를 끄덕였다.

대궐에서 전 군에 하달한 명령은 명확했다.

왜군은 살려 보내도 된다.

하지만 군함은 절대 한 척도 돌려보내선 안 된다.

수군은 그 명을 수행하기 위해 왜군 군함을 철저히 파괴했다.

이완은 철통같은 호위를 받으며 왜군 주둔지를 돌아보았다.

주둔지에 집결한 왜군은 이틀 넘게 격렬히 저항했다.

하지만 강력한 공세에 정문이 돌파되는 순간.

왜군 사이에 내분이 일어나 자중지란을 일으켰고, 결국 스스로 무장을 해제하고 백기를 들었다.

소식을 접한 이완은 즉시 금위청에 항복을 받아 주라고 명했다.

지금은 항복 작업을 감독하기 위해 직접 나선 길이었고.

이완이 군마에서 내렸을 때.

체구가 작고 얼굴이 하얀 중년 사내가 다가왔다.

"오셨습니까?"

"오, 금위청 유엽 대장이군."

"현재 포로들의 무장 해제는 완료한 상태입니다."

"유 장군이 어련히 알아서 잘했겠지."

유엽은 가벼운 목례로 상관의 칭찬에 답했다.

이완이 유엽의 어깨를 두드리며 물었다.

"금위청이 가장 먼저 왜군 군영의 정문을 뚫었다지?"

"운이 좋았습니다."

"허허, 유 장군은 겸손하기까지 하군."

유엽은 멋쩍어하며 이완을 강릉항 공터로 데려갔다.

그곳에는 항복한 왜군이 세 부류로 나뉘어 있었다.

먼저 도쿠가와 막부군의 핵심축이라 할 수 있는 사무라이들은 갑옷이 벗겨진 채 무릎을 꿇린 자세로 결박되어 있었다.

그 옆에는 아시가루 수천 명이 앉아 있었는데, 사무라이와는 다르게 결박도 되어 있지 않고 무릎을 꿇고 있지도 않았다.

이완이 사무라이와 아시가루를 번갈아 보다가 유엽에게 물었다.

"내가 놓친 부분이 있나?"

"전에 말씀드린 왜군 사이의 내분 때문입니다."

"자세히 말해 보게."

"사무라이들이 아시가루들을 협박했다고 합니다."

"뭐라고 하면서 협박했나?"

"주군도 죽은 마당에 구차하게 목숨을 구걸하는 건 사무라이 정신에 어긋난다며 다 같이 명예롭게 옥쇄하자고 했답니다."

"참으로 지독한 새끼들이군."

유엽은 상관의 욕설을 듣지 못한 사람처럼 설명을 이어 갔다.

"아시가루들이 반발하면서 사무라이와 아시가루 사이에 내전이 벌어졌는데, 숫자가 많은 아시가루 쪽이 이겼다고 합니다."

"그래서 생각보다 쉽게 항복했던 거로군."

"그렇습니다."

이완의 시선이 민간인 복장을 한 100여 명 쪽으로 이동했다. 그들은 그늘에 삼삼오오 모여앉아 전투 식량을 먹고 있었다. 누가 보면 포로가 아니라, 조선 백성으로 착각할 듯했다.

"저들이 그들인가?"

"예, 장군. 목수와 대장장이들입니다."

"잘했네."

유엽이 조심스럽게 물었다.

"대궐에서 포로 처분에 대한 방침이 내려왔습니까?"

"그렇네."

"어떻습니까?"

"사무라이는 조용히 처리하란 명이네."

"그런 명을 내리신 연유를 알 수 있겠습니까?"

"사무라이 같은 놈들은 전향시킬 수 없네. 이미 머릿속에 똥만 가득 차 있으니까. 뭐 똥이야 빼낼 수 있겠지. 하지만 아무리 박박 닦아도 구린 냄새는 잘 지워지지 않는 법이지."

"무슨 말씀이신지 이해했습니다."

"아시가루는 용호군에 넘기게. 용호군이 광산에서 일을 시키며 쓸 만한 놈과 쓸모없는 놈을 가려 포섭한다고 했으니까."

"분부대로 처리하겠습니다."

"마지막으로 목수와 대장장이는 한 명도 빠짐없이 서유럽 회사로 데려가게."

"즉시 조치하겠습니다."

대답한 유엽은 바로 참모를 불러 포로 처리에 들어갔다.

결박당한 사무라이들은 몸에 돌을 묶어 전부 바다에 수장했다.

그리고 아시가루들은 이미 도착해 있던 용호군 쪽에 넘겼다.

철을 포함한 각종 금속의 수요가 급격히 늘어나면서 전에 붙잡아 온 정씨 왕국 병사들만으로는 광산을 꾸려 가기가 점차 버겁던 참이었는데 이번 일로 숨통이 어느 정도 트일 거 같았다.

마지막으로 목수와 대장장이는 귀한 대접을 받으며 도성으로 향했다.

이후 서유럽회사 화기 연구소에 있는 한조와 묶어 가진 기술을 최대한 빠르게 빼낼 예정이었다.

용호군이 포로를 상대로 조사한 결과.

왜군의 기술 수준이 예상보다 훨씬 더 뛰어났다.

특히 총신과 포신 내부에 선조를 뚫는 데 필요한 드릴 제조 기술이 뛰어났는데 계획대로만 진행되면 조선군도 천둥과 참매에 선조를 파서 군의 전체적인 전력을 높일 수 있었다.

그리고 유탄 제조 기술은 감탄이 일 정도였다.

조선군을 한때 애먹일 정도로 뛰어난 지연신관을 만드는 데 성공한 것으로 모자라, 충격신관까지 개발하던 중이었다.

더구나 거의 완성 직전이나 다름없어서, 아마 전투가 좀 더 길어졌다면 조선군도 왜군을 제압하기가 쉽지 않았을 거다.

그 외에도 여러 가지 면에서 조선에 도움 될 만한 기술을 많이 보유해 이번 전쟁이 아주 밑지는 장사는 아닌 듯했다.

물론, 밑지는 장사 정도로 만족할 리도 없었지만.

이완은 군영 중앙에 있는 거대한 막사를 보며 물었다.

"저긴가?"

유엽이 바로 따라와 대답했다.

"예, 장군."

"전하께 장계를 올리기 전에 내 직접 봐야겠네. 안내하게."

"꽤 참혹합니다."

유엽이 조심스럽게 만류의 뜻을 내비쳤으나, 이완은 전혀 개의치 않았다.

"괜찮네. 나도 군 생활 하면서 못 볼 꼴 많이 봤으니까."

"알겠습니다."

유엽이 막사 문을 여는 순간.

썩은 피비린내가 훅 끼쳐 와 숨이 안 쉬어질 정도였다.

"흐음."

이완은 심호흡한 뒤에 안으로 들어갔다.

거대한 막사 안은 말 그대로 광기가 휩쓸고 간 지옥 같았다.

수십 명이 넘는 고위 사무라이가 할복해 죽은 상태로 여기 저기 널려 있어 피와 내장 때문에 발 디딜 데가 많지 않았다.

거기다 할복할 때 고통을 줄여 준답시고 목까지 치는 바람에 목이 제대로 붙어 있는 시체를 찾는 게 불가능할 지경이었다.

회의 장소로 쓰던 공간을 돌아 뒤쪽으로 이동했다.

주렴을 친 곳을 지나 내실로 들어가는 순간. 다다미 위에 비단옷을 입은 시체 한 구가 널브러져 있었다.

마찬가지로 할복한 상태였는데 뭔가 이상했다.

당연히 근처에 있어야 할 머리가 아무리 찾아도 보이지 않아서다.

"쇼군 도쿠가와 이에쓰나의 시체가 확실한가?"

"포로를 고문해 이에쓰나가 맞단 대답을 들었습니다. 아마 우리가 효수할 걸 미리 알고 머리만 따로 처리한 듯합니다."

"그래도 대가리가 없어서 큰일이군. 전하께 도쿠가와 이에

쓰나가 죽었다고 보고했다가 그게 사실이 아닌 걸로 판명 나면 나 하나 죽는 선에서 끝나지 않을 거 같아 하는 말이네."

"병사들을 풀어 최대한 찾아보겠습니다."

"번거롭더라도 중요한 일이니 부탁하네."

"걱정 마십시오, 장군."

이완은 그 자리에서 도성에 장계를 적어 올렸다.

다음 날, 전서구를 통해 대궐의 지시가 내려왔다.

이에쓰나가 맞으니까 머리를 찾을 필요 없단 지시였다.

이완은 그제야 안심했다.

찾지 말라고 했으니까 이 문젠 이제 그의 소관이 아니었다.

이완은 바로 이에쓰나의 시체를 도성으로 보냈다.

며칠 후, 통제영에서 울릉도를 수복했다는 소식을 전해 왔다.

아울러 울릉도를 수복한 김에 근처에 있는 독도에 함대 일부를 보내 독도가 조선의 영토임을 공인하는 대형 비석을 세우고 정상에는 임시 초소까지 설치했다고 한다.

울릉도 수복을 끝으로 2차 조왜 전쟁은 막을 내렸다.

난 전쟁이 일단락되었단 말을 듣고 미루어 둔 일을 처리했다.

바로 전쟁에서 개인적으로 얻은 전리품을 확인하는 일이었다.

남은 수명: 10,224일

패시브 스킬: 미카와의 가신

액티브 스킬: 아메노 마히토쓰노의 칼

어디 보자.

일단 수명은 마음에 드네.

10,224면 거의 28년이니까.

근데 얘는 수명도 많이 남았는데 왜 할복한 거지?

쇼군으로 살다 보니까 자기가 정말 사무라이라도 된 줄 알

았나?

뭐 나야 나쁠 건 없지만.

이제 스킬을 살펴봐야겠군.

미카와의 가신? 미카와면 도쿠카와 가문의 정치적 고향 같

은 곳이잖아?

미카와의 가신! (SSS)

도쿠가와 이에야스가 이마가와 요시모토의 인질로 가 있

었을 때, 미카와에 남은 가신단의 헌신적인 노력 덕분에 미카

와를 되찾고 훗날 에도 막부를 여는 초석을 다질 수 있었다.

　※ 스킬 레벨이 오르면 부하의 충성도와 능력이 같이 올라

간다.

　레벨: 4

엄청나네.

유저는 다른 플레이어가 쳐들어오는 상황보다 부하가 반란을 일으켜 자길 죽이려 드는 상황을 더 걱정할 수밖에 없다.

다른 플레이어가 쳐들어오는 건 눈에 보이지만 부하 중에 누가 역심을 품고 있는지는 알아내기가 쉽지 않기 때문이다.

나도 그래서 왕인을 구축해 정치적인 방벽을 세웠다. 무엇보다 군 인사에 특히 심혈을 기울이는 이유도 그 때문이고.

근데 미카와의 가신은 유저에게 그런 걱정을 덜게 해 주었다. 거기다 보너스로 부하들의 능력까지 올려 준다니!

왜군이 예상을 뛰어넘는 기술을 갖고 있던 이유가 이거였겠군.

난 주저 없이 패시브 스킬 하나를 미카와의 가신으로 바꿨다.

패시브 스킬에 이어 액티브 스킬도 확인했다.

아메노 마히토쓰노의 칼! (SSS)

아메노 마히토쓰노는 일본의 대장장이 신이다.

스킬을 사용하면 금속과 관련된 공정 기술이 크게 상승한다.

스킬 지속 시간: 100시간

스킬 재사용 대기시간: 1,000시간

이것도 괜찮네.

다만, 버프로 나왔으면 더 좋았을 거 같긴 하지만.

버프라면 남에게 얼마든지 걸어 줄 수 있지만 스킬은 내가 직접 연구할 때나 유용한 법이니까.

전리품까지 확인하고 나선 전후 처리 문제로 정신이 없었다.

가장 먼저 군의 사기를 북돋기 위해 부상자를 치료하고 전사자를 예우했으며 전공을 세운 이들에게는 훈장을 수여했다.

이어 몇 가지 문제를 처리하는 동안.

시간은 빠르게 흘러 어느덧 중전의 둘째 출산일이 임박했다.

첫째 때처럼 떨리진 않았지만 그래도 걱정되긴 마찬가지였다.

아기가 거꾸로 들어서기만 해도 아기도 죽고 산모도 죽는 게 흔한 시절이라, 출산 자체가 일종의 도박과 마찬가지였다.

산실청 앞을 초조하게 오갈 때.

산실청을 드나드는 궁녀들의 움직임이 부산스러워졌다.

뭐지? 설마 산모에게 무슨 문제라도 생긴 건가?

불길한 생각에 주먹을 움켜쥘 때였다.

힘찬 아기 울음소리가 들려와 걱정을 눈 녹듯이 녹여 주었다.

잠시 후, 제조상궁이 기쁜 얼굴로 나와 아뢰었다.

"상감마마! 중전마마께서 무사히 출산하셨사옵니다!"

"아들이오, 딸이오?"

"따님이옵니다."

"오, 그거 잘됐군. 중전이 찾을 테니 자넨 어서 돌아가 보게."

"예, 상감마마."

며칠 후, 난 새근새근 자는 딸을 안고 미소를 감추지 못했다.

중전이 그런 나를 보며 웃었다.

"그렇게 좋으십니까?"

"이번에는 중전 닮은 딸이었으면 좋겠다고 생각했는데 그대로 이루어졌으니 기쁠 수밖에. 아무튼 중전이 고생 많았소."

"고생은요. 한데 이름은 정하셨습니까?"

"중전 이름을 따서 은이라고 지을 생각이오."

"조정에서 말이 나오지 않겠습니까?"

"무시해 버리면 그만이오."

중전이 잠시 고민해 보고 나서 대답했다.

"그러시다면……, 신첩도 좋사옵니다."

"잘됐소."

난 은이와 시간을 보낸 뒤에 서유럽회사 화기 연구소를 찾았다.

이제 둘째도 무사히 태어났으니 미뤄 둔 일을 시작할 때였다.

바로 왜국에 피해 보상을 요구하는 일이다.

물론, 외교적으로 할 생각은 전혀 없었다.

이에는 이, 피에는 피로 갚아 줘야 하는 법이니까.

〈8권에서 계속〉